同行者

TONGXINGZHE

单文怡 著

百花洲文艺出版社

图书在版编目（CIP）数据

同行者 / 单文怡著. — 南昌：百花洲文艺出版社，
2025. 6. -- ISBN 978-7-5500-6046-3

Ⅰ . I247.5

中国国家版本馆CIP数据核字第202528S3U7号

同行者
TongXinZhe

单文怡　著

出 版 人	陈　波	
策划编辑	程　玥	
责任编辑	杨　洁	
书籍设计	方　方	
制　　作	何　丹	
出版发行	百花洲文艺出版社	
社　　址	南昌市红谷滩区世贸路898号博能中心一期A座20楼	
邮　　编	330038	
经　　销	全国新华书店	
印　　刷	湖北金港彩印有限公司	
开　　本	889 mm × 1230 mm　1 / 32	印张　9.125
版　　次	2025年6月第1版	
印　　次	2025年6月第1次印刷	
字　　数	150千字	
书　　号	ISBN 978-7-5500-6046-3	
定　　价	49.80元	

赣版权登字　05-2025-191
邮购联系　0791-86895108
网　　址　http://www.bhzwy.com
图书若有印装错误，影响阅读，可与承印厂联系调换。

目录

楔子

周菁璇被捕的时候，她正在拼力拧开林公馆的保险柜。

这几个月，她已经彻底与军统失联了。太平洋战争爆发后，和她一起奋战的特工死的死，伤的伤，就连站长都去了重庆那座山城。周菁璇不是没有机会撤退，早在上个月她就得到了一张去重庆的船票。如果不是为了今天，她或许已经坐在嘉陵江边了。

今晚她来林公馆实属冒险。可是，她没有别的选择了，她必须拿到那份日军作战的计划书。现在，没有人比她更熟悉林公馆了，这里是她曾经的家。

保险柜的位置就在客厅的西南角。柜子被打开的同时，整个屋子灯光大亮，耀得她睁不开眼睛。紧接着她听到两声枪响，随之而来的是上半身的一阵剧痛，一股热流从肩膀淌进手心，她张开湿乎乎的手，睁开眼只见一片鲜红。等她抬起头时，宪兵已围了一圈，许多漆黑的枪口正指着她。

可能是失血过多的缘故，周菁璇渐渐昏迷，她不知道自己是怎样离开林公馆的，也不知道自己是如何逃过特务追捕的。恍惚中，她听到有人在喊她的名字。等到她稍微恢复些意识时，她听到有个男人说，她的伤口感染了，我必须回趟陆军医院，去找盘尼西林。盘尼西林，那是战时的一种管控药。他话音刚落，又猛然听到外面有人砸门，高喊"搜查"，接着是军靴踏地的声音，锅碗瓢盆破碎的声音，最后，喧哗以几句轻轻的日语结束，周围又重归安静。

是日本人。她最讨厌日本人。

如果不是因为日本人，她就不会失去父母，不会成为一个杀手。

一切都开始于那个秋天，1932年的秋天。

那天是一个晴和的日子，也是她十二岁的生日。林公馆大宴宾客，家里高朋满座，这是淞沪抗战后难得的亲友团聚。与父亲林承义交往的人，不是政府高官，就是富商大贾，众人觥筹交错间谈论着国家的走向，民族的未来。她只陪着父亲向相熟的长辈问了好，就和自己最好的朋友吴小轮去后花园放风筝了。那时她并不知道，也是这天，一位不速之客的到来，彻底改变了林家人的命运。来人是一位自称北方人的皮货商，说着一口流利的京片子，像个文人雅客，举手投足间尽显礼数。他先是为林家小女庆生，后又邀请林承义去北平出席商会活动。但是临走前，他的属下说了句：嗨。这是日本人的一句口头禅。

多年之后，周菁璇再次想起那天，仿佛就是昨天。那天是她第一次杀日本人。

第一章

复

仇

当日本特使死在艺伎怀里的消息传来时，周菁璇正在吃馆子。

凯德大饭店的厨子不仅本帮菜做得好，西式餐点也是相当拿手。每逢节令，上海人都会来此小聚，又因饭店开在租界内，所以外国人也时常光顾。大厅灯火通明，映得人脸白如雪，墙上琉璃壁灯的光静静地流淌着。周菁璇就坐在枫木楼梯拐角处的一个圆桌旁，她端起玻璃杯，抿了一口红酒，淡淡地笑看着人来人往的旋转门。人们都是来吃饭的，但谁也想不到，她是来杀人的。

上个月，日本天皇特使从北平来到上海后，就住在这里。这一情报是周菁璇花了十块大洋从包打听那里买来的。三天前，她去了趟石库门，找到了一个姓张的包打听，他是个瞎子，所以她在他面前未做任何乔装。张瞎子还告诉她，饭店有一条可以脱身的密道，需要加钱才能拿到钥匙。

周菁璇掏出十块大洋扔到他的卦摊前，他抓起来数了数才装进口袋，随后又从口袋里摸出一把生锈的钥匙递给她。他扶了扶银边墨镜，问，那些日本高官都是你杀的？

倒在周菁璇枪下的日本高官不在少数，每次执行暗杀行动前，她都会乔装成黑衣人的模样，很少失手。

特使在八楼的包厢里，当时有四五个涂脂抹粉的日本艺伎在陪他喝酒，就在他仰头饮酒的一刹那，子弹穿透了他的喉咙，艺伎们吓得张大了嘴，但周菁璇没有给她们喊出声的机会。做完这一切，周菁璇换下黑衣，重新穿上了旗袍，她靠在墙上，长舒了一口气。突然，走廊上传来军靴声，声音越来越近，她迅速拔出枪，备用弹匣从手心滑落，她弯腰捡弹匣，只觉耳边一股凉风扫过。等她抬起头时，宪兵的军刀已架在了她的颈上。

我是日本人。周菁璇用日语对宪兵说，我是来给特使送任职报告的。

宪兵狐疑地看着她，手里的刀丝毫未动，他想要进包厢查看，被她拦下：特使累了正在休息。说着，她推开了一线门缝。宪兵一眼看到了躺在艺伎怀里的特使，这才放下军刀，慢慢退出。就在他转身离去的一瞬间，周菁璇扑上去扭断了他的脖子。

周菁璇喝完最后一口红酒，离开了凯德大饭店。就在她离开后不久，荷枪实弹的宪兵封锁了凯德大饭店的每一个出口，整栋楼乱成一团，所有的食客都在黑洞洞的枪口下被搜身，然后到大厅里集合，不许离开。

周菁璇穿过一条马路，又拐过两条弄堂，她发现自己被跟踪了，那人个子不高，瘦瘦小小的。周菁璇算好他的步伐，然后突然从他背后出现，用枪指着他的脑袋，吓得那人抱头蹲下。

她仔细一看，是耗子。

耗子八岁那年第一次见到周菁璇时，觉得她漂亮得像个洋娃娃。那天，周菁璇从一辆美国进口的别克车上跳了下来，后面跟着跳下来的还有一个高个儿女孩，她们看到蹲在墙根满脸泪痕的耗子后，便上前询问，原来有个比他高一截的小混混抢走了他的抚恤金。耗子唯一的哥哥是十九路军的战士，在淞沪抗战中阵亡了。他叫嚷着，那抚恤金是哥哥用命换来的。

周菁璇拿出一些钱放到耗子冰凉的手里后，就和高个儿女孩儿一起走了。后来耗子才知道，那个高个儿女孩儿叫顾晴书，是周菁璇的同学。那天，耗子站在风里，一直看着她们的背影，他记住了这个漂亮好心的姐姐。

五年后，耗子也变成了小混混，整天带着一群小赤佬满街瞎晃，专挑有钱人家的少奶奶和小姐下手，钱袋、首饰和书包都是他们的目标。

直到有一天，耗子再次遇到了周菁璇。那天，她突然变成了卖花女，穿着一身粗布衣裤，面前放着一只竹编花篮，花篮里有各种各样的鲜花；她的叫卖声在风中飘着。五年没见了，加上这身打扮，耗子一时没有认出她。他的眼睛紧紧盯着花篮里的一个精致首饰包，他在找机会下手。

就在这时，他意外地看到了让他恐惧又难忘的场面：这个卖花女突然上前和一个人搭讪，随后猛地扭断了他的脖子，那人像个木桩一样，扑通一声歪倒在地。

耗子惊得愣住了，在周菁璇逃跑的瞬间，耗子突然认出了她。他不顾一切地上前拉住周菁璇，带着她东拐西转，一下子跑过了好几条弄堂。

周菁璇擦去脸上的血迹，请耗子吃了生煎，耗子后来才知道，那人是日本间谍。两人叙完旧，她说，我身边缺个人，你最合适。就这样，耗子成了周菁璇暗杀行动外围组织的第一个成员。

周菁璇在凯德大饭店暗杀特使，是耗子提前溜进饭店后厨，藏好了她的暗杀装备——一套黑衣和一把从黑市上淘来的改装手枪。

耗子站了起来，说，还好你没去密道，出口早就被日本宪兵堵死了。

周菁璇收起枪。耗子继续说，张瞎子根本不瞎，他是日本人的密探。这一切从始至终，都是梅机关为抓捕黑衣杀手设下的局。

周菁璇顿觉酒醒了大半，她沉默一会儿后，说，我得再杀一个人。

谁？

张瞎子。周菁璇说，他见过我的脸。

宝康里是上海最复杂的弄堂，坐落在霞飞路上，两条南北直弄和三条东西横弄里有着形形色色的人家。这里鱼龙混杂，有黑帮的烟土公司，有小有名气的文人墨客，有仙乐斯的舞女，还有专司暗杀的军统特工。更出奇的是，弄堂里还出了个电影明星。

周菁璇租了弄堂西侧二楼的一间亭子间，她倒不是想成为下一个电影明星，只因这里有个好处，透过方窗，一眼便可望见毕勋路拐角处的一幢白色欧式别墅。宁静的别墅伫立在四季的风景里，远看，两面尖塔式的屋顶与外滩上的船形成一幅扬帆远航的画面；近看，又像梧桐树里藏着一架钢琴，在霞飞路上独奏，红砖白墙煞是好看。

每一次暗杀行动后，周菁璇都要来到亭子间，站在窗前，久久地望着那幢小白楼。那是她曾经的家，别墅里的欢声笑语仿佛还在耳边回荡，父母却已永远离她而去。

爸，妈，我要杀光日本人，我要让他们血债血还！她好像是在默默地向父母汇报，又或是在请求父母赐予她力量。

敲门声响起，接着传来了房东郭姨的声音。郭姨每个月月底都要挨户催租子，她数着电费钱说，侬也在看那栋小白楼啊，养养眼而已，那小楼是侬和阿拉几辈子也住不上的。

周菁璇恍若未闻，目光依然盯着远方的白楼。郭姨叹了口气，说，可惜了。

周菁璇扭头问道，郭姨，您在说什么？

侬晓得伐？那栋小白楼是上海大富翁林承义的私宅，当年，林公馆的门前那可是车水马龙，霞飞路上停的老爷车都是往他家去的。上海人都晓得，林家是国军的小金库，连日本人都对林承义礼让三分的……唉，不晓得为什么，林家突然遭了横祸，连孩子都没能活下来。

郭姨趿着拖鞋走出去时，嘴里还在说着，真是可惜喽。

周菁璇推开木窗，一丝冰凉飘了进来，下雨了。

街上已经湿漉漉的了。一阵酸楚像冷风般涌上周菁璇心头。恍惚中，她好像看到了穿着长衫的父亲。父亲一只手撑着油纸伞，另一只手牵着她。她高兴地唱着歌，手里还拿着干草梅子。

这已是八年前的事了。

周菁璇忘不了那个乌云满天的夜，那天，林家的司机老邱来到吴小轮家时，她正在为吴小轮庆祝生日。她看到满身是血的老邱时，愣住了。

大小姐……先生和夫人都被炸死了……是日本人干的，先生拒绝……出任日本驻上海商会的会长，他们就下了狠手……老邱靠着最后一丝气力来找她报信，断断续续地说完这些话，就咽气了。周菁璇后来才知道，父亲林承义应国防部长之邀去南京开会，母亲许世宛陪他同往，车至半路，突然爆炸了。

周菁璇顿觉五雷轰顶，她发疯似的要回去找父母，被吴小轮的母亲拼命抱住了。

吴小轮悄悄对周菁璇说，等晚上，我陪你回去。

两人趁着天黑溜出了吴家，从林公馆的地道进到了林公馆的院子里。院子里到处都是影影绰绰的身影，他们端着枪，说着日本话。吴小轮急忙把周菁璇拉回了地道。

我要报仇，我要杀光日本人！

我帮你！

吴小轮目光灼灼地看着周菁璇。在以后的许多日子里，周菁璇经常想起那双明月般的眼睛。

实际上，吴小轮已经帮过她一回了。半年前，就在林家的地道里，吴小轮用石头把一个猥亵她的日本浪人砸得脑浆飞迸。

从林公馆回来，已经深夜，吴小轮的母亲还站在弄堂口焦灼地等着他们。看到周菁璇满脸泪水，她没有训斥小轮，而是把菁璇搂进怀里，抚摸着她的头说，以后，你就把小轮当亲哥哥，小轮的家就是你的家。

清早，浅口细跟的高跟鞋轻敲着通往里弄的小路，周菁璇路过馄饨担子，听着油炸豆腐、酒酿圆子等的叫卖声，拐过两条街后，出现在一家修表店门前。这家店店面不大，门口的招牌上是一幅遒劲有力的毛笔字，写着陈氏修表。

这家修表店是周菁璇外围组织的集合点之一，德叔是她的线人。

看到周菁璇走进来，德叔支开女儿斐君，拿出一个漆木盒子，打开精致的小铜锁后，一张火车票映入眼帘。

行动的时候要隐蔽些。德叔担忧地说，他看了一眼周菁璇手上的伤。

周菁璇把火车票塞到手包里，淡淡地说了句，说不定这是我们最后一次见面。

德叔觉得不对劲，问，今天怎么这个时候来了？

石库门的包打听张瞎子我没杀成，让他跑了。

德叔蹙了蹙眉头。

德叔，你门路多，私下里帮我多找找他。周菁璇走到门口，又回过头说，你还回福熙路公寓吗？

你活着回来，我就回去。德叔说。

陆纯石第一次来到元公馆时，丁有德正在和他的下属胡宝初跳华尔兹。

元公馆平日里迎来送往的，时不时办个舞会，来场联谊，这在沦陷时期的上海不算稀奇。丁有德是元公馆的负责人，但大家不喊他丁公，而叫处长，因为元公馆实际上是日本驻上海的一家特务机构，它的直接领导是梅机关。

连日来，日本官员不断被黑衣人暗杀，这让在沪的日本人心惊肉跳，日本宪兵司令部满上海滩地搜捕黑衣杀手，愣是连个影儿都没摸着。梅机关长青木贤二为此十分头疼，特意给日本军方发电报请求支援。

三日后，情报专家陆纯石便登上了从日本飞往上海的军机，他是一个中国人。

元公馆特别情报组专家，这是陆纯石的新身份。青木贤二介绍说，陆纯石是帝国培养的刑侦专家，他的另一重身份是日本陆军参谋本部的部长武藤太郎的座上宾。

陆纯石拒绝了丁有德大肆张罗的接风宴，要求两天后在元公馆的会议室相见。

两天后的傍晚，看着贴满黑板的黑衣杀手的资料，丁有德简直难以置信，这是陆纯石两天的工作成果。

陆纯石说，这个杀手有时扮作跑单帮的掮客，有时是百乐门的舞女、大戏院前的卖花女、居酒屋里的艺伎、咖啡馆的西洋美女，甚至还可以是老态龙钟的用人老妈子……总之，她有多重身份，游走于上海滩各个阶层，擅易装，会百般变化。

她为什么要杀日本人？丁有德提出这个问题后，自己都觉得有些尴尬。

陆纯石很快就在元公馆站稳了脚跟，他总是那样风度翩翩，处理棘手的事时也不慌不忙。特务们既觉得他神秘，又有些怕他，还有一些人极力地讨好他。

他对付起共党和军统来，就是四个字，凶狠毒辣。这是丁有德对陆纯石的评价。

有一次，陆纯石抓捕了胡宝初的线人，胡宝初力保线人没有通共，称他只是误打误撞地从一个共党叛徒那里买过情报。

他死了，你才能洗清嫌疑。陆纯石温和的语气，就像在提醒人下雨天要带伞一样。他说，你要是不舍得割爱，就得麻烦你亲自去梅机关解释了。

胡宝初横了他一眼，也不敢反驳，只能认了。

陆纯石又像想起什么似的，补了一句，这事还得请你亲自动手。

胡宝初碰了个不软不硬的钉子，气得面红耳赤。自打进了元公馆，除了丁有德，还没有人敢下她的面子。

陆纯石这小子是在打你的脸，他简直不把你这个处长放在眼里，你多长点心吧。胡宝初在刑讯室一刀解决完线人，擦干净皮鞋上的血，就去找丁有德告状了。

丁有德从抽屉里拿出一张任命书，说，从明天开始，陆纯石就是元公馆的副处长了，你以后可得注意点，我听说，他有可能成为日本人的女婿。

那我会成为你的什么人？胡宝初一改怒色，笑吟吟地说，我专程去杏花楼买了你爱吃的点心，晚上给你送过去。

别来了，上次就因为吃点心，跑了一个共党。丁有德一副不耐烦的样子，说，青木贤二机关长下令，为了拥护汪精卫，我们得招人了。

胡宝初走后，丁有德才从保险柜里拿出一份材料，是陆纯石的档案。他眯着眼看着档案，想看透这个陆纯石。

陆纯石早年留学于日本陆军学校，他的父母死于军统的暗杀，因此，他恨透了军统，一心想要报仇。他与武藤太郎的关系源于一个日本女子，即武藤的外甥女小野穗子。武藤太郎欣赏他的胆识，又见穗子倾心于他，就把他培养成了自己的亲信。

这份档案丁有德翻了好几遍，总觉得太过完美。

猎
杀

　　周菁璇下一个刺杀目标出现了。《中华日报》头条新闻的黑字标题是《日本陆军顾问田中武夫赴沪任职》，下方刊登了一张穿着和服的男人与中国孩子拥抱的照片，这个男人就是田中武夫。

　　这次行动是在火车上进行的。周菁璇顺利登上火车后，换上服务员的工作服，推着酒水车悄悄在车上找寻目标。她没想到的是，车上还有一伙人与她目标一致，也是为刺杀田中武夫而来，而且比她先一步行动。

　　周菁璇还未给客人倒完酒，就听到一声枪响，紧接着，枪声像过年的鞭炮，密集地炸响。狙击枪乱扫，子弹横飞，日本宪兵队很快涌了上来。那伙人虽然个个身手不凡，却难敌众多宪兵围攻，他们很快败下阵来。

　　那伙人中，为首的是陈恭平，眼看任务失败，他咬着牙做了一个决定，把枪口对准了自己的太阳穴。就在他扣动扳机的一刹那，枪被人夺走了。

是一个黑衣人。她拔枪扫射，弹无虚发，涌过来的宪兵纷纷倒下。

其实，宪兵们早有埋伏。陆纯石曾提出黑衣杀手一定会刺杀田中武夫，所以特意将伏兵做了周密安排，这是他给黑衣杀手织出的第一张网。

不过，陆纯石还是低估了黑衣杀手的战斗力。只见她拎出藏在餐车里的手雷便掷向宪兵，趁烟雾弥漫，她救走了陷入昏迷的陈恭平。

陈恭平醒来的时候，发现自己躺在黄浦江中的一艘渔船上，乔装成渔夫的医生正在为他取子弹。

伤口发炎引起了高烧，如果没有盘尼西林，他活不过今晚。医生说，眼下只有日本陆军医院有盘尼西林。

我去陆军医院。周菁璇黑衣裹身，匆匆下了船。

陆纯石的车开进陆军医院的大门时，住院楼里的火已经烧起来了。火势越来越大，透过窗户望去，像一片燃烧的烟霞点亮了黑夜。医护人员和宪兵特务们纷纷前去救火，而一墙之隔的西药房却静悄悄的。陆纯石心里咯噔一下，大步流星地来到西药房勘查，果然不出他所料，库管被人打晕在地，外衣也被扒掉了，显然有人在声东击西。

少了一盒盘尼西林。护士检查完药架后向陆纯石汇报道。

陆纯石走到窗前，发现了一双长20多厘米的脚印，偷盗者似乎是个女人。

此时，周菁璇穿着库管的外衣，用双手扒着窗台，正挂在外墙上。

陆纯石推开窗户，环视四周，并未发现异样。他伸手去摸窗台。就在二人指尖快要触碰的刹那，周菁璇猛地将手一抽，纵身跳下，躲入围墙的死角。

落地的那一刻，周菁璇都能听到自己的心跳声，她有预感，这次遇到了对手。

陈恭平的伤势渐渐好转，周菁璇把他藏在福熙路公寓。

这事遭到了德叔的反对。他是福熙路公寓的看门人，见过形形色色的人，他有种直觉，陈恭平会给周菁璇带来麻烦。

周菁璇说，他是杀日本人的，我们志同道合。

这天，周菁璇再一次来给陈恭平换药，陈恭平不动声色地看着她熟练的动作。等她合上医药箱时，陈恭平拿着枪指向了她。

你为什么会说日语？陈恭平问。

渔船靠岸时，租界的巡捕例行检查，周菁璇假装日本人，与陈恭平扮作一对日本夫妻，才骗过巡捕。

周菁璇没回答，反而问他，你为什么要刺杀日本人？

陈恭平的枪口离周菁璇近了几分，但他的表情却是平和的。

我不是日本间谍，救你，纯粹是个巧合。周菁璇半真半假地讲起了救他的过程，解释到最后，她说，你才是间谍。

陈恭平放下了枪，目光变得极为锐利，他突然问，你和黑衣人是什么关系？

她救过我，就像我和你的关系一样。周菁璇和他对视着，陈恭平的头先低了下去。

陈恭平是刺杀田中武夫的军统特工，他是传说中的戴笠座下的八大金刚之一，懂暗杀，善指挥，曾经单枪匹马刺杀过孙传芳的一名幕僚，还深入河内刺杀过汪精卫。汪精卫虽然逃走了，但折损了一员大将，当时与陈恭平同行的人都已被捕，只有他一个人活着回来了，因此更得戴笠看重，戴笠自此把军统上海站交由他负责。此番行动，由他带着几名军统特工负责实施，他们个个都是精锐，每个人都身怀绝技，视死如归。如今，又只剩他一人。

说到心痛之处，这个老特工眼含泪光，自言自语，我对不起那些弟兄，也辜负了上司的信任，更让我惭愧的是，我被一个女子救了性命。

入夜，租界繁华依旧。路边煤气灯的光亮融化在窗前，淌了一地，周菁璇的脸都柔和了几分。她心里泛起一缕酸涩感，恍恍惚惚地，仿佛回到了山林，又仿佛沿着大苍山脚下的路，走回了多年以前。

父母遇害后，周菁璇就住进了吴小轮家。直到有一天，她随学校去外地参加汇演比赛。回来时正值中午，她一手拿着奖品铅笔盒，一手握着一根糖人。昨天她就和小轮约好了，今天下午去城隍庙听书。吴家在霞飞坊附近，她刚到霞飞路，就看到好多人聚集在吴家附近，人群上方浓烟滚滚。

小轮还在家等我。这是当时周菁璇脑中闪过的第一个念头。她的心咚咚地跳着，走到半路，她发现吴家已经被熊熊烈火吞噬。听周围的邻居说，火昨夜就烧起来了。

怎么回事？到底发生了什么？周菁璇抓住一个婶婶的衣服，焦灼又惊慌地问道。

婶婶吸了一下鼻子，许久才说，昨晚我病了，睡得比较早，但突然被一声巨响惊醒了，好像是爆炸声。

周菁璇大叫了一声小轮，就要冲进火海，但被那个婶婶抱住了。

婶婶说，火还没扑灭，进去会有危险。

顾晴书闻讯来到吴家废墟时，已是凌晨。周菁璇正拿着铁铲在灰烬里拼命翻找，没人能拦得住她，她对来人也不闻不问。她嘴里不停地叫着小轮的名字，直到翻出一枚白玉坠，才停手。

这枚玉坠是她送给小轮的生日礼物，小轮一直带在身上。

顾晴书握紧周菁璇的手，拉着她朝自家走。周菁璇不哭不闹，像个木偶一样跟着她走，到家后，进了房门，顾晴书才松开手。

吴小轮的父亲是共产党员。顾晴书告诉周菁璇，昨晚共产党员在吴家开会，有人得了消息前去抓人，去的人把吴家围了起来，只是还没进门，街坊邻居就听到了爆炸声。

去的人是谁？他们是谁？是不是日本人？！周菁璇声嘶力竭地问。

顾晴书看着她，摇了摇头。

那天晚上，周菁璇一直在想吴小轮。她想起自己过生日那天，来了一群富家子弟，他们送的礼物一个比一个昂贵，有明清时期官窑的瓷器、瑞士金怀表、德国徕卡相机……还有一台美国维克多牌的留声机，附带着几张黑胶唱片。只有小轮，穿着破旧但干净的衣服，手里提着她最喜欢的礼物——他亲手扎的大雁风筝。她当时立刻拉着小轮去了草坪上放风筝。也是在那一天，她被一个日本浪人猥亵，那个令人厌恶的浪人一直追赶他们到了林公馆的地道。危急时刻，小轮用石头砸向了日本浪人的头颅。

周菁璇在昏昏沉沉中睡着了，但她脑海中萦绕的还是小轮，她听到小轮说，我帮你。突然就惊醒了。

她扭头看向窗外的明月，仿佛那是小轮的眼睛。她感觉是小轮在一直望着她。那一夜，她泪流不止。

数天后，周菁璇和顾晴书正在内屋包书皮，有个戴着圆框眼镜的男人敲开了顾家的门。男人说他叫关觉民，是林承义派往北平的私人秘书。得知林家突遭变故的消息后，他专程从北平赶来接林家小女。周菁璇和顾晴书闻声走了出来，关觉民一眼认出了周菁璇，他的眼里顿时蓄满泪水。两人寒暄完，关觉民才说出自己此行的目的。

眼下你有两条路可选，关觉民擦干眼泪，说，第一条，你和我一起去英国，我会安排你在英国读书。

第二条呢？周菁璇不为所动地问。

关觉民欲言又止，说，送你去一个地方，学一身本事，然后你就可以为林家报仇。

周菁璇想都没想，就说，我要报仇。

关觉民犹豫了，说，你得上山，去大苍山。

就是上刀山，我也愿意！

周菁璇向顾家辞别时，晴书和她父亲都在劝菁璇，但他们知道自己无法改变她报仇的决心。

临行前，周菁璇在安静的树林里为吴小轮立了个衣冠冢，她把那枚玉坠放在了里面。

大苍山的脚下，曲径通幽，却藏着个神秘的地方，那地方叫藏风堂。

藏风堂曾走出过一个人，是刺杀日本前首相的杀手，名叫秦啸林。此人如今已是上海黑帮的头目。周菁璇在藏风堂待了四年，无论春夏秋冬，始终苦练功夫。就这样，她从林承义的娇娇女林允禾变成了黑衣杀手周菁璇。

不过，周菁璇从此再也没见过关觉民。

是夜，周菁璇躺在床上辗转难眠，于是她推开了阳台的门，看到陈恭平坐在躺椅上，手里还捏着打火机和一根未点燃的烟。

她问，你什么时候走？

三天后。陈恭平面无表情地说，不过不是我一个人走，还有你。

周菁璇不语，她用沉默回答了陈恭平，她愿意加入杀日本人的组织。

过了好一会儿，周菁璇问，你有家室吗？你家在哪儿？

在重庆。陈恭平点上烟说，婚后第三天，我就离开家上了前线。他告诉周菁璇，他参加过一次由军队组织的高级舞会，凭借出色的观察力，他发现有一杯香槟被人投了氰化钾，因此救下了一位美丽的小姐。这位小姐不是普通人，她的情人是戴笠，所以他就这样加入了军统。他去河内暗杀汪精卫失败后，为了掩盖身份，军统给他发了阵亡抚恤金。当扮成邮差的特工去他家送抚恤金时，发现他的新婚妻子早已不知所终。

我离开家的第三天，重庆就遭遇了日军空袭。陈恭平说，人们炸死的炸死，走散的走散，不知道她是死是活。

你没有找过她吗？周菁璇问。

怎么会不找？也找到了，她在渔村。

陈恭平伪装成渔夫回去过，也见到了妻子。那是个明媚的晴天，妻子当时正挺着肚子晾衣服，旁边坐着她现在的丈夫。他在织渔网，是个真正的渔夫。

陈恭平说完这些捻熄了烟头。烟头的红色火星在夜色中闪动，直到最后的一点微光消失。

周菁璇正望着那枚弯月出神，突然听到陈恭平让她先去杀一个人。

我们已经计划很久了，你只需要进入公寓杀了他。陈恭平递给她一个只剩下一根烟的纸烟盒，说，事成后按上面的地址找我。又说，至于撤退，你只能自己想办法。

周菁璇看向他，他像是没有注意到一样，继续说，如果失败了，那根烟就是留给你的，小心地收好。说罢，陈恭平将一张照片塞进周菁璇手里，便起身回屋去了。

周菁璇翻过照片，只见背面写了暗杀目标的名字：渡边次郎。

她脸色骤变，渡边次郎就是八年前炸死她父母的凶手。

渡边次郎所在的愚园路也是汪精卫的官邸所在地，日本宪兵和特务日夜轮流巡逻，三步一岗，五步一哨。

渡边次郎死在浴缸里的消息，很快惊动了汪伪政府。据渡边家的女佣说，长官半夜时带回了一位黄头发的西洋美人。长官死后，西洋美人也不见了。

汪精卫下令抓捕杀手，丁有德请陆纯石坐镇主场，封锁了愚园路的每个路口。宪兵在街上拉起了绳子，刺耳的哨声不停地响着，卸了伪装的周菁璇排着队等候盘问。

渡边次郎的女佣朝陆纯石比画着西洋美人的身高和模样，并紧靠在他身边打量着被盘问的女人。周菁璇顺利通过盘问或许是种奢望，因为她扮成西洋人来到渡边家时，女佣朝她深深鞠躬后，还抬起头端详过她那张敷着厚粉的脸。

周菁璇拿不准女佣是否能认出自己。她第一次觉得愚园路好长，脑子里回想起很多事，很多人，包括吴小轮。他曾笑得那样和煦，如春日的暖风，让人很安心。

突然一阵风刮过，周菁璇迷了眼睛，等她睁开眼时，看到有个人在对她笑，这人是山田宗。山田宗是周菁璇在藏风堂认识的日本人，是她的师哥。起初她因为憎恨日本人，一度想除掉他。

还没等周菁璇开口，山田宗就上前拿出他的身份证和派司，用日语对宪兵说，周菁璇是他的女友。原本一脸凶意的宪兵看了山田宗递给他的身份证和派司后，立马变了嘴脸，说，我也是大阪的，咱俩是同乡。

山田宗和宪兵寒暄了几句，然后朝周菁璇笑了笑，握着她的手走过了关卡。那个女佣一直盯着周菁璇的脸，但并没有说出什么。

他们过关卡时，陆纯石正和宪兵军官说着话，他的余光却留意着被盘问的人。他凭借超强的记忆力，记住了在场的每个人，包括周菁璇。

山田宗带着周菁璇来到一家居酒屋，她坐在玻璃窗前，看到了一个鬼鬼祟祟的身影。如果她没记错的话，刚才这个身影就在陆纯石身边。

陆纯石派特务跟踪着每一个通过关卡的女人，以筛查出谁是杀渡边次郎的凶手。

周菁璇故意给山田宗夹了一块生鱼片，并对他粲然一笑。

山田宗禁不住她的热情，说，你比以前更美了，也比以前对我更好。

周菁璇不搭话，只是盯着山田宗，浅浅地笑着，直到特务离开，才收起笑容。

你的日语说得也越来越好了。山田宗说。

这要感谢你这位优秀的日语老师。

周菁璇的日语是山田宗教的，她似乎在语言方面有天赋，连他的大阪口音也学了去。

山田宗笑了笑，像是随口一问，渡边次郎不是你杀的吧？

他问这话也不是没有理由的。当初，周菁璇得知山田宗是日本人，曾几次想办法暗杀他，却一次次被他发现并揭穿。后来，她发现山田宗并不是坏人，他甚至还十分痛恨战争。

周菁璇曾问过他，你为什么要来中国？

山田宗回答说，我喜欢中国文化，尤其痴迷中国武术。躲在这山里，可以暂避战火。

两个爱好武术的人渐渐成了好友，山田宗还暗暗喜欢上了周菁璇。

山田宗是在离开藏风堂的前一天向周菁璇表白的。周菁璇学会了射击的最后一式，一枪正中靶心。在靶场树上休憩的山雀受了惊，叽叽喳喳地成群乱窜。

和我一起离开吧，我带你去看富士山的雪、吉野山的樱花、北海道的清池，我们远离战争。山田宗的声音慢慢低下去了，他读懂了周菁璇神色中的抗拒。

映着玻璃杯中的梅子酒，周菁璇眸光流转，从山田宗看她的目光里，她确认自己比之前更显动人。

人是我杀的。周菁璇说。

山田宗并不惊讶，但一时没再说话。过了好久，他才开口换了话题。

没想到上海也有这么地道的梅子酒，和我母亲酿的差不多。山田宗面颊泛起红晕，自顾自地说着，可惜我再也没有机会尝到母亲的手艺了。

离开藏风堂后，山田宗回了一趟日本。他一直认为日本民众是无辜的，他们只是被迫卷入了这场战争，但这种想法在他回村后就荡然无存了。父母把儿子送往军营，丈夫离家奔赴战场，学生完成功课之余要参与弹药生产，更有甚者，有些妇女自愿随军当慰安妇。而他的母亲，一个年迈的老妇，竟被拉到工厂缝制军服，连日的劳累让她不堪重负，倒在了染缸前。等到村民发现她的时候，她身子都凉了。

山田宗眼神微动，他倏然握住周菁璇的手，说，军统不适合你，训练班也不是你一个女孩该去的地方。

周菁璇震惊地看着他。

给你朋友取子弹的外科医生是我的同学。山田宗叹了口气，说，他和我一样毕业于日本东京大学医学部，不过，他是个军医，他答应我不会向梅机关告发你。

周菁璇恍然大悟，这才明白她当时为什么会那么顺利地找到外科医生。

周菁璇问，你跟踪我？什么时候的事？

上个月。山田宗毫不掩饰，我见过几具日本高官的尸体，杀人手法很像你的风格，毕竟你的枪法是我教的。

第三章

任务

　　每个月的1号是军统训练班进行射击比赛的日子，周菁璇已经连续半年都是第一名。这天，教官没让她参赛，而是派她去镇上的服装店买一套和服。

　　服装店的老板居然是陈恭平，他拿出两张船票和一道手令，手令落款处的签字是"雨农"。

　　军统训练班的所有学员都知道，雨农是戴笠的字。

　　回上海的轮船是一艘日本邮轮，穿着和服的女侍应送上一壶茶，就趿着木屐退下了。等木屐声远去后，陈恭平才缓缓开口。

　　你的速记、摄影、驾驶、射击、格斗都是第一名，但你的生化考试却不及格，能告诉我是为什么吗？

　　周菁璇说，我不喜欢教生化的廖长春，他是个疯子。

　　陈恭平静静地看着她，眼里没有一丝笑意。周菁璇第一次见陈恭平这样严肃，她压低声音说，他毒死了训练班的同学。

你说的那个同学是个共党。陈恭平肯定地说，他的父母都在延安。还有个妹妹在重庆当电报员，她发了几次电报，就泄了几次密。

周菁璇突然问，训练班每个人的底细，你好像都很清楚？

每个学员的底细都在军统的掌控之中，包括我。陈恭平笑得意味深长，又说，也包括你，林允禾。

好久没人叫她林允禾了。

周菁璇一声不吭地看着陈恭平。陈恭平似乎没有感觉到对方的敌意。他接着说，要不是戴老板时常出入国防部，与林承义先生有过一面之缘，还真想不到你会是他的女儿。

周菁璇扭过头，看着远处的飞鸟。飞鸟撷着一根细枝，轮船激起的浪花打湿了它的翅膀，细枝随即掉到了水里，像一叶远行的舟。她听明白了戴笠话里的意思，说什么林先生生前深明大义，对国军的贡献胜过十个戴笠，无非就是要她卖命。

周菁璇不想听陈恭平继续这个话题，她端起茶杯呷了一口，问，你想让我做什么？

回到上海后，你的任务是刺杀黑帮大汉奸秦啸林。

上海沦陷后，军统密切监视着留沪的军政名人，严防他们与日本人勾结。军统上海站却因秦啸林的出卖，惨遭灭顶之灾。戴笠多次派人规劝，秦啸林依然与日本人狼狈为奸。军统安排的几次暗杀都没成功，派出去的人被逮捕后，反而咬出了更多人。

陈恭平告诉周菁璇，秦啸林最大的毛病是好色，他在外面养了个夜巴黎的舞女，两人生了个孩子，母子俩就藏在西摩路的别墅里。

听说，他正在给孩子找外语老师。陈恭平说，你懂英语，这个任务派你去最合适。

周菁璇仿佛没听到陈恭平的细述，只是一个劲儿地喝茶。

陈恭平眼看着周菁璇一口一口把茶喝光，才开口问，这茶好喝吗？

不好喝，只是我渴了。周菁璇刚说完这话，便感觉嘴里泛起一股苦意，渐渐地，她睡着了，一个梦也没做。醒过来的时候，她已经身在明轩书店，这里是军统上海站的临时站点。

你醒了？坐在书桌前的陈恭平抬头问，他正拿着笔在一张上海地图上写写画画。

周菁璇试图回忆起什么，陈恭平看出了她的困惑，他诡谲地笑着说，那壶茶只是给你提个醒，这就是生化不及格的教训。

周菁璇在白茉莉的推荐下，顺利当上了秦啸林儿子的外语老师。白茉莉是夜巴黎的舞女，就租住在亭子间隔壁，所以，周菁璇和她混得很熟。秦啸林的二姨太是白茉莉的同事，白茉莉为周菁璇牵线是举手之劳，但周菁璇还是给了她一些钱作为答谢。

每次上门教课前，周菁璇都在卫兵的枪口下被仔细搜查，几次下来，别墅的人手和环境她大致都摸清楚了。

这一天，周菁璇来到了明轩书店，正赶上饭点，陈恭平做了罗宋汤，他一边端汤一边问，你准备什么时候行动？

我需要一个枪法极准的狙击手。明天秦啸林会来陪他儿子过生日，上午，他一般会在二楼的书房里看报纸。到时，我会故意与用人秦妈吵架，引他探头看向窗外，狙击手趁此机会可以将他击毙。机会只有一次，也只有一瞬。周菁璇喝了一口汤，蹙着眉说，真难喝。说罢，她便匆匆离开了。

陈恭平望着冒着热气的汤，出神了好久。

第二天，一切顺利。秦啸林被狙击手击中锁骨，周菁璇旋即上楼，眼见他还在地板上挣扎，用手捂着汩汩冒血的伤口。看到周菁璇后，他呻吟着求她救命。周菁璇毫不犹豫地上前又补了几枪。这情景被舞女二姨太看见了，她急忙下楼给日本人打电话。周菁璇追上去夺下电话，两人争执间枪走了火，二姨太应声倒下时，目光呆滞地望向门口，那里站着她的儿子。

那一刻，周菁璇一下子想起了小时候的自己。

她不能再让世界上多一个无依无靠的孤儿，她向陈恭平提出请求，要好好安置这个孩子。

军统派人接走孩子的同时，周菁璇接到了第二个任务，与任务一起被交到她手里的还有一粒氰化钾。

把毒药缝在领口处。陈恭平说，如果这次任务失败，你我将会永别。

周菁璇竟然笑了，问，你会死吗？

陈恭平也笑了，并不回答她。

你让我去杀谁？

军统上海站前站长王天行。陈恭平说，他曾是我的老师，也是我的老领导，但现在是76号的行动队队长。

陈恭平简单介绍完锄奸目标后，把王天行的照片和一份暗杀计划交给了周菁璇，随后又补充了一句，在这次任务中，你不是一个人。

周菁璇看到计划上写着总指挥是陈恭平，一起行动的还有军统的两个小组，这让她意识到暗杀王天行是个艰巨的任务，以及军统对完成这个任务的决心。周菁璇的任务是，在军统和王天行的警卫人员发生枪战时，她开车冲过去，击毙王天行。行动时间定在礼拜六下午四点。据调查，每个礼拜六下午，王天行都会去弄堂和老伙计下棋。周菁璇要在明星电影院所在的那条路的拐弯处狙击他。

周菁璇和两个行动小组在下午三点之前就已经埋伏在了暗杀地点。坐在老爷车里的周菁璇看到了在二楼露天咖啡桌旁坐着的陈恭平。将近四点时，陈恭平站了起来，这是信号，他在通知各行动小组，目标来了。

果然，不一会儿，一辆黑色的凯迪拉克开了过来，前面和后面都有警车保驾。周菁璇又看到陈恭平摘下了帽子，这是行动开始的信号。接着，枪声响了起来。第一行动小组朝前面一辆警车开了火，第二行动小组则朝后面一辆警车射击。周菁璇随即看到了陈恭平给她发的信号：他将咖啡杯举过头顶。周菁璇立刻启动车子冲了过去。在枪林弹雨中，她的车快速逼近凯迪拉克，她精准地朝后座上的王天行开了枪。子弹打在王天行的头部，一注鲜血喷到了车窗的玻璃上。

周菁璇打死司机后，迅速跳下自己的车，拉开了凯迪拉克的车门，但她发现后座上死的人不是王天行。

她大为吃惊，正愣着，密集的枪声又响了起来。一辆宪兵的军车直冲过来，车上驾着一挺机枪。周菁璇明白过来，敌人早有准备，连王天行也是假冒的。这时，陈恭平发出了撤退信号：他朝天上放出一颗烟幕弹。周菁璇立刻返身上车，肩头却中了一枪。眼见日军的军车就要冲过来了，但此时，她看到眼前闪过一个黑影，竟是一个黑衣人。此人拼力朝军车抛去一个方方正正的包裹，霎时一声巨响，爆炸声直冲云霄，震得人耳朵都要聋了。

街上一片混乱。

周菁璇在爆炸后腾起的烟雾的掩护下上了老爷车，撤退时，鲜血已经染红了她的上衣。

入夜时分，一个男子敲开了白茉莉的家门，"他"摘下面具和胡须，露出了周菁璇的脸。

是你？你受伤了？白茉莉大惊失色。她急忙把周菁璇扶到沙发上，又迅速拿来药盒。

白茉莉看着周菁璇自己处理伤口，吓得脸色惨白。

白茉莉也可以算周菁璇外围组织中的一员，只是没有耗子和德叔那么铁杆。她靠在夜巴黎跳舞勉强度日。有一回，她欠了高利贷险些丧命，是周菁璇救了她。她不忘恩情，为周菁璇获取过不少情报，周菁璇自然也没有亏待她。

周菁璇拿出一条包链，对白茉莉说，你帮我买一只与这条包链配套的白色手包。

白天撤退得太匆忙，周菁璇后来才发现手包丢了，永安商场的新款包只有实名登记才能买到。

说罢，周菁璇要走，但被白茉莉拦住了。她说，你身上有伤，住亭子间不合适。现在街上到处都是宪兵特务，我不能让你去送死。

我怕连累你。

我有办法应付。

周菁璇看见白茉莉眼里闪着光，不像装出来的，她不再推辞，并随手拿出王天行的照片放到了桌子上。

这是我今天要杀的人，却杀了个冒牌货。

白茉莉盯着照片，说，这不是76号的王天行吗？

正是他。我还得找机会完成任务，杀掉他。

这一夜，周菁璇毫无睡意，她身子疲软地靠在窗前，头抵着窗棂。她在想被打死的那个冒牌货和突然跳出来的黑衣人。黑衣人的动作行云流水，他和那个方方正正的炸药包，好像是从天而降。

与周菁璇一样彻夜难眠的还有陈恭平，因为有一个叫李锁的特工迟迟未归，周菁璇也不知去向。更让他烦心的是，被打死的人不是王天行，这说明暗杀的计划事先就败露了，军统里肯定有内奸。

两天后，白茉莉带来了一个意外消息，礼拜二，王天行要在夜巴黎的贵宾厢接待从香港来的贵客。周菁璇立刻亢奋起来。

茉莉，你把这事再了解清楚些，像在哪个包厢，王天行坐哪个位置，有多少警卫之类的。周菁璇又拿出王天行的照片，说，你再仔细看看这张照片。

不用看，我知道他。

周菁璇拿出一沓钱放到桌子上，说，事成之后，我再向上级申请一笔。

白茉莉确实有做特工的潜质，她连窗帘这种细节都做了布置。在她的协助下，周菁璇借助望远镜在相隔三百米的公寓里狙击了王天行，子弹打在他的太阳穴处，据说当时血溅了香港贵客一身。

一个礼拜后，周菁璇回到了军统上海站的临时站点明轩书店。书店不远处的早点铺热气腾腾，卖早点的是一个老妪。

刘老头今天怎么没有来？站在周菁璇前面的顾客问那老妪。

老妪回答说，我老头子闪了腰，出不了门，可这生意还得做啊。

周菁璇买了两屉小笼包带到书店，一进门就看到了陈恭平。

失踪那么久，怎么也不来个消息？陈恭平责备道。

派人送消息，不是会有暴露的风险吗？周菁璇理直气壮地回答。接着她就听到了陈恭平的称赞。

我一猜这事就是你干的，你的枪法我知道，是不是打了王天行的后脑勺？

站长，我需要经费，帮我打听情报的那几个舞女，她们可是提着脑袋在为我们做这事的，不能亏待她们。

这没问题，如果有可能，发展她们进军统也不是不可。陈恭平说。

周菁璇没说话，她用沉默拒绝了此事。她还说起了那日街头的暗杀，她说是一位黑衣人及时掷出一个炸药包，他们才得以逃脱。

你看清楚黑衣人的脸了吗？陈恭平问。

他蒙着脸，我还以为是自己人。周菁璇看向一旁正狼吞虎咽吃包子的伙计，说，看身量和他差不多。

又一个黑衣人，或许他是你的追求者？

周菁璇递了一个不屑的眼神给陈恭平，表示不想再谈此事。

伙计吃得太快，差点儿被呛到。

陈恭平这才想起来介绍伙计的身份，说，他是杨望江，军统的特工。

杨望江和周菁璇说的第一句话是，包子是门口那家的吗？我觉得味道有点不对。

周菁璇说，我就是在门口买的，是一个老太太卖的，有人叫她刘老太。她说自打民国成立就在这儿摆摊，都二十多年了。

陈恭平听了这话神色大变，说，刘老头的老婆半年前就死在了日军的枪下，这是哪儿来的刘老太？……难不成她是日本人的眼线？陈恭平顿时感觉冷汗直冒，立刻说，这里不安全了，马上撤离。

原来，失踪的军统特工李锁被特务抓了，他没能熬过元公馆的刑讯，被捕后三个小时就叛变了，是他供出密码本的藏匿地点是明轩书店。

我带人去端了他们。胡宝初对丁有德说。

我建议放长线钓大鱼，我们可以派人守株待兔，等军统的人到书店集结，再一网打尽。陆纯石说。

好。丁有德赞许地点点头。他没有派身强体壮的特务去盯梢，而是别出心裁地派了一个年长的老牌女特工扮作刘老太。这事做得十分隐秘，丁有德只告诉了胡宝初。但丁有德很快得知了坏消息，刘老太死在了电话亭外，是一个黑衣人干的。陆纯石带人赶到明轩书店时，书店已经空无一人。

接着，又一个消息传来，叛徒李锁被毒杀。最先发现李锁被毒死的是胡宝初，当时她正和电报员梅丽莹一起查询军统的电台信号，等她回到刑讯室，李锁已口鼻流出黑血，他面前还剩半碗米饭，一杯酒。检验科查出是饭菜被下毒了，但送饭的厨子上午请了假，回绍兴探亲去了。

胡宝初暴跳如雷，勒令行动队马上去城门口堵人，但厨子还没走到城门，就被一辆卡车撞飞了，当场身亡。

丁有德把胡宝初叫到办公室，盯着她说，刘老太的事只有你知道。

你怀疑我？胡宝初立刻急了。

我是让你想想，你有没有一不小心透露了消息？

没有！我……没有。她迟疑地回答着，同时拼命搜寻记忆，丁有德的质问让她脑子一团糨糊，一时什么也记不起来。

陆纯石走了进来，说，很显然，元公馆里有奸细。这一连串的事不会是巧合。一个多好的机会呀，又成了泡沫。

丁有德冷冷一笑，说，我一定要把这个奸细揪出来。

胡宝初不动声色地离开了，等她再回来时，手里拿着一个白色手包。她对丁有德说，那天，在假王天行被刺杀的现场发现了这个包，是永安商场的限量款，全上海不超过十个，我把人都派出去了，相信很快就会有好消息的。

晚上，周菁璇乔装来到夜巴黎，白茉莉悄悄把刚弄到的白色手包交给了她。她说，永安、新新都没有了，我只好找了个熟悉的皮匠做了一只。这皮匠手艺好得不得了，你看，一模一样。白茉莉边说边接过周菁璇手中的钱，眉开眼笑地说，今天我手气好，白天打牌也胡了好几回。

周菁璇欲言又止，迟疑地问，你不会又找地下钱庄了吧？

没有！白茉莉打断了她，说，自打你帮我还了七爷的高利贷，我就金盆洗手了，还不都是为了小梁子，他用钱的地方多。小梁子听起来像是她的私生子，其实是她同母异父的弟弟。

一身水青色刺绣旗袍将白茉莉包裹得玲珑有致，这让周菁璇想起了第一次见她的情景。当时在四马路的长三堂子里，一群被叫作先生或倌人的姑娘围在一圈搓麻将，旁边立着一个旗袍女子在软磨硬泡地跟其中一人借钱。

那时，周菁璇受德叔所托，来找一个门前点着名为海上花的玻璃罩灯的堂子。他的女儿斐君被绑到了这里，还签了卖身契。

斐君为了给德叔治病，铤而走险去跟地下钱庄借钱。老鸨是有帮会背景的，德叔几次来乞求她放人，都无功而返。那会儿周菁璇刚回到上海不久，租下了福熙路的公寓。眼见德叔的脸色一天比一天差，她一问才知，老鸨为了让他死心，竟然狮子大开口要五根黄鱼，不然的话第二天他女儿就会被点大蜡烛，就是俗称的破身。

五根黄鱼对普通的看门人来说可是天价，周菁璇只问德叔要了长三堂子的地址就离开了，她踏进了数年未回的林公馆。林公馆早已被汪伪政府接手，戒备森严，哪怕一只鸽子也难以轻易飞进去。

周菁璇是从地道进去的。建林公馆的时候，林承义特意让匠人挖了那条地道，以备不时之需。周菁璇回到久违的家，找到了十二岁生日那天父亲为她藏下的珠宝和金条。当年她进入地道时，发现眼前有一间会客厅那么大的密室，里面放了十几个保险箱，其中两个是她的，密码是她的生日。

周菁璇把五根黄鱼压到麻将桌上时，海上花刚好胡了。海上花是这家堂子最红的大先生，当她看到金灿灿的黄鱼时，眼睛比她的名声还红。比她更眼红的是白茉莉，眼珠子瞪得老大。

我要带她走。周菁璇指着被绑在柱子上的斐君说。斐君手里捏着一片碎瓷，手腕上有几道出血的划痕。

一个四五十岁模样的女人听到声音后，摇摇摆摆地走上前来，眯着眼把周菁璇从头到脚打量了一遍，又摸了摸五根黄鱼，检查了成色后就把斐君放了。

斐君被赎走的第三天，白茉莉就找上了周菁璇，说自己是夜巴黎的舞女，弟弟在香港大学读书，为了支撑这个家，她欠了高利贷还不上。周菁璇帮了她。后来，她俩成了邻居，交往甚密。从此，周菁璇偶尔也会从白茉莉这里买情报。白茉莉还算是懂得感恩的人，让她做事比较放心。而对于周菁璇来说，德叔是无所不能的，福熙路公寓住着社会各界的人员，他作为看门人条件得天独厚，弄个派司，搞张车票船票什么的，都是轻而易举的事。

周菁璇从未告诉陈恭平她有外围组织。自打上次从明轩书店安全撤退后，陈恭平就消失了，好像这个世界上从未存在过他这个人。走时，他像以往一样丢下一句话，等我的消息。

两个月后，陈恭平突然出现在周菁璇的亭子间，这让周菁璇万分愕然。

你怎么知道我在这儿？

我想知道的事，就一定会知道。

陈恭平把一份新任务的计划书塞到周菁璇手里。周菁璇迅速浏览了第一页的内容，然后倏然看向站在窗口抽烟的陈恭平，说，你让我打入元公馆？

陈恭平吸完最一口烟，将烟蒂掷向窗外，转过身说，这任务派你去最合适，这是戴老板的指示。

第四章

入　局

　　跑马厅是上海最大的赌场，人们对每年的跑马大赛趋之若鹜，有人买马票发了横财，有人耗光家财走上绝路。丁有德是最讨厌赌博的，如果不是胡宝初软磨硬泡非要拉他来，他是绝不会来尘烟滚滚的跑马厅看热闹的。

　　胡宝初专门穿了一身骑装，兴致勃勃地环视着看台上的莺莺燕燕。汪伪政府部长们的女眷坐在看台上，聊着吃饭、听戏和电影。高级看台的绝佳位置上坐着三个人，一个是日本商会会长，他是今年马会的新董事，他的左边是梅机关的青木贤二，右边是穿着西装的陆纯石。

　　参赛者策马而来，引得场上欢呼声阵阵。一场又一场比赛下来，看台上的观众只增不减，看台上已经座无虚席，那些舍不得买票、在外等消息的马迷们，在场外挤成黑压压的一片。快结束时，商会会长宣布临时增加一项特别节目——骑射，凡在场的人都可以参加，夺冠者的奖品是一把德国进口的驳壳枪。

这个节目正中胡宝初下怀，要说她的射击水平在元公馆排第二，就没人敢排第一，连丁有德都不是她的对手。但骑射对骑手要求很高，需要同时兼备高超的马术和较高的射击水平，要在奔跑的马背上射中场地中央的靶子，难度是相当大的。

几轮下来，胡宝初渐渐胜出，就连汪精卫的太太陈璧君的贴身警卫也败下阵来，这让丁有德相当有面子，那位马上飞燕是元公馆的人，也是他的情人。梅机关的青木贤二也朝他投来赞许的目光，只有陆纯石好像并不在意场上的喧哗。

胡宝初在马场上出尽了风头，大家都认为那支驳壳枪已经是她的囊中之物。在太太和小姐们的助威声中，胡宝初乘着风，骑着马，举枪射向靶子，子弹打在靶心外一厘米多的位置。眼看她就要拔得头筹时，突然，马场上蹿出来一匹黑马。

不，那是一匹通体雪白的飞马，马背上的人一身朱樱红骑装，细毛呢的披风迎风翻腾，与脚下白马配合得相得益彰。那人一骑红装，仿佛踏浪而来，一下子把在场所有人的目光都吸引住了，连丁有德都不由自主地站了起来。陆纯石看着那人，眼神微漾，他也被眼前的情景吸引了。

红衣女子连续几枪都正中靶心，胡宝初顿时落了下风。场上人声鼎沸，每个人都激动异常。未料，胡宝初瞬间抽出一把明晃晃的刀，趁红衣女子未防备，举刀便朝红衣女子的马尾砍去，但红衣女子一个闪挪，致使胡宝初扑了空，重重地摔到了地上。眼看着马蹄就要落下来，红衣女子冲上去抓住了缰绳，控制住了马匹。

胡宝初从地上爬起来后，抬头看到红衣女子正举着那把驳壳枪向看台的观众致意。她还看到了一个令她更加气愤的场景，丁有德正痴痴地看着红衣女子，上次出现这一幕，还是在电影皇后胡蝶拍电影的片场。

红衣女子解开披风，去更衣室换了身旗袍。不一会儿，她朝着看台走去，这短短的几步路，已经走进了丁有德的心坎里。

场上有人在打听红衣女子的来历，有位穿玉色旗袍的年轻女子立马接话说，这是我表妹的同学周菁璇，上个月才从英国留学回来。

菁璇，女子叫了一声。她看着周菁璇走过来，说，你的表演太精彩了。她上前挽住周菁璇，转身把她介绍给太太们认识。

柳絮，你哪里是管运输的太太，分明是搞情报的太太，你什么时候认识了这样的人物，还瞒得这么好。说话的是汪伪政府财政部长的太太，姓吴。她是今天攒局的人，年龄最长，身材早已发福。这几天她的痛风病犯了，原本不想来，但耐不住柳絮各种游说，她总得给汪伪政府交通部长的三姨太一个面子。

此刻，没有谁会比丁有德更想认识周菁璇，他走上前，表情恭敬地请一众太太小姐们去美华吃饭，却是醉翁之意不在酒。柳絮是爱热闹的，她不由分说，拉着周菁璇上了丁有德的车。

美华酒家是一家粤菜馆，转过静安寺路青海路的斜桥弄口，就能看见一幢独立的二层小楼，楼下是散座，楼上是包厢。一进门，男女招待便迎上前，亲切招呼丁有德等人。从落座到点菜，丁有德的目光就没有离开过周菁璇，大家聊过几句之后，周菁璇的来历便众人皆知了。她是上海人，父母双亡后，由姑妈带到北平读中学，毕业后去了英国留学。这次搭乘邮轮回到上海，是为了回来看望生病的姑妈。

周菁璇望着桌上的奶油西米布丁出神，这是美华的招牌菜。一旁的太太们议论着，现在的上海连一道正宗的粤菜都快吃不到了，骆驼香烟涨了高价都买不到，听说永安新上了一款栀子花味的香水。

周菁璇全然没有去听这些闲话，她耳边响起了一个月前，陈恭平在她租的亭子间向她交代任务的声音。

那天，陈恭平带来了军统为她安排的新身份，还向她介绍了英国时兴裙子的款式，时兴口红的品牌和价格，爱丁堡大学附近的特色菜，还有曾经的老师和同学，以及在校时租住在哪条街道，她的英文名字，毕业的时间……

这些你必须烂熟于心。总之，所有的故事都为你编好了，都写在计划书里。记住，每个细节都关乎你的性命。陈恭不紧不慢地说，你有一个月的时间让自己成为新的周菁璇，据我们了解，从小你家里就给你请了英语老师，你的英语老师毕业于爱丁堡大学。关于她告诉你的一切，你需要尽可能地想起来，因为你是在爱丁堡大学留学，主修英国文学。

周菁璇不语，怔怔地看着他。

陈恭平说，打入伪政府，成为元公馆的一名汉奸，这是个艰巨的任务，更是戴老板和军统对你的信任。

听到"汉奸"二字，周菁璇总算理清了思路，军统要她像一粒种子，在元公馆生根发芽；像一把利剑，直插敌人心脏。

你对外的身份是伪政府交通部长三姨太远房表妹如绢的同学。陈恭平微笑地说着，像个传道授业解惑的先生在讲之乎者也。

周菁璇疑惑地问，万一如绢识破我不是她同学，向三姨太揭发我怎么办?

陈恭平的笑意更深了，他平静地说，这个如绢压根不存在。

周菁璇心里一咯噔，按军统的办事风格，大约是真的不存在了。

但是，周菁璇继续存在。陈恭平笑了笑，说，你进入元公馆时的名字还叫周菁璇，绿萝裁缝铺是我们的临时据点，杨望江是你的联络员。

陈恭平拿出一把钥匙递给周菁璇，说，这是福熙路公寓的钥匙，就在你住的公寓楼上，里面有你需要的东西。他望着周菁璇睫毛下那双灵动的眼睛，犹豫了一会儿，才说，做了这行，前尘往事都已是上辈子的事了。

菁璇，别光顾着发呆呀，你这么漂亮，有男朋友没有啊，汪政府里可不缺青年才俊。伪司法院院长的太太犯了说媒的瘾，继续说，我有个侄子，也是英国大学毕业的。

丁有德对手下耳语了几句，手下拦住了李太太的话头。丁有德开始殷勤地为周菁璇斟酒，话里话外都暗含着讨好之意，把想邀请她加入元公馆的心思也说了出来。

丁有德话音刚落，胡宝初冷着脸走了进来，她身后跟着一个人。周菁璇看到那人，心一下提到了嗓子眼。这人就是半年前她刺杀渡边次郎后，和山田宗一起过关卡时遇到的那个特务，如今她对丁有德的说辞是一个月前刚从英国回来，却没想到会在这里撞见他。想避开已经来不及了，只是心里拿不准，对方是否还记得她。

陆纯石进门后简洁地与女眷们寒暄了一番，他一贯有女人缘。

周菁璇正心存侥幸，陆纯石突然转身向她敬酒。他俯过身，用只有她能听见的声音说，又见面了。

听到这句，周菁璇冷汗涔涔。她想起来，那天军统从明轩书店撤离后，她躲在暗处注视着书店，不一会儿，果然来了两车日伪特务，包围了书店，为首的就是这个人。周菁璇抬眼撞上了陆纯石的目光，他正目不转睛地看着她。她感觉心脏在突突地跳，抚着脸颊说要出去醒醒酒。

与其说是醒酒，不如说是准备逃走，周菁璇穿过长廊，一眼看到门口有特务把守，只好折回走廊。夜风拂面，月白旗袍下襟被风吹得卷起花。她轻靠在汉白玉栏杆上，一丝凉意慢慢爬上来，沙克司坚的厚料子也挡不住入秋的寒意。她低头望着脚上那双白皮鞋鞋尖，像两枚浅浅的月牙。不知怎的，陈恭平的话又钻进了她的耳朵。

你的代号是三剑客，由戴老板亲自指派，是军统的最高机密。陈恭平告诉她，元公馆有军统的人，遇到紧急情况，可在窗台处放一个撕去一块三角缺口的美丽牌香烟盒。

为了打入元公馆，周菁璇整整准备了一个月。这一个月来，她不分白天黑夜地学习打麻将，去跑马厅练骑马，又向舞女学习穿旗袍。最后一天，陈恭平带着廖长春来的时候，她正在练习投毒。任廖长春再怎么变装，周菁璇还是认出了他走路一脚深一脚浅的样子。

周菁璇一项一项做着投毒测试，廖长春点头称赞。临别前，他送给周菁璇一条镶嵌着碎钻的蓝宝石项链，说，这里面的氰化钾，足以毒死两匹马，希望你永远用不上。

周菁璇摸了摸那条项链，定了定神，准备回到包厢。突然，她隐约听到了争吵声，仔细一听，是胡宝初因为周菁璇要进入元公馆的事与丁有德起了冲突，等胡宝初怒气冲冲地离开，她才回过神，却看到脚下多了一双男式皮鞋，她视线上移，发现陆纯石正似笑非笑地看着她。

周小姐，听说你一个月前才从英国回来，但我们半年前就见过面了，就是渡边次郎被杀的那天。难道你不记得我了？他还是说起了这事。周菁璇早已想好应对的话，她十分镇定地说，陆处长，你这张脸我很陌生，估计你认错人了。半年前我还在英国读书，我从不逃课，每节课的签到表都有我的亲笔签字。

陆纯石并不打算放过她，继续揭露说，周小姐如果忘了，我来帮你回忆回忆，当时在愚园路关卡，周小姐身穿洋装，挽着一个日本男人。

我可以负责任地说，你的确记错了，长相相似的人太多了，比如你，看上去像极了我的一个同学。周菁璇不卑不亢地说。

陆纯石没有立即反驳，盯了她足足十秒钟后，他突然笑了，调侃说，这世上有两种人我过目不忘，第一种是漂亮的女人。

周菁璇不以为意地问，第二种呢？

陆纯石收了笑，说，漂亮的女间谍。

你就这么肯定我会答应丁处长的邀请，进入元公馆？

你不会吗？

我从来没有考虑过当一个汉奸！她硬气地甩出这句话，说罢便走，月光里，她的身影显得很傲慢。

那天晚上，周菁璇当众拒绝了丁有德的邀请，这事居然让丁有德失眠了，他躺在床上思绪万千。丁有德是个越吃不到葡萄就越要摘的人，他以刘备三顾茅庐的姿态，几次来到周菁璇的住所。而周菁璇拒绝得一次比一次决绝，根本没有商量的余地。周菁璇的不客气让丁有德十分着恼，但他硬是压住了火气。手下人说，干脆把这个女人绑了，她要是不从就毙了她。

混账话，我要的是心！是心！你明白吗？丁有德训斥手下时，陆纯石走了进来。陆纯石微微一笑说，处长，多她一个不多，少她一个不少，您何必执着此事。

你也糊涂！丁有德说，目前元公馆太缺人手，我们缺的不是那些市面上招来的虾兵蟹将，而是精英。你不认为周菁璇是个难得的特工人才吗？而且她是女流，我们元公馆太缺女间谍，这话你应该懂。

丁有德不敢把潜意识里的欲望表露出一丝一毫，但说这话时，他已经心神微漾。

陆纯石淡淡地笑了笑，说，既然处长这么看重她，不如换个人去试试？

好，你去。你马上就去。丁有德亢奋起来，立刻扯过一张纸写了周菁璇的住址，递到陆纯石手里，又说，你问问她有什么条件，差不多就答应她，先弄来再说。这话你去说最合适。

周菁璇打开门看到门口站着陆纯石，愣了一下。她没有闪开身子，只用警惕的目光看着他。

不想让我进去吗？陆纯石微笑着说。

你真是个不甘心的人。

今天我的造访可是好意，也许我真的认错了人，那个穿洋装的不是你。

周菁璇听到这话才闪开身子。陆纯石进门后就看到了周菁璇骑马射箭的照片，可谓英姿飒爽，旁边还有几张风景照，都是在英国拍的。他盯了照片好久才转回身，迎着周菁璇依然不友好的目光，说，好吧，我向你致歉，看了这些照片，我更认为是我认错了人。他的语气温和了许多，眼里锐利的光也变得柔和。他说，我希望有你这样的战友。

陆纯石没想到今日的造访会如此顺利，只听周菁璇说，这事我再三想过了，丁处长三次登门，一番诚心，如果薪水够高，我可以试试。又沉沉地说，我需要钱给我病重的姑妈治病。

这事太好办了。我要亲自再去一趟，带着钱去。听了陆纯石的汇报，丁有德已经掩饰不住兴奋。他朝陆纯石竖起了大拇指，赞道，元公馆有你，实属我的幸运。

你不怕她有问题吗？陆纯石突然说出的这话，让丁有德的心咯噔了一下，他看着陆纯石，许久没有说话。

陆纯石凑近丁有德，说，把这事交给我，我替处长看着她。考验几回，放心了，再重用。

丁有德夸张地露出一个感动的表情，居然上前和陆纯石拥抱了一下。

丁有德是带着五根小黄鱼去见周菁璇的。周菁璇说完感激话，给他写了一张借条。

第五章

试探

丁有德给周菁璇去电话时，她正在福熙路公寓研究藏在打火机里的微型相机。

半小时后，陆纯石来公寓接她，去执行第一次任务。关于任务的内容，丁有德在电话里只字未提。周菁璇找出一件哔叽靛蓝风衣穿上，颈上围了一条白纱巾。她把手枪塞进了手提包，这是为陆纯石准备的，万一他要坏事，她会毫不犹豫地打穿他的心脏。等时间差不多后，她才缓缓下楼。

陆纯石斜靠在车门上，正和看门人德叔打听事儿，他的眼睛可没闲着，时不时打量着行色匆匆的男女，偶一扭头，精心打扮后的周菁璇摇曳生姿地走入了他的视线。

到底什么任务？周菁璇站在风里问。

去火车站接日本军火商人东野木。说完这句话，陆纯石为周菁璇打开车门，做了个请的动作。

东野木，周菁璇在训练班的军统暗杀名单上见过这个名字，他的真实身份是日本陆军中将。当务之急，是要把关于东野木的情报送出去，首先，她要躲开陆纯石的视线。

陆纯石扶着方向盘，在看反光镜时留意到了周菁璇手里的白色手包，他看似随口一说，刺杀王天行的杀手，也有一个这样的包，和你这包很像。

周菁璇心头一紧，却面未改色。她举起包说，这包是不是很好看？李太太送给我的。

陆纯石笑了笑，说，好不好看我不懂，我只知道，胡宝初正满上海查有这款包的人。

哦？那她怎么没有查到我？

陆纯石扭头看了周菁璇一眼，淡淡一笑，说，会查到的。

周菁璇心里忐忑不安，李太太送了她包不假，但不是这款。

一路上，周菁璇应付着陆纯石一个又一个含沙射影的提问，一时竟找不到送情报的机会。快到车站时，陆纯石下车去买烟，她也迅速下车钻进路边的电话亭，给绿萝裁缝铺的杨望江打电话，言语中问的全是订做衣服的事，暗号就藏在话里。她通知对方，在车站射杀东野木。等她转身拉开电话亭的门，猛地吓了一跳，陆纯石不知何时来到了电话亭外，从表情上，看不出他有没有听到她的通话内容。

周菁璇心里发虚，却笑着说，柳絮姐定了套旗袍，嫌样式老气，但我喜欢得很，就让他们改了尺寸，女人嘛，衣服多一件也不算多。

嗯，女人和男人不同，执行任务途中还不忘生活。陆纯石似笑非笑地说，不过，还是小心为好，说不定何时哪条街上藏着狙击手。

或许是因为女人的第六感，周菁璇总觉得陆纯石话里有话，像是在怀疑她，又像是暗示。至少，目前他还未向丁有德提及六个月前的一面之缘，想到这里，她心里稍安。

接人的任务非常顺利，而来人却说他是东野木的助理。周菁璇这才明白，原来这次行动是丁有德对她的试探。此时，军统的狙击手已经在车站对面的洋楼窗口就位。她迅速摘下颈上的白纱巾，这是暗示狙击手取消行动的暗号。但不巧一辆车经过，挡住了周菁璇发出的信号。

上海的风软软的，抽走了她手中的纱巾，纱巾如一卷云，又像断线的风筝，在风中飘动着。陆纯石眼疾手快，跃身上前抓住了纱巾，只听周菁璇哎哟了一声，似乎崴了脚，这也是取消行动的信号。

洋楼上黑洞洞的枪口缩了回去，狙击手迅速不见了人影。周菁璇暗暗得意，她接过纱巾时，发现陆纯石在盯着她的高跟鞋看。她低头时才发觉，鞋跟已经崴断了。

陆纯石又说了一句让周菁璇心中暗惊的话，你这脚崴得也真是时候。他说罢还有意朝对面的洋楼看去，又转回头朝她笑了一下。

周菁璇完成第一个元公馆分派的任务时，胡宝初又因为她进元公馆的事和丁有德闹得不可开交。胡宝初一时半会儿找不到证据来证明周菁璇另有所图，气急败坏之下胡乱猜测：姓周的没准就是共党或军统派来的卧底！

丁有德烦躁不堪，说，我心中有数。

无论胡宝初说什么，丁有德都不想舍弃周菁璇。他不断对外说自己看中了周菁璇的射击水平，说她是执行暗杀任务的好手，而周菁璇的美貌始终让他暗暗垂涎。有一次，他们一起去片场，连同框的电影皇后都被她比下去了。丁有德有心一亲芳泽，甚至想利用她的美色去拉拢更多的知名汉奸，以壮大元公馆的势力，又怕把美人送入他人怀抱。他多次邀请周菁璇都被她巧妙拒绝，他非但不生气，反倒觉得周菁璇身份的可疑性大大降低了，倘若她一口应允，那才是动机不纯。他深知，是他帮她送了病重的姑妈去香港治病，这才打动了她。这个美人懂得感恩，他喜欢。

丁有德看似鬼迷心窍，实则老谋深算，他本来就是个多疑的人，陆纯石的暗中提醒和胡宝初的瞎猜胡闹并非没入他的耳。倘若周菁璇真有问题，那就是一条蛇卧在身边，不知何时就会把他咬得体无完肤。所以他接受了陆纯石的建议，准备考验她几回，等她通过考验后再重用。直到陆纯石带回任务成功完成的消息，他悬着的心才稍稍落地。

周菁璇在执行任务途中打电话的事，陆纯石并未和丁有德说起，不过，他第二天就独自去了绿萝裁缝铺。杨望江按照与周菁璇套好的词应对陆纯石，他熟练地裁剪着丝绸，又向陆纯石推销最新的款式料子，所以陆纯石在裁缝铺并未发现什么异样。

从裁缝铺出来，陆纯石转身去了梅机关。上个礼拜他申请了一批枪械，迟迟没有消息，他决定亲自去找青木贤二机关长。青木贤二正在向手下布置接待东野木来沪的安全防卫措施，陆纯石在门外等了一刻钟才进去汇报。

周菁璇在机密室查到东野木的消息时，丁有德正推门而入。周菁璇端着他的茶杯，而茶杯下是他刚看过的文件，他狐疑地站在门口看着她。

哟，丁处长？周菁璇的表情十分镇定。她说，我刚给你泡了杯养生茶，听秘书说你最近睡眠质量不好。可是，我笨手笨脚的，泡茶时烫了手，开不了车了，一会儿你能开车陪我去趟永安吗？听售货员说新来了一批欧美货，我想去看看。丁有德一听周菁璇这样说，急忙上前关心，趁他去拿药箱的时候，周菁璇将手心里的纸条塞进了内衣，纸条上记载了东野木的信息。

周菁璇拖着丁有德四处逛，终于看到了作清洁工打扮的杨望江。杨望江在专心扫地，但他用余光看到了周菁璇。丁有德随手要点烟，被周菁璇制止，她把烟和纸条一起扔进了垃圾箱。丁有德未曾多想，倒觉得她娇俏任性。

未料，胡宝初带着特务们突然出现了。杨望江刚要收走垃圾，被胡宝初拦下。胡宝初盯着周菁璇，说，我倒要看看你刚才扔进垃圾箱里的是什么东西。又朝身边的特务说，把垃圾倒出来，仔细翻。

丁有德紧张起来，周菁璇也一脸愠色，说，如果翻不出什么，胡队长你要给个交代。

就一根烟，你闹什么？丁有德蹙着眉头说，我们在执行任务，如果你打草惊蛇了，你是要负责的！

胡宝初不和他争执，只命特务翻垃圾，看到特务迟疑，她居然掏出了枪。胡宝初早就注意到了周菁璇的小动作，她相信自己的判断。

特务果然翻出了一张纸条，打开一看，是一张食单：乔家栅的两盒蝴蝶酥，凯司令的白脱蛋糕，杏花楼的莲蓉月饼……胡宝初一时傻眼了，这些都是丁有德平素爱吃的，可见是周菁璇这小蹄子有心记下的，即使她不是谁派来的间谍，也是自己的情敌。

实际上情报就藏在那食单上。蝴蝶酥指代某条街，数量两盒，代表下午两点。所以周菁璇要传出的完整情报信息就是：东野木明日下午两点抵沪。

等他们走远，杨望江捡回食单，悄悄离去。

仁心中药铺位于法租界的静安寺路上，这是一家不大的店面，原来的老板因战乱逃到香港后，这家铺子就空了。三个月前，老乔成为中药铺的新老板。他还有另一重身份，上海地下党的领导人，代号山河。

这天，伙计把一张空白药方交给掌柜老乔，老乔躲进暗室，用药水抹过白纸，几行黑字渐渐显现：东野木明日下午两点抵沪。落款是穿山甲。

穿山甲是潜伏在伪政府的地下党的代号，他的存在是党的高级机密。

深夜，西装革履的老乔来到夜巴黎舞厅，邀请当红舞女苏江雪到舞池起舞。两人暧昧相拥，老乔附在苏江雪的耳边轻声说，明日下午两点，东野木会抵达大东亚饭店，找准机会，杀了他。苏江雪耳朵上的两只红宝石坠子晃了晃，细碎的光落在她雪白的颈子上。她抬眸浅浅一笑，说，我想见穿山甲。

他会主动找你的。一曲结束，老乔将小费塞到苏江雪手中，转身离去。

东野木早起遛马的癖好使他死于非命，确切地说是死于苏江雪的枪下。那天地下党和军统同时布置了暗杀计划，军统狙击手提前暴露了，只能紧急撤离。苏江雪穿了一件黑风衣，躲在角楼上，枪口对准了东野木的脑袋。就在东野木上马的一刹那，子弹射穿了他的脑袋，血汩汩地覆盖了他的脸。

东野木被杀的当天下午，机关长青木贤二拿枪指着丁有德的胸口，命他三天内画出杀手的画像，十天内抓到杀手。丁有德走出梅机关大楼时才发觉自己手心里全是汗，他解开胸前的纽扣，脑子里回荡着青木贤二的话：抓不到杀手，子弹就是你胸前的纽扣。

夜深人静时，丁有德在办公室里抽烟，他审视着手里的照片，那是苏江雪的背影。胡宝初把一张照片扔到丁有德面前，说，这是长三堂子的妓女，我的一个线人，找个画师比着她画。

街上很快贴满了通缉令。周菁璇认出了画像上的妓女是海上花。海上花是认识她的，她有暴露的危险。

周菁璇知道她被胡宝初跟踪了，故意去杏花楼为丁有德买点心。丁有德吃着点心，听着周菁璇对他的许诺，不禁心花怒放。周菁璇说，元公馆有了女杀手的画像，我要和这个女杀手过过招，亲自抓住她献给丁处长。丁有德连连称赞她有心了。胡宝初兴致勃勃来汇报抓捕工作，见到此情景简直要气疯了。

周菁璇见目的达成，挑衅地看着胡宝初。快要下班时，胡宝初来找周菁璇的麻烦，周菁璇朝着她又是咳嗽，又是打喷嚏，并说，离我远点儿，我恐怕是染了风寒。

海上花是在通缉令贴出的第三天落网的，与此同时，周菁璇告了病假。元公馆都以为周菁璇是因为与胡宝初合不来，为了赌气才故意称病的。

门铃响的时候，周菁璇正窝在沙发里听唱片。

陆纯石的登门让她有些意外，但她迅速找了件披风把自己裹了起来，又热情地为他冲咖啡，以表示对他的到来的欢迎。

陆纯石打量着她说，你的气色丝毫不像生病的样子。

陆处长今天来，是丁处长的意思？

是，也不是。陆纯石说，我想知道你为什么躲起来？

周菁璇拿出医生开的病历，陆纯石连看也不看。他摇了摇头，笑着说，档案都能造假，更何况病历。

你到底想做什么？周菁璇后退一步，手肘搭在玄关的柜子上，手渐渐靠近抽屉，她记得很清楚，她在抽屉里放了一把枪，枪里有三颗子弹。

这话应该我问你。陆纯石脸上没了笑容，他几乎在用审犯人的口气问周菁璇，你为什么进元公馆？档案上写着三个月前，你从英国回到上海，你的家里也到处摆着英国货，但去接东野木的途中，你打了一个电话，放飞了一条纱巾，崴了一次脚……这一连串的动作，太巧合了。

周菁璇停住手，把脸一横，说，你又在怀疑我？

陆纯石冷笑一声，说，我在关心你。

周菁璇不说话，冷冷地看着陆纯石。终于，陆纯石面色稍缓，看上去心软了下来。

你不愿意说，我也不再问了。陆纯石并没有要走的意思，他在沙发上坐了下来，端起咖啡慢慢啜着。他告诉周菁璇，海上花被捕的第三天，未经梅机关过问，就死于刑讯。

海上花自打看到通缉令后，被吓得东躲西藏，胡宝初的手下费劲巴力找到她时，她正在烟馆的床上吞云吐雾地伺候嫖客。海上花哭求胡宝初放过她，说她会更加卖力地打探情报。胡宝初说她为了一袋鸦片放跑了一个军统。海上花面如死灰，她知道自己再也等不到走出元公馆刑讯室的那一天了。

丁有德向青木贤二汇报杀手被抓的情况时，青木贤二怒气未消，说他是要活的，甚至怀疑丁有德弄了个假的糊弄他。前来替海上花收尸的老鸨顺带做证，她抱着一堆黑衣服和一把手枪，说，这是从海上花的床底下发现的。

谁出卖了海上花？周菁璇问陆纯石。

老鸨。陆纯石说，不过她领了赏钱，也没命花。

老鸨从丁有德处领了小黄鱼，回家途中被特务当街杀死，她死在了她第一次遇见海上花的地方，那时候海上花还在给过往的行人擦皮鞋。

陆纯石喝完咖啡起身离开，至门口又回头说，知情的人都没了，可以好好睡一觉了。

他是说丁有德，还是说她？送走了陆纯石，周菁璇打开留声机，继续听那首《友谊地久天长》，她望着窗外，水珠滴答答地打在玻璃上，下雨了。

第六章

疑 云

陈恭平在一个秋风瑟瑟的黄昏约周菁璇见面。

周菁璇像平常的客人一样到裁缝店选料子，量尺寸，裁缝装扮的杨望江殷勤地招待她，说有个苏州来的丝绸商，带来了好多时兴的料子，请她到里面一看。杨望江为她掀开门帘，她从帘缝里看到了陈恭平的侧影。

陈恭平一看到周菁璇，就指着面前五彩斑斓的丝绸说，这些料子都适合你，穿上肯定好看。

周菁璇笑得有点僵硬，说，比起衣服，我更担心自己现在的处境。

几番行动后，周菁璇渐渐摸清了元公馆的情况。和自己走得最近的是机要处秘书叶沉秋，叶沉秋私下里告诉她，胡宝初是丁处长的人，准确地说是情人。电务处的梅丽莹负责电台，是个看起来孤傲暴躁的女子，一门心思搞电报，对任何人都不讲情面。她有个习惯，每天傍晚都要去黄浦江岸边散步。梅丽莹的上司林晋，是一个低调的老报务员，今晚他去南京出差了。

周菁璇告诉陈恭平，元公馆一直有两双眼睛盯着她：一双是行动队队长胡宝初的眼睛，多半是因为丁有德的关系；另一双是陆纯石的眼睛，像安插在她身边的定时炸弹。

陆纯石是我最大的威胁，他手里有我的把柄，但又不拆穿我，不知他葫芦里卖的什么药？

先去试衣服吧。陈恭平看着她，说，你愈发漂亮了，算得上顶级的美女间谍。他的目光始终落在周菁璇身上，有些许欲望流露出来，但周菁璇知道，他这人不会造次。

周菁璇从试衣间袅袅婷婷地走出来时，已经换了一身高领口的丝绒旗袍，别有一番韵味。

我应该再去烫个头发。周菁璇对着试衣镜左看右看，她看到镜子里的陈恭平拎起了一只箱子。

嗯，完全应该，美女特务，是要好好打扮，不过烫头发前，你要先去解决一个叛徒。陈恭平将箱子打开，里面露出两把枪，他说，你和杨望江，一人一把。

叛徒是谁？周菁璇问。

林晋，他以前是军统的报务员。

什么时候解决他？

今晚。陈恭平说，你刚才不是说了，他今天会去南京出差嘛，想办法在途中杀了他，撤退的路线我告诉杨望江了。最后，他又叮嘱，至于陆纯石，我会确认他的身份。

你怀疑他是自己人？周菁璇不解其意。

陈恭平说，我今晚会给重庆发电报。

林晋是在从南京回来的路上被周菁璇枪杀的。撤退时周菁璇腿部中了弹，杨望江扶着她躲进了一处年久失修的破庙里。因疼得厉害，她的脸色渐渐变得煞白，冷汗直冒。远处响着汽车的鸣笛声和军靴的杂沓声。二人默默对视，都明白目前街上到处是宪兵，他们的处境十分危险。

你快走，别管我。周菁璇催促杨望江离开，接应他们撤退的渔船就在二里地外的码头，如果再不走，过了点就赶不上了。杨望江却一动未动，只沉默地看着她。突然，他拎起她的胳膊，一把打横背上她。她低呼了一声，只觉轻飘飘的，浑身动弹不得。

周菁璇和杨望江的过命交情就是从这里开始的，为了他，她可以和陈恭平翻脸，可以和军统对着干。

杨望江背着周菁璇走到码头时，发现渔船已不见踪影。他只好选择沿着一条乡间小路走回上海，这一路的艰辛可想而知。将近凌晨时，杨望江实在走不动了，两人靠着树坐下。周菁璇的伤口愈发疼痛，杨望江一直在为她按摩，还跑了好远的路，用水壶盛了河水，冷敷她肿胀的腿。这一夜，杨望江的话格外多。

杨家本是重庆的簪缨世胄，名门望族，但到了杨望江父亲这一代，渐渐没落，后代们也整日坐吃山空，逗鸟遛狗。直到清王朝被推翻，杨家竟人丁单薄起来。杨望江是杨家的独苗，自小不说是锦衣玉食，靠着祖辈的积累倒也衣食无忧，他原本可以无忧无虑地过完富贵公子哥的一生，直到某天清晨，他遇到了王西亭。

那天，杨望江像往常一样去铺子吃早点，遇上了一支与众不同的队伍，队伍的成员是猪、鸭、鹅、牛等各种动物，浩浩荡荡地占了半条街。巡逻的哨兵以为是敌军派来的探子，有百姓围上来七嘴八舌地讨论，那人可能是放牧的，但放牧的哪有放鸡鸭的？直到时任国立中央大学的罗校长认出来，为首的牧人是自己人，他是农学院的院长王西亭，他带着这支特殊的队伍跋涉了一年，历经日军轰炸，严寒酷暑，才从南京奔赴重庆。

王西亭就像个真正的牧羊人一样，风餐露宿，带着那群动物，从南京到安徽，又到河南，再到湖北，最后到了重庆，走了两千多公里。杨望江哽咽了，说国难当前，匹夫有责。

周菁璇的呼吸已经很微弱了，但她还是问了句，你被王西亭的抗日壮举感动了，所以加入军统？

我原想去当空军。杨望江垂下头，说，可父母说我还未娶妻。

周菁璇说，等抗战胜利了，我要参加你的婚礼。

杨望江顿了顿脚步，过了良久，长长地吐出一口气，说，没过多久，我父母就被日军投下的炸弹炸死了，我只挖出他们半截身子。

这一夜，两个人没再说一句话。

杨望江就这样背着周菁璇在月亮下走，直到看见上海初晨的太阳，那缕微弱的光抹在他肩膀上，让人看了心里暖暖的。

陈恭平给周菁璇处理完枪伤，就拿出了重庆的回电：陆纯石不是自己人，必要的时候可以杀了他。

周菁璇眉头微蹙，问，他不是我们的人，那他的立场有可能是抗日的吗?

你的安全高于一切。陈恭平传达着重庆的意思,戴老板很看好你这条线,其余的你不要多想。

周菁璇匆匆忙忙赶到理发店做头发时,叶沉秋已经在这儿等她了。

叶沉秋一见到周菁璇就说个不停,先是埋怨昨晚被叫去加班的事,说,电务处的林晋被暗杀了,丁处长烦躁得不行,让我连夜打报告。接着又说,你说怪不怪,胡宝初昨天一天都没露面,现在的元公馆都乱成一团麻了。

昨天你是怎么回事,给你打电话一直没人接。叶沉秋端详着镜子里的自己,说,这爱司头就是好看。周菁璇附和了她几句,又转了话头,说起商场里时兴的化妆品来。

周菁璇发现住处有人潜入是在做头发之后,她顶着爱司头回到福熙路公寓,看见橱柜缝的一根头发移动了位置。法式手套、小粉盒、鞋袜、巧克力、手帕、洋酒、打火机、指南针、手表、大学毕业证书、射击比赛、跑马赛的获奖证书都在,但似乎有人动过。

周菁璇认为嫌疑最大的是陆纯石。她来到元公馆试探,昨天有谁不在岗,叶沉秋凑过来说,胡宝初好几天没露面了,陆纯石昨天执行完任务回来就直奔梅机关去了。

周菁璇心头一紧,面上故露喜色,说,呀!我想起来了,上个月我在永安定的进口玻璃丝袜到了,给你预留了一双,等我去取回来。

叶沉秋自是喜不自禁,要一同前往,周菁璇找理由阻止了她。

周菁璇买了丝袜后，朝垃圾箱里扔了一张纸条。纸条上写着福熙路公寓被人潜入，怀疑是胡宝初和陆纯石所为，扮成清洁工的杨望江在收垃圾时看到了纸条。完成这一切后，周菁璇重新回到元公馆，把取来的丝袜给了叶沉秋。

整整一天，元公馆都风平浪静。快要下班时，几日未归的胡宝初出现了。她的到来，就像朝平静的湖面扔了一块大石头。胡宝初下通知说，丁处长要组织开会，任何人不许离开元公馆。

丁有德在会上宣布，暗杀王天行的凶手找到了。他的话音刚落，胡宝初就拿出了一个白色手包和一条包链，说，这个包是在暗杀现场发现的，包链和包完全配套。说着，她倏然转头，死死盯着周菁璇，诡异地笑了一声，说，周小姐，这条包链你眼熟吗？这可是从你家找到的。

周菁璇心里一沉，却镇定地笑着，说，我的包送去修了，一条断包链能说明什么？

这时，胡宝初的手下小心翼翼地走了进来，说，工匠说，包和链子都是独一无二的，包和链子完全配套，每一款都完全无法复制。

胡宝初眉毛一扬，看向丁有德，说，丁处长，这事你怎么看？

丁有德朝周菁璇不咸不淡来了一句，没找到能配上这条链子的包之前，你不能离开元公馆。

丁有德的意思很明确，如果周菁璇不能自证清白，她一辈子也别想走出元公馆。

胡宝初对周菁璇说，你说你的包送去修了，送到哪家店了？

周菁璇想到了修表店的德叔，想必他能帮自己遮掩过去。她正要说话，百货大楼打来了电话。

梅丽莹把电话接进来，说周菁璇的包修好了，已经放在了胭脂柜台上。

叶沉秋也连忙解释说，菁璇的包的确拿去修了，我做证。

周菁璇暂时洗清了嫌疑。但胡宝初已经触碰了丁有德敏感的神经，这事让他心里种下了一根刺。

周菁璇扫描般地把有可能为她摆平此事的人想了一遍，她觉得是杨望江。杨望江知道此事的细节，还几次问过她。傍晚，她赶往裁缝铺，发现元公馆的一个小特务在跟踪她，便躲了起来。待小特务走近，她一脚把他踢倒，用枪指着他质问，你是共党还是军统，不说就毙了你。

小特务只好如实交代，自己受胡宝初指派。他狼狈逃窜到胡宝初的住处，报告说周菁璇没有问题。

周菁璇来到裁缝铺，见门口摆了打烊的牌子。她透过玻璃窗户，看见了挂在显眼位置的绿色旗袍，这是紧急信号，暗示联络员去执行任务了。周菁璇只得离开。

翌日，胡宝初为向周菁璇赔礼道歉，要在大东亚饭店请客。丁有德有意当和事佬，周菁璇推托不过，只好去了。菜刚上桌，胡宝初就指着一道比萨说，尝尝味道怎么样，有没有想起些什么？接着话里话外聊起留学英国的始末。

周菁璇咬了一口比萨，说，这比萨的味道，让我想起了在英国读书的时光。

那可太巧了。胡宝初说，这家的厨师也是英国人，让他和你见见面吧。说着，就让手下去叫厨师了。

大家都不知胡宝初葫芦里卖的什么药，个个面露不解。

倒是陆纯石，他对胡宝初的行为一点都不感兴趣，只带着若有若无的笑看着周菁璇。

周菁璇觉得陆纯石在等着看好戏，没好气地瞪了他一眼。这一眼落在了叶沉秋的眼里，她打趣道，怎么厨师还没来，这里倒是要开火了。瞧瞧菁璇看陆处长的眼光，是不是像两支火苗？饭桌上因叶沉秋的话热闹起来了。不一会儿，一位外国厨师端着一盘比萨进来了。

这是英国学校的厨师。胡宝初朝周菁璇介绍说，你们也该好好叙叙旧了。

周菁璇起身和棕发蓝眼的厨师寒暄了几句，然后用流利的英语与他聊起天来。两人从英国聊到周菁璇的学校，厨师的思乡情绪被勾了起来，愈发动情，蓝眼睛里居然闪动着晶莹的泪。

在场的没有人懂英语，都像在听天书。丁有德满怀好奇地问，你们在说什么，也说给我们听听。

周菁璇先是意味深长地对胡宝初说，胡队长，我不是个冒牌的留学生吧？又对丁有德说，我在问厨师，为什么比萨的芝士比在英国的时候放得少了。

英国厨师用一只手亲昵地揽住周菁璇，然后用蹩脚的中文对胡宝初说，感谢这位女士，让我在异国遇到了知音。

胡宝初的脸色看上去有些讪讪的，丁有德也难掩尴尬。当周菁璇看到胡宝初不断给丁有德使眼色时，她意识到这是一场鸿门宴，还好她提前有了准备。入席前，有个女服务员不小心在周菁璇面前打碎了一只杯子，她在快速收拾碎玻璃时，对周菁璇说，今天元公馆的胡队长请了英国的厨师来做比萨，据说这人在英国的大学……

周菁璇不知道又是谁帮了她。她利落地切了一块比萨放进丁有德的盘子里。陆纯石露出一抹讥笑，不冷不热地说，周小姐的刀工，一看就是久居国外练成的，回来才几个月，还不至于生疏。

在座的人都以为陆纯石在帮周菁璇说话，只有她感觉，他另有所指。这个心头大患，她迟早要把他除掉。

时候不早了，菁璇，我送你回家。丁有德早就坐不住了。胡宝初看穿了他的心思，忍不住酸溜溜地说，陆处长和周小姐都没说完话，你着哪门子急嘛。又假意关心周菁璇说，周小姐累了一天了，不如让陆处长送你回家吧，你要是拒绝，可就是不接受我的道歉了。

丁有德狠狠地瞪了胡宝初一眼。胡宝初下巴一抬，把他的眼神挡了回去。

周菁璇感觉很疲惫，一路上沉默不语。车子走到毕勋路拐角处，离她曾经的家，那幢白色别墅越来越近。她的心开始揪着，丝丝痛楚也缓缓袭来。往事像飘落的秋叶，一片一片飞到眼前。她好像看到了母亲穿着一身苏绣旗袍站在台阶上等她放学，又看到父亲牵着她的手小心地迈过台阶。她朝父亲撒娇说，过生日那天，我要邀请吴小轮，他是我最佩服的同学，也是我的好朋友。

最佩服？为什么佩服他？说说看。父亲好奇地看着她。

看到恶霸同学欺负人，他一定不会旁观，他会上前把他们打倒在地。

他能打得过他们吗？

打不过他也会打，他身上常常到处是伤，但他一点也不怕。

嗯，好样的。父亲由衷地赞道，说，那你请他来，每个节日都要请。父亲轻抚着她的发辫，满眼慈爱地说，等我女儿过十八岁生日，爸爸要给你办一个盛大的成人礼，你可以把你的好朋友都叫到家里来。

我不想邀请那些欺负同学的孩子。

好，我都听禾儿的。

那时她才十二岁，距离十八岁还有六年。但这一切都停在了十二岁那年。

看着夜色下的白色别墅，周菁璇的身体微微发抖，灼痛感裹住了她。她极力克制着涌上眼眶的泪水，生怕陆纯石看出异样。她收回目光时，发现陆纯石的目光正像两把刀一样剐过来，落在她的眼睛里，好像要剜出她最深处的痛。

你怎么了？一直盯着那幢小白楼看，它和你有关系吗？

我听说过它的故事，是我小时候的玩伴告诉我的。

汽车已经越过了林公馆。此刻的周菁璇突然感觉很无力，说，我困了，你开快点。

陆纯石凑到她的耳边说，我好像听见了你的心跳，也许你是这故事里的一个角色。

周菁璇怒火攻心，倏然看向陆纯石，质问道，你什么意思？你干吗处处盯着我？你在窥探什么？还总这么咄咄逼人。你究竟要干什么！她几乎大声喊了起来，以掩饰她的心虚。

陆纯石并不生气，而是心平气和地继续开车。等周菁璇安静下来，他看到她脸上似有泪痕。迎着敞开的车窗，她耳边的碎发被风吹起，粘在泪痕上。他心有不忍，伸手为她把头发捋至耳后，然后解释说，我喜欢关心漂亮的女人，你别多想。

周菁璇看向陆纯石，撞上他的目光，竟一时不知该说什么。她几乎能听见两个人轻微的呼吸声。

陆纯石不再理会她，只一心开车。

车子终于到了公寓门口，周菁璇急着下车，但她的脚还未沾地，就不知从哪里猛地蹿出几个人来，朝着陆纯石的车开了枪。

周菁璇稳住脚步后，认出开枪的人里有杨望江，她立刻明白了，军统在执行刺杀陆纯石的任务。

子弹打在车身上，擦出砰砰啪啪刺耳的声音。刹那间，陆纯石一边回击，一边将周菁璇护在身后。周菁璇这才见识到陆纯石的身手，就算是她，也未必打得过眼前个个都是高手的军统特工，而他却毫发无损。这更让她肯定先前的猜测，此人绝非看上去那么简单。

周菁璇乱了心神，她踟蹰了几秒，飞快地掏出枪，对准了陆纯石。

陆纯石蓦地回过头，眼中露出难以置信的神色。他不再给周菁璇留余地，与她过了几招，趁躲子弹的间隙，迅疾地下了她的枪，待她反应过来时，手腕已被他反手扣住。

恩将仇报，是你逼我的。陆纯石说。

她看不见他的表情，只能听到他低沉而冰冷的声音。

周菁璇此时未曾慌乱，但对面的杨望江已经乱了阵脚，他挥手示意特工们住手。

这一番举动，显然已经将周菁璇的身份暴露了。

陆纯石笑了笑，说，原来你们是一伙的，你果然是个女间谍。

周菁璇低头不语，脚下一个趔趄还未站稳，便被陆纯石拽了起来。他不由分说地把她塞进车里，然后不知从哪儿抽出一副手铐，熟练并飞速地将她铐在车把手上，整套动作迅雷不及掩耳，周菁璇丝毫没有反抗的机会。

陆纯石的语气冷得可怕，说，这手铐原本是给叛徒准备的，没想到会用到你身上。

车子疾速驶去，留下杨望江他们站在原地焦灼。

周菁璇忐忑极了，她不知陆纯石接下来要对她做什么。他一脸冷漠，一路上不管她如何问他，他都不作声。

快到平安大戏院时，他突然把车停了下来，脸色一沉，用犀利的眼神盯着周菁璇，说，我问，你答。

周菁璇迟疑了一会儿，怔怔地点了一下头。

为什么要对我下手？陆纯石问。

周菁璇不说话。

那些人是军统，对吗？

她别过头，望向窗外。

他突然捏住她的下巴，将她的头扭转过来，盯着她说，你也是军统。

周菁璇坦然地看着他。他不怒反笑，说，不承认，那我跟你算算账。

陆纯石说出的一件件一桩桩，无一不是在揭露周菁璇的身份，让她一句也辩不得。

终于，周菁璇爆发了，她冷冷地说，我和日本人有深仇大恨，杀你，就是因为你妨碍了我的行动。说完这句话，她才发觉自己在发抖。

路边的煤气灯灯光微弱，她只能看到陆纯石背光的面部轮廓，看不清他的表情。

你打算如何处置我？周菁璇轻问了一句。

陆纯石没说话，而是发动了引擎，车子朝来时的方向奔去。

周菁璇心乱如麻，以至于车子停住好一会儿，她才意识到又回到了福熙路公寓。

陆纯石解开她的手铐，几乎用命令的口气说，下车。

周菁璇迟疑了一会儿，下了车，汽车立即疾驰而去。

整整一夜，周菁璇都在忐忑和疑惑中度过。她不知道陆纯石是打算放过她，还是另有图谋，她甚至想过，要不要连夜撤退。但是，现在的她哪里都不能去，不能去军统的任何联络站，也不能联系军统的任何人。终于熬到了天亮，她决定赌一把。

周菁璇一早来到了元公馆。一切都平静如常，陆纯石见到她，如平日一样，礼貌地和她打招呼，似乎昨夜什么事情也没发生。周菁璇猜不透陆纯石的心思，她一直想找机会单独见他，可他根本不给她这个机会，仿佛是在刻意回避她。

叶沉秋看出周菁璇一整天都不在状态，约她下班后去逛永安。趁叶沉秋去试衣服的空当，周菁璇去胭脂柜台询问了手包的事。售货员告诉她，那天有个男人说要给女友一个惊喜，特意让我打了电话。

周菁璇暗暗思忖，售货员描述的那个长相英俊的男人，像极了陆纯石。

当丁有德怒气冲冲地拿着一份报纸进门的时候，周菁璇正在和叶沉秋一起看《良友》画报。

丁有德指着报纸上的一个名字朝周菁璇说，这个《大美晚报》的主编郑以成，一直破坏中日友好，还在报上大骂陈璧君女士。你去杀了他。

陈璧君是汪精卫的太太。叶沉秋附在周菁璇的耳边说，汪主席恼了，因为这个姓郑的把汪政府的人骂了个遍，影响很坏。说完，她识相地走开了。

郑以成防范意识很强。丁有德说，但只要他出门，命就不属于他了。

周菁璇接下任务就来了绿萝裁缝铺，付完订金后便进去里间试衣服，顺带把丁有德的计划跟陈恭平说了一遍。陈恭平暗暗吃惊，说，郑以成的公开身份是记者，但他实际是重庆派到上海的联络员，他的任务是洽谈军需物资，戴老板在电报里嘱咐过，务必要保护他安全返渝。

得到军统密报后，郑以成更不出门了，整日躲在霞飞路公寓，对外称病。

这日，丁有德急匆匆地找来周菁璇，说，郑以成终于要出门了，他要去夜巴黎舞厅，你就在夜巴黎暗杀他。记住，手脚要干净，不能让报社的人抓住把柄。他抚住周菁璇的肩，又说，这是证明你忠于元公馆的好机会，也可以让宝初消除对你的偏见和误解。

行动前，周菁璇又去见了陈恭平，还见了耗子。

郑以成是被一家报社的记者约去舞厅的，对方说有关于军需物资的信息需要当面和他说。保护他的特工怀疑有诈，但为了军需物资的周转，郑以成表示愿意冒一次险。果然不出特工所料，郑以成前脚进了舞厅，元公馆的特务后脚就把前后门堵死了。

周菁璇想放水，可胡宝初站在楼梯口盯着她的一举一动，她只好掏出枪对准郑以成，故意打偏一枪。

陆纯石也带着特务们行动了。

与此同时，有个舞客丢了一箱钱，在舞池里跳着脚喊抓小偷。场面渐渐失控，郑以成趁机跑到了舞厅后台，正愁无处可躲时，耗子出现了。耗子将周菁璇的话迅速朝郑以成复述一遍，并帮他躲进了一间废弃的杂物间。等周菁璇见到郑以成时，陆纯石已经搜到隔壁的化妆间了。

无论周菁璇怎么劝说，郑以成就是不肯离开。他坐在凳子上，静静地看着周菁璇，沉吟了片刻，说，今天我是无法活着离开了，不值得为我牺牲那么多人。

他点上一支烟，不紧不慢地抽着，一个个烟圈在憋闷的杂物间缭绕着。

你必须走，我的任务就是保护你。我去引开特务，让他带着你离开这儿。周菁璇指着耗子说。她看到郑以成的笑意一点点变淡，又补充说，记住我的话，你必须活着。

周菁璇出门前换上了耗子递给她的黑衣，她第一次以黑衣人的身份与陆纯石交了手。两人的功夫不相上下，陆纯石几次险些扯下她的蒙面。特务冲上来时，周菁璇抬手就是几枪，为首的两个特务中弹倒地，陆纯石躲过了子弹。紧接着，胡宝初带着特务赶到了，陆纯石居然放水拦下了特务，周菁璇得以逃脱。

等周菁璇返回化妆间时，郑以成已经中弹身亡。他手里握着枪，是他朝自己开了枪，他的头颅周围漫延着浓浓的血水。突然传来舞厅服务员的敲门声，周菁璇迅速换下黑衣打开了门，进来的人却是丁有德。他看着死去的郑以成，脸上浮起笑意，对周菁璇说了句，干得好。

同胞的牺牲换来了周菁璇的安全潜伏，一整天她都感到万分压抑，眼前不断浮现郑以成当时脸上那淡淡的笑意。心力交瘁的她对元公馆的庆功宴毫无兴趣，推辞说胸口痛要回家睡一觉，丁有德未能拦住她。陆纯石见周菁璇面色苍白，额头渗着细密的汗珠，主动开口说要送她回家。她没有拒绝，上了陆纯石的车。

途经静安寺，陆纯石停下车子说要去买点东西。她等了好久，不见人回，只好下车走动。前面围着一圈人，人群中不断传出刺耳的日语，有人骂骂咧咧的。原来有个黄包车夫急着回家，没顾上给日本宪兵行礼，宪兵对车夫不依不饶，拳打脚踢，甚至端起枪扬言要把车夫带走。围观的中国人敢怒不敢言，中间站着一个男子操着日语正在劝说宪兵，那人的背影像极了陆纯石。

周菁璇走近一看，果然是他。

日本宪兵瞪着陆纯石正要发火。只见陆纯石将一盒樱花牌香烟递到二人眼前，又拿出证件，说，这车夫长得像我死去的兄弟，二位长官就饶了他这一回吧。他好说歹说，宪兵才作罢，黄包车夫对陆纯石千恩万谢，频频作揖。

周菁璇目睹了这一切，但她没有让陆纯石看到她，而是转身回到了车上。大约过了一刻钟，陆纯石就回来了，手里拎着一个精美的盒子，对她说，凯司令的栗子蛋糕，赶紧吃点吧。

陆纯石看到周菁璇诧异的神色，问，怎么了？这种眼神，像突然不认识我了似的。

周菁璇第一次觉得，这个令她生厌的特务还有一点人性，内心竟对他升起一丝好感。

你怎么知道我喜欢吃栗子蛋糕？周菁璇问。

女孩嘛，都喜欢吃点甜食。陆纯石温和地安慰她说，你太累了，回家睡一觉再吃。

她看着栗子蛋糕，记起小时候每逢不开心了，父亲总会带她去凯司令吃栗子蛋糕，一口一口塞满嘴，绵软香糯，栗子的香味在舌尖散开，那是她童年时的一种幸福。

我饿了，现在就想吃。

周菁璇打开盒子，拿出一个，一口咬下去，淡淡的奶油在嘴里化开，心里竟涌上一股微甜。她抬头时，见陆纯石正看着她，眼神中仿佛有爱怜。陆纯石失笑，说，女人是用来心疼的，不是用来杀人的。

失眠已经成了家常便饭。周菁璇睁着眼躺在床上，望着天花板，复盘着最近的种种。她突然记起陆纯石打斗时的转身动作，刺杀王天行那天遇到的黑衣人做过同样的动作。难道那次是陆纯石救了他们？他为何这么做？又为何从来没有向元公馆和梅机关告发她？以及他今天对黄包车夫的态度，都成了她心里的一个谜团。这个夜晚，外面月色如银，这让她想起了吴小轮。如果小轮还活着，当她有危险时，他一定会在她的身旁。

梅机关会议室的桌子上摆着一堆子弹，这些子弹是从死人身上取出来的，他们要么是日本高官，要么是汉奸。陆纯石有条不紊地分析着黑衣人的情况，他每说一句，梅机关长青木贤二的脸色就黑一分，丁有德脑门的汗就冒一次。直到陆纯石捏着一颗子弹，得出结论：女杀手的身影无处不在。

突然，青木贤二抽出刀架在丁有德的脖子上，逼问他到底怎么回事。

丁有德倒吸一口凉气，感觉心跳到了嗓子眼。他说，一定是情报有误，或者……或者有人弄虚作假，查到此人，我定严惩不贷。又信誓旦旦地说，机关长再给我十天时间，我一定提着黑衣人的脑袋来见机关长。

丁有德回到元公馆做的第一件事，就是把胡宝初臭骂一顿，说，都是你出的馊主意，我的脑袋差点因为你搬了家。

胡宝初没好气地说，要是不弄个假的，你的脑袋没准早就搬家了，你还能有这闲工夫跟我摆架子？

抓不到黑衣人，你我都得倒霉。丁有德深深地吐了口气，他突然灵机一现，立刻让秘书把周菁璇叫了来。

丁有德准备把周菁璇加入抓捕黑衣人的计划中，他信赖她的能力，还命陆纯石单独给她上课，与她一起分析黑衣人的身份和行动轨迹。

你两在元公馆，就是我丁有德的左膀右臂，黑衣人的事就辛苦二位了。丁有德双臂交叉抱于胸前，对二人说。

那些贴满黑板的照片，都是陆纯石的工作成果。她边听边思考，半信半疑地问陆纯石，那晚你和黑衣人交手，可有收获和心得？

陆纯石欲言又止，貌似很为难地说，那个黑衣人身手了得，我是她的手下败将。

他分明在说谎，明明是他放水，她才得以逃脱。

周菁璇试探地问，你真的是汉奸吗？

陆纯石沉默了一会儿，说，我看上去不像吗？

一个礼拜后，周菁璇向丁有德汇报调查黑衣人的进度，说，黑衣人并非一个人，而是一个组织，杀掉一个还有数个，按下葫芦起来瓢。周菁璇看上去的确在认真汇报，她最后说，他们以前专杀日本高官，最近扩大了目标范围，也会杀有人命在手的汉奸，包括你我。

周菁璇一番话让丁有德听得瑟瑟发抖。

你和陆处长研究出办法了吗？丁有德着急地问。

我们已经安排线人四下潜伏了，估计不用多久就会有消息。周菁璇胸有成竹地说。

丁有德深舒一口气，露出欣慰神色。他约周菁璇晚上去美华吃饭，却被匆忙前来汇报工作的胡宝初撞上了。胡宝初旁若无人地蹭过了周菁璇的肩头，对丁有德说，我有工作要单独向处长汇报。

周菁璇识趣地退了出去，隔着门缝，她听到胡宝初提到了舞女。正要细听时，梅丽莹抱着一摞电报来找丁有德签字，周菁璇只好作罢，但她隐隐觉得有异。

果不其然，胡宝初抓捕了白茉莉。

胡宝初查遍各大商场，经筛选发现，王天行被杀的第二天，有人去商场购买了同款的手包，她在一个皮匠那里发现了白茉莉订做手包的事。白茉莉一口咬定包是替别人买的，她佯装不认识周菁璇，还找了人来做证，让胡宝初没想到的是，白茉莉的证人是梅丽莹。

梅丽莹一副不耐烦的样子，说，那只手包很好看，我就托她去买了一只，难不成胡队长也要查查我？又说，请胡队长稍等，我把包拿来给你看。她走了出去，很快趄回来，将白色手包放在了胡宝初眼前。

胡宝初所有的话都被噎回去了，只好把白茉莉放了。

当天，周菁璇专门找白茉莉问及此事。她问，你到底吃几家的饭？

白茉莉嘻嘻地笑了，说，若不如此，今天会是什么结局？又说，那些来舞厅的元公馆的人，出手都很大方，我也是为了讨生活。

周菁璇环视着白茉莉的屋子，发现梳妆台上多了几款首饰，有一枚黄钻戒指，一看就价值不菲。她盯着那枚戒指，良久没有移开目光。

放心吧，这辈子你都不会从我这儿倒下，从娘胎里出来的那一刻起，我就懂得感恩这俩字。白茉莉又说。

那，梅丽莹的手包是怎么回事？

可能她从胡宝初那儿看到了你那只包，喜欢上了，问我哪儿能买到，我就给她弄了一只。

几天后，周菁璇把一张照片和一个首饰盒递到了丁有德手里。丁有德盯着照片仔细辨别，照片上有个黑衣人趴在青木贤二家的外墙上。周菁璇说，这是线人拍的照片，我和这人交手了，但没抓到活的，下手太重，被我打死了。

丁有德打开首饰盒时吓了一跳，里面有根血淋淋的手指头。

梅机关查到了黑衣人的住所，在地砖下发现了黑衣装备，还发现了一张暗杀名单，有日本高官和大汉奸的名字，丁有德也在其中。

丁有德拿着名单的手有些发抖，他狠狠地出了口气，咬牙说，一定要把黑衣人全部杀光。

周菁璇这次的情报，终于让丁有德在梅机关长面前重新抬起了头。他立功心切，根本没有追究那根手指的主人是何人。周菁璇在军统的配合下，成功地用一个汉奸代替了黑衣人。

丁有德非常满意周菁璇的表现，他意犹未尽地说，再给你个新任务。他从抽屉里拿出一把枪，放到了周菁璇手里，笑眯眯地看着她说，这次不是去杀人，汪政府的太太们需要一个牌友，派你去最合适，顺带保护她们。

第八章

坦白

　　周菁璇很快融入了汪政府太太们的牌局。她时常给太太们带一些外国的香水和丝袜，甚得她们欢心，一来二去，太太们有些私密事也不避着她，她也借机获取了一些情报。

　　这天，麻将桌上多了一个男客，据说是76号处长李默村的太太请来的。李太太郑重其事地介绍说，这位是陈谋礼先生，从重庆来的，以后咱们又多一个牌友了。

　　陈谋礼欠身和牌桌上的太太小姐们打招呼，一副彬彬有礼的样子，他说，陈某人不才，以前在重庆时多有得罪，如今弃暗投明，还望诸位太太小姐不要嫌弃，在枕边也帮陈某人多美言几句。

　　一旁胡上瘾的柳絮早已按捺不住了，着急地说，快上桌吧，大家都等急了。

　　周菁璇一边打牌，一边留意这位陈谋礼，他将袖口卷起来时，手腕上露出了一条疤痕，像只红蜘蛛趴在腕上。这人打牌不怎么灵光，打到一半时，推说临时有事，明日上午再来，他弓着身子向太太小姐们客气地告辞后便出门了。

很会做人的陈太太给下家的李太太喂了张牌，突然朝她问道，听说你和祝晚舟走得很近，你可要小心你家老李对她上心，别引狼入室。

李太太看似全不在意，笑着说，不妨事，多个牌友我们才能打发时间嘛。

太太们七嘴八舌地议论着祝晚舟，言语里夹着酸溜溜的味道。周菁璇琢磨，祝晚舟美艳动人，又是流转于大上海的交际花，也难怪这帮女人吃味。她耐心听着她们说，悄悄看表，已经到了接头的时间，于是起身向太太们告辞。

我也得先走一步了，和制衣店约好的，去试穿一件旗袍。

太太们不依不饶，埋怨周菁璇搅了牌兴，让她给制衣店打电话另约时间。柳絮赶忙打圆场，说，让菁璇走吧，别爽了约，打电话把祝晚舟叫过来顶上。

李太太立刻让用人去打电话，又对周菁璇说，你还没见过她吧，活脱脱一个美人，等她来了，见见再走。

不一会儿祝晚舟就来了。她果然美，比《良友》封面上的照片还要美上三分。周菁璇与她相视一笑。

周菁璇多跑了两条街才甩掉胡宝初的眼线。她去绿萝裁缝铺取了一件旗袍。回家后，拆开旗袍的内衬，取出里面的布条，接头地点就写在上面。

周菁璇根据地址找到了一家咖啡厅，戴着礼帽的陈恭平已经在此等候多时了。

这次的任务是暗杀重庆来的一个学者。陈恭平呷了一口咖啡，说，重庆那边派人策动他刺杀汪精卫，他当时慷慨答应，我们都以为势在必得，结果等来了日军的扫荡。他叹了口气，接着说，在重庆的时候他就叛变了，私下里给汪精卫报了信，汪精卫许诺了他文化部长的职位。

周菁璇问，他是谁？

他叫陈谋礼。

周菁璇一惊，说，刚才有个男人和我一桌打牌，好像就叫陈谋礼。

是这个人吗？陈恭平拿出一张照片问道。

周菁璇盯着照片，说，就是他。

那就太好了。陈恭平说，你务必在他出任之前除掉他。

次日，周菁璇如约前来打牌。快到中午的时候，陈谋礼才姗姗来迟。太太们埋怨他不遵守约定，陈谋礼急忙赔罪道，下午尤老板要唱《武家坡》，我请大家去美琪大戏院看戏可好，尤老板的戏可是难得啊。

自从名角们都去了香港，连一场像样的戏都没得看了。李太太说，可是我下午约了个捎客，她那里有一串红宝石项链，现在的宝石有价无市，可不能便宜了别人。

柳絮平日里最爱翡翠钻石这些玩意儿，一听说有捎客上门，赶紧接话，那我也去开开眼，戏就不看了。

太太们笑柳絮没见过世面，柳絮却说，我见过的最贵的一条红宝石项链，是以前的巨商林承义给女儿的生日礼，那叫一个价值连城。

周菁璇猛然听到父亲的名字，有些恍惚。

李太太说，那能怎么样呀，现在不光是宝石，人都没了。

陈太太也附和着说，当年，我在一个舞会上见过林承义的女儿，漂亮得不像话，长大了肯定是个大美人。

还美人，难不成比我们菁璇还美？柳絮打趣道，她笑看了一眼周菁璇。

陈谋礼只好作罢，说，我只能一个人去看戏了。

菁璇，你也去看戏吧，我知道你素来对珠宝不感兴趣。陈太太说，免得辜负了陈先生的一番好意。

周菁璇知道暗杀的机会来了，推辞道，我去不了，下午我约了朋友喝咖啡。

离开牌桌后，周菁璇去了一家咖啡店，又从后门离开。等她悄悄进入戏院时，已经是一身黑衣装扮了，她潜到二楼朝包厢举枪时，才发现包厢里换了客人，陈谋礼早已不见了人影。戏台上的演员还在安然唱戏，咿咿呀呀个没完，青衣的嗓音听起来有些耳熟，荒腔走板的，难怪太太们抱怨没有好戏看。周菁璇已经打草惊蛇，只能迅速撤离戏院。离开包厢时，她被送茶水的迎面撞了一把，面罩被扯掉一半，惊慌中她感觉有人在注意她，她抬头看到戏台上的青衣正在沉浸地唱着戏。

返回的路上，她疑虑重重，不明白到底哪儿出了问题？来到裁缝店，她还在锁眉沉思，显得郁郁寡欢，神思恍惚。

杨望江劝她再找机会。

倏然间，周菁璇想起了戏台上的青衣，他虽然一脸油彩，但身段并不轻盈，完全不是海报上尤老板的形象。

我想起来了。一股寒意从她后背蔓延到头顶，她起身，说，陈谋礼就在戏院，戏台上唱戏的那个青衣就是陈谋礼。我看到那个青衣收袖时，露出了手腕，手腕上有一道伤疤，和陈谋礼的一模一样。

周菁璇分析得很到位，陈谋礼爱听戏，平日里也喜欢玩票，这天他恰巧在玩票。当周菁璇再次返回戏院时，陈谋礼已经不知去向，这说明陈谋礼已经知晓周菁璇的黑衣人身份了。

就要暴露了。这是周菁璇脑海闪过的第一个念头。

元公馆的大部分人都去了南京，明天才回，此时陈谋礼一定不敢轻举妄动。周菁璇决定放手一搏，赶在丁有德回来之前杀掉他。她让杨望江做好撤退准备，如果明早八点前她没赶回裁缝铺，说明她已殉国。

杨望江失了神，他说，你要活着，你说过，等胜利了会参加我的婚礼。

周菁璇像往常一样回到元公馆，有意无意地朝值班人员打听，是否接到过一个陌生男人的电话。丁有德的秘书李陶笑了笑，说没有。周菁璇暗暗松了一口气。

但是，李陶话锋一转，说，陆处长倒是接了一个女人的电话，挂掉电话后他就匆匆走了。李陶话音刚落，梅丽莹从电务处摔门出来，她不分青红皂白地大骂道，小林就知道谈情说爱，电文都没译完就去约会了。小林是电务处的人，近日刚谈了个男友，一早就被约出去了。梅丽莹对周菁璇嘀咕说，陆纯石去见的是个男人，一个唱戏的，捏着嗓子装女人腔，他们约在了美华饭店。说罢，她继续回去收电报了。

梅丽莹的话让周菁璇立刻紧张起来，男人，女声，唱戏，青衣……她猜测陆纯石是去见陈谋礼了。她借故离开元公馆，匆匆朝美华饭店赶，一路上都在胡思乱想，陈谋礼为什么要约陆纯石见面？他会对陆纯石说什么？如果他揭发自己，陆纯石会作何反应？他会不会告发她，又或是继续替她隐瞒……赶到饭店门口时，她看到门口聚了好多人，巡捕拉起了一条警戒线，将人挡在了外面。

周菁璇的第一反应是握紧项链，里面的药足以让她快速赴死。她挤进人群，意外看到了倒在地上的陈谋礼，他的胸口插着一把刀，血浸透了他的西装。在人群尽头，她看到了陆纯石，他正若无其事地穿过人群，然后上了一辆车，疾驰而去。

陈谋礼临死前和你说了什么？这是周菁璇见到陆纯石后问的第一句话。

她特意把陆纯石约到了屋顶花园，这里可以俯视上海的夜景，街上来往的人就为吃吃喝喝，各自互不相关。

陆纯石打了个手势，服务员立刻送来一瓶红酒。他饮了一杯才缓缓开口，他对我说了谁是元公馆的叛徒。

陈谋礼给元公馆打电话时，恰巧被路过的陆纯石接到，电话那头一个慌张的女音冒了出来：我知道谁是内奸，她要杀我，我要见处长。

陆纯石接到电话的那一刻就知道，对方说的内奸是周菁璇。

他立刻回答说，我就是丁处长。他与陈谋礼约了见面的时间和地点。

为什么要帮我？周菁璇问。

陆纯石笑了笑，说，你指哪次？

周菁璇说，每次。

陆纯石刻意靠近周菁璇，用暧昧的语气说，因为我喜欢你。

周菁璇冷笑了一声，不相信地说，不会就这一个理由吧。

陆纯石认真地说，这个理由足矣。

周菁璇借口去洗手间，回来的时候遇到了一个眼熟的服务员，她就是那天刻意打碎酒杯，悄悄向她透露请了英国厨师的大东亚饭店的服务生。

服务生指着屋顶花园上坐着的陆纯石，说，那天，就是那个人让我悄悄告诉你，请了英国的厨师来做比萨。周菁璇恍然大悟，方知大东亚的鸿门宴也是陆纯石在帮她。周菁璇站在原地望着陆纯石，心中满是疑惑，她摸不清他帮自己的真正原因。

周菁璇回到餐桌上，陆纯石突然问她，喜欢放风筝吗？

怎么突然问起这个？周菁璇有些诧异。

陆纯石顿了一会儿，才说，那天外出行动，我看到你盯着卖风筝的摊位发呆，就猜你和风筝有故事。

周菁璇盯着陆纯石，说，你是不是特别愿意窥探别人？

不是窥探，是关注。我愿意关注我喜欢的人，比如她的口味，她的习惯，她的嗜好，还有关于她的所有细节。陆纯石笑看着周菁璇，说，改天我买只风筝送给你，陪你一起去公园的草坪放风筝。

陆纯石并非开玩笑，他果真把一只漂亮的风筝呈到了周菁璇面前，是一只蝴蝶，他说叫蝶恋花。

在一个风轻日丽的周末，他们来到了一片绿茵茵的草坪，空中已经飞舞着数只风筝，有蝴蝶、蜻蜓、蝙蝠、龙睛金鱼、肥沙雁。飞得最高的是那只雁，周菁璇突然想起了吴小轮，想起了他亲手扎的那只雁，他们一起放风筝的往事开始在她脑海中翻涌。

哗啦一声，陆纯石撒开了线拐子，手中色彩斑斓的风筝被他掷了出去，渐渐飞向天空。

蝶恋花飘逸得如同仙女，翩翩起舞；又像醉汉，东摇西晃。周菁璇望着它，眼里有了泪，如果小轮还活着，面对此情此景，她该多么快乐啊。

怎么了？陆纯石凑近周菁璇，近距离地盯着她，说，放个风筝还哭上了，是不是我送你风筝，让你感动得想哭？

周菁璇自知失态，掩饰地转过头，说，放风筝最能勾起怀旧情绪。

陆纯石笑了一下，说，我倒认为，放风筝是为了放走晦气，不过它终究是小孩子的把戏，不值得为之动容。

这话让周菁璇心中不悦，她说，我看你就是这样的人，又无趣，又冷漠。

陆纯石玩味地一笑，说，很多人都这么说过。

周菁璇瞪了他一眼，头也不回地往前走去。

与陆纯石分别后，周菁璇叫了辆黄包车，来到亭子间。她站在窗前，默默看着林公馆发呆，小楼的后花园是放风筝的好去处。十二岁生日那天，她和吴小轮拎着风筝跑到了草坪上，大雁风筝自小轮的手里缓缓飞上天空。后来，不知从哪儿蹿出一个日本浪人，像绿眼恶狼般对她死命追逐。她拉着小轮逃入地道，日本浪人紧追其后。危急时刻，小轮用石头砸死了日本浪人。

她吓得脸色惨白，不管不顾地扑进了小轮怀里。她听到了小轮怦怦的心跳声。后来，她无数次地想起过那种声音，像小鼓一般，敲在她的心上。

当晚，小轮带来一个陌生男子，把日本浪人的尸体弄走了。后来她才知道，那男子是小轮的父亲。

周菁璇呆呆地望着白色小楼，意识到再也见不到父母和小轮了，一股绝望感裹住了她，她的心也随之潮湿起来。突然，她脸色微变，立即拿出望远镜细看，她看到日本人的车开进了林公馆，宪兵陆续从车上跳下来，朝里搬东西。她匆匆下楼，来到林公馆附近，她听懂了宪兵的日语，日本人要入住林公馆了。周菁璇愤恨的情绪达到顶点，直到回到公寓，她才发觉，自己浑身都被汗水濡湿了。

第九章

重

逢

陈谋礼的死在汪伪政府引起了轩然大波。

但这次丁有德早有准备，他把特务们集合起来，宣布了一件事：陈谋礼虽然死了，却留下了手信，只要找到手信，就能查清陈谋礼的死因。

胡宝初说，陈谋礼住的地方都翻遍了，他会把手信放在哪里？

丁有德的目光从每个特务脸上扫过，扫到周菁璇时，他犹豫了一瞬，说，美琪大戏院的台子底下，我已经派人过去了。

周菁璇心中大惊，脸上犹自微笑，说，那我们就等着好消息了。说罢，她找借口回了办公室，立即打电话给裁缝铺订衣服，用暗语告诉杨望江，去美琪大戏院的台子底下寻找手信，找到后立刻销毁。

通常杨望江得手后会给她打个电话，响两声后挂断，而这回，电话却始终安静地卧着。

又过了大约一刻钟，电话骤然响了起来，却是三声。周菁璇捉摸不定，她突然意识到，今天一整天都没见到陆纯石。她犹豫了一会儿，拿起话机。

是我，陆纯石。怎么这么久才接电话？是不是不敢接？陆纯石在电话那头悠闲地调侃。周菁璇一头雾水，问，你在哪儿？今天一天都没有见到你。

陆纯石笑着问，想我了吗？刚才我在裁缝铺看到了一件旗袍，你穿上肯定好看。没别的事，我也想你。说完，他便把电话挂了。

周菁璇听着电话嘀嘀地响了一会儿，恨恨地放下了话机。他到底想跟我说什么？是在暗示什么吗？她突然明白过来，这有可能是杨望江的暗号。

杨望江应该是得手了，周菁璇心里忖度着，心稍微放下了。

陆纯石挂了电话后，看了看杨望江胸前的伤口，血还在往外涌。杨望江脸色煞白，额头冒着豆大的汗珠。

你再不去医院，会流血而死的。陆纯石无奈地说，要不要我把周菁璇接过来？

杨望江靠在墙上，嘴里咬着一块布，眼中满是警惕地望着陆纯石。他赶在特务到达之前找到了手信。手信烧到一半，元公馆的特务就赶到了，他为了确认是否销毁了周菁璇的名字，折返时被特务打伤。当他躲入里弄时，被人一把拉入黄包车中，后来就到了这间公寓。

拉他的人是陆纯石。杨望江紧紧盯着他问，我被捕了吗？

陆纯石仔细查看完他的伤口，才说，只要你不出这间屋子，你还是安全的。

陈谋礼临死前指认了我们元公馆有个代号为三剑客的军统卧底。丁有德拿着烧了一半的手信，咬着牙说。

胡宝初看着手信，说，三剑客的真实姓名被烧毁了，又被他们抢在了前面，会不会有人给他们报信？说这话时，她的眼睛瞥向了周菁璇。

这还用说吗？肯定有人报信。我早就说过，元公馆有内鬼，不抓出这个内鬼，咱们都没有好日子过。周菁璇神态自若地接过胡宝初的话。

丁有德正要再说什么，电话铃响了，是梅机关打来的。他拿着话机听了一会儿，连声说是。放下电话，他对所有人宣布，明天有个重要人物要来，全体人员准备迎接。

胡宝初钻进丁有德的办公室，指着他的鼻子说，你被周菁璇迷晕了，她最有可能是三剑客。

丁有德虽说表情不耐烦，但心里也是有几分怀疑的。

陈谋礼死的那天，周菁璇问过电话的事。胡宝初说，她经常去一家旗袍店，我已经派人盯住那儿了。

丁有德说，她是不是三剑客，明天就知道了。

周菁璇是在回家路上被人从背后抱住后塞到车里的。一上车，周菁璇疾速掏枪，却看到了陆纯石的脸。陆纯石说，你现在听我说。

周菁璇看着他的眼睛，那双眼睛里没有调侃。

绿萝裁缝铺的那个裁缝是你们的人吧，他受伤了，现在在福开森路公寓，他急需医生给他取子弹。陆纯石快速打了方向盘，转了个弯，并不理会周菁璇现在的神情，继续说，还有，明天丁有德会请专家来元公馆还原陈谋礼的手信，你要做好准备。

周菁璇有些恍惚，等她回过神，车子已经停在了福开森路。陆纯石掏出一把钥匙，指着一条里弄，说，顺着这条路走到尽头，就是他所在的公寓，门牌号是112。

周菁璇送走外科医生时已是深夜，她拖着疲惫的身子回到住处，发现耗子正坐在她家门口，快要睡着了，看样子已经等了她好久。

耗子见到周菁璇，打着哈欠说，阿毛告诉我，张瞎子回来了。

周菁璇通过紧急联系方式告诉了陈恭平，张瞎子知晓她的身份。陈恭平立即安排锄奸队执行暗杀，他说，张瞎子原名叫张之，是日本人的走狗，我们了解到，他今晚会去夜巴黎舞厅，正赶上有个舞女的生日会，趁人多，除掉他。

午夜后，陈恭平拿着一个钱包，递到周菁璇面前，说，交手了几个回合，还是让他跑了，这是瞎子逃跑前落下的，里面有几张名片和一张舞票，舞票背后写了个地址。

是元公馆的地址。

周菁璇想不明白，张瞎子和元公馆有什么关系。但无论如何，她要想办法除掉他。

翌日，叶沉秋对周菁璇说，近日不太平，昨晚夜巴黎舞厅发生了枪击，外出要小心。又说，可惜你没去，黑帮大佬方东岐亲自给苏江雪办生日会，那场面赶得上司令娶媳妇了。

苏江雪是谁？

夜巴黎的当红舞女你都不知道？叶沉秋语气里满是羡慕，说，苏江雪在舞厅说一不二，又有方东岐给撑腰，连日本人都对她礼让三分，不过，她昨晚的舞只跳了一半，就结束了，说是犯了病，你说她会有什么病？

周菁璇心不在焉地说，我还没去过夜巴黎，以后再去见识一下这个舞女。

叶沉秋说，丁处长请的情报专家就要到了，这个专家说他能破解陈谋礼留下的半截手信，谁是三剑客，马上就会有答案了。

二人正说话，突然听到了杂沓的脚步声，站在二楼的周菁璇看见一群警卫簇拥着一个戴墨镜的男人，她惊愕地发现，那男人是瞎子张之。

周菁璇唯恐避之不及，她转身冲进了陆纯石的办公室，关好门，说，帮我拖住那个情报专家。

陆纯石见周菁璇慌里慌张，知道她又身处险境了，也没多问，就立刻出去迎接，上前把张之拉到了会议室里。

太太们让我去打牌。周菁璇找了个理由搪塞丁有德。但丁有德非要让她先见一下张之再走，她略显为难地说，李太太被人撬了墙脚，闹得很凶，正在气头上，不能耽搁。

丁有德似信非信，说，中午在大东亚吃饭，一定要来。

张之坐在案桌前研究着陈谋礼的手信，又在纸上慢慢拼出一些笔画。陆纯石原是在看热闹，当他看到周菁璇名字的笔画渐渐凸显时，心中暗叫不好，便上前按住张之的胳膊，说，劳累了一上午，喝杯咖啡再研究。

陆纯石打了个手势，一个侍应端来一杯咖啡，张之美滋滋地喝了起来，说，今天一定能帮你们找出内奸。

那真是太好了。陆纯石说，我去安排中午的庆功宴。

咖啡还没喝完，张之就吐血不止，丁有德赶到时，人已经抽搐得不行了，大约一刻钟，人就没气了。胡队长当场毙了一个后勤，送咖啡的侍应也被押到了刑房里，正鬼哭狼嚎地说他没有下毒。

元公馆的特务把这个消息带到愚园路的别墅时，周菁璇正和太太们打牌打到兴头上。

周菁璇对张之的死一点都不意外，陆纯石做事一向不拖泥带水。

检验科查出咖啡里有足量的毒药，送咖啡的侍应是说不清楚了，在一个下雨的傍晚被送去了石场活埋。

丁有德冒着雨去向汪精卫负荆请罪，他用送咖啡的特务顶了包，但他潜意识里认为，三剑客不会是那个特务。这一点，胡宝初自然非常赞同，她斩钉截铁地说，我感觉周菁璇嫌疑最大，女人的直觉往往最准。此话丁有德没有赞成，也没有反驳。他私下给柳絮打了个电话，想核实周菁璇那天是否有牌约。柳絮一个劲儿地说，李太太因为李处长在外有了新欢，正在气头上，谁都不敢触霉头。丁有德只得感叹，那个侍应确实够倒霉的。不过，在那个侍应被砂石埋到头顶时，陆纯石赶了过来。警卫离开后，陆纯石救下了他，并送他出了上海。

元公馆到底有没有一个代号为三剑客的军统卧底，这事谁都不敢下定论，也说不定是陈谋礼在故弄玄虚。

比起军统，日本人现在更忌惮地下党。丁有德把一半精力放在抓捕抗日分子上，另一半精力放在周菁璇身上。他要先排查这个让他近不得也不想远的女人，如果她真是三剑客，他的心和手绝不会软。

这晚，丁有德约周菁璇去美华酒店。他开门见山地说，今天早上电务处破获了一个地下党联络站，抓了一个人，此人说明天下午三点，地下党的穿山甲和竹子将在流年咖啡厅接头。

让周菁璇没有想到的是，在咖啡馆接头的地下党是顾晴书。

多年没见，周菁璇还是认出了顾晴书那双柔情似水的眼睛。她穿着一身洋装，头戴丝绒礼帽，一双戴着白色蕾丝手套的手捧着杯子，时不时瞥一眼手表，看样子像在等人。难道她真的是地下党？

周菁璇的第一个念头是必须救她。元公馆的特务们还没展开搜查，周菁璇忽然佯装腹痛跑进卫生间。然后她迅速打开卫生间的窗户，朝着窗外开了一枪，接着大喊，来人哪，抓地下党。

特务们闻声而动，一齐涌进卫生间，几个特务跳窗而出，向四处追去。路人听到枪声四散而逃，周菁璇一边描述地下党的样子，一边指挥特务们追捕。

顾晴书听到枪声，意识到接头的事暴露了，她拎起包就朝外走。从始至终，她都没有认出周菁璇。和她接头的特派员刚要推门而进，听见枪声也转身欲走，却被特务打中一枪。特派员跑出去几百米，躲在戏院门口的柱子后，气喘吁吁地包扎伤口。

柴门闻犬吠。一个声音从头顶传来。

特派员惊了一下，颤巍巍地站起来，朝跳到眼前的黑衣人说，风雪夜归人。

特派员眼中多了一些从容，他从胸前掏出一本册子，说，我的使命完成了。

丁有德吸了一口烟，长长地吐出一口烟雾，他看着周菁璇问，这么说，接头的两个地下党都是男人？

是的。周菁璇向丁有德描述着当时发现地下党的情况，她扯谎说，对方三十多岁，中等个头。这时，特务来报，说，来接头的地下党死了，逃跑的时候他受了重伤，是被一个黑衣人救走后死去的。

又是黑衣人。丁有望恨得咬牙切齿。

周菁璇听见此话心里猛地一震，除了她，这世上还有哪个黑衣人？

特务说，我们的人打伤了黑衣人，伤口在左肩膀。

丁有德说，立刻控制所有医院，检查有枪伤的人，男女都不能放过，小诊所和药店也要一家一家地搜。周菁璇恍惚地跟着特务们，在各家医院、药店查问。她的心里乱极了，总觉得有事情要发生。

黑衣人并没有如丁有德料想的那样，去医院或者去药店买药，他躲进一家小旅馆，将盐撒在伤口处，静静地等待着夜晚的到来。

上海夜幕降临的时候，也是夜巴黎最热闹的时候。

方东岐是上海滩有钱有势的人物，日本人一直想拉拢他。但之前投靠汪伪政府的汉奸一个个被军统暗杀，汪精卫忖度方东岐在隔岸观火，所以多次派亲信去试探他。方东岐对日本人的态度总是不咸不淡，对重庆方面也不冷不热，一时间，让人摸不着头脑。唯一可以拿捏他的，是夜巴黎的舞女苏江雪。此晚苏江雪一袭红衣，在舞池里迎着柔和的灯光翩翩起舞，远远望去，像雪中红梅，随风飘摇。

周菁璇坐在舞厅的角落里，凝神望着跳舞的苏江雪。她太美了，美得那么熟悉，又那么陌生，她就是童年最知己的同伴顾晴书。多年前，随着一首古典音乐响起，顾晴书也是这样起舞的，在学校联欢会的舞台上，她旋转得像一只陀螺，雪白的裙摆像一把撑开的油纸伞，在江南的桥头等候细雨。联欢会结束后，她和顾晴书跑到静安寺附近玩耍，看到一群衣着鲜丽的舞女陆陆续续走进百乐门舞厅。顾晴书说，商女不知亡国恨，我宁可学武，也不跳舞。

一曲完毕。顾晴书笑盈盈地走出舞池，坐到了一个身穿墨色长袍的男人身旁。男人的长袍在一圈的西装中显得突兀，但周围人都对他很尊敬，管他叫方四爷。方四爷是方东岐的称号。顾晴书端起酒杯，朝方四爷晃了晃，杯中的红酒如流动的红宝石，闪着迷离的光。她附在方东岐耳边温言软语地不知说了什么，只见方东岐笑着频频点头。

周菁璇终究没和顾晴书相认，她是当红舞女苏江雪也好，是发小顾晴书也罢，总之，如今不是当初了，她有了新身份，又有任务在身。周菁璇正要离开，丁有德朝她走了过来，硬是把她拉到方东岐身边坐下。

苏江雪很有眼力见儿，她朝周菁璇浅浅一笑，默默退了场。很显然，周菁璇的变化太大了，苏江雪完全没有认出她。苏江雪盈盈地走向空无一人的后台，一个身影闪到了她的面前。

此人是受了伤的陆纯石，也是特务们口中所说的地下党人穿山甲。

陆纯石忍着疼痛拿出册子，说，这是特派员留下的情报，你交给老乔，告诉他，联络站出了叛徒，其人住在静安寺路的安家饭店，要尽快锄奸。

苏江雪被这突发状况惊了一下，但她很快镇定下来，扶住陆纯石，问，你的伤势如何？

方东岐很是欣赏周菁璇，连带着对丁有德都客气了三分。周菁璇进一步问他，为什么大家都管您叫方四爷，是因为您在家中排行老四吗？

方东岐哈哈大笑，说，以前混码头时穷得吃不上饭，快要饿死的时候，有个好心的生意人给了我四个烧饼，自那以后，我的好日子就来了，于是别人都叫我方四。方东岐突然叹了口气，又说，可惜再也找不到那个生意人了。丁有德说，四爷您告诉我他的模样，我让手下的弟兄们去帮您找，只要他人在上海，总能找得到。

周菁璇留意到方东岐很伤心，但不知如何安慰，只能插科打诨一番。

正说笑着，丁有德看到秘书李陶朝他使眼色，便借口离席，特意交代周菁璇好好陪着方东岐。李陶指着后台苏江雪离去的方向，悄言几句。丁有德听完，表情立刻严肃起来。不一会儿，门外的几个特务穿着便装进来了。周菁璇看到这一幕，感觉有事会发生，借口去了卫生间，然后迅速跑到后台，躲在幕布后，看到了正在说话的苏江雪和陆纯石。

周菁璇拿起一个酒瓶，朝后台滚去，酒瓶滚到了苏江雪脚边。

陆纯石立刻警觉，抬头看到了幕布后的周菁璇，两人对视了一眼，却什么话都没说。

有情况。陆纯石对苏江雪说，我得马上离开。

你能开车吗？见陆纯石点头，苏江雪把钥匙塞给他，说，你从后门走，先开车去我家。她看着陆纯石的身影消失后，转头叫了一个熟悉的舞客过来，朝他耳语了几句。

眼看着特务们过来了。

苏江雪倚在妆台上，一副慵懒的样子，任由特务们搜查。丁有德问她，你刚才在和谁说话？

一个舞客，怎么了？

哪个舞客？

苏江雪探头朝舞池招了招手，那个熟悉的舞客看到后急忙跑过来。

丁有德问舞客，刚才是你在和苏小姐聊天？都聊了些什么？

舞客媚笑着说，我想请苏小姐跳一曲，她说今天累了，改日再跳。

丁有德忌惮方东岐的势力，今晚的事终究只能作罢。苏江雪说，没事的话，我可要下班了。说完，她去舞厅门口叫了一辆黄包车。

苏江雪在距离仁心草药铺一条街的地方下了黄包车，步行来到药铺，看到老乔正在上门板，她不紧不慢地对老乔说着近日地下党的情况。她抓了一把药末子，捏在手里，药沫像雪花一样飘落，说，这个叛徒我来解决。

老乔说，我立刻向上级请示。

苏江雪回到家给陆纯石敷药时，从门缝里塞进来一个信封。她看完当即烧了，然后对陆纯石说，今天晚上我不回来了。

安家饭店是静安寺附近最不起眼的建筑，但来往入住的都是商人或官员。苏江雪一身贵妇装扮出现在宾馆大厅，倒也不显得打眼。她的皮箱被打开例行检查，里面尽是一些衣服首饰，有一身红衣，夹在皮箱内层。她入住的楼层是二楼，叛徒就住在她的楼上。

深夜，苏江雪换上红衣，打开窗户，四顾无人后，从窗户攀上三楼。当她拿枪对准熟睡的叛徒时，却被人从背后抱住了。此人居然是帮她打掩护的舞客。他俯在苏江雪耳边说，我跟了你很久，你来这儿做什么？我帮了你那么大的忙，你是不是得谢谢我？

叛徒闻声翻身开灯，看清了苏江雪的脸，他对舞客说，我们把她交给梅机关，一定少不了你的好处。

苏江雪盯着舞客，问，你们是一伙的？话音刚落，她一个过肩摔，舞客几乎是飞出去的，当他再次冲上前时，一声闷响，他缓缓倒下。

抓地下党……叛徒已经被吓傻了，大喊着救命，苏江雪给了他一枪。

静安寺附近的每个路口都设了关卡，苏江雪的车在经过百乐门的时候被拦下了。元公馆得到消息，有人看到一辆别克车停了一会儿又开走了，开车的像是女人。丁有德下令拦截所有的车辆。周菁璇和两个特务守在百乐门附近。

请下车。例行检查的特务朝车里的苏江雪说，深更半夜，你开车出去做什么？

苏江雪从容地点了一根烟，抽了几口才悠悠开口，我是夜巴黎的人，出门给方四爷办事。

夜巴黎？周菁璇闻声走过来，看到竟是苏江雪。

苏江雪一副盛气凌人的姿态，特务却不依不饶。

我可以跟你们去元公馆接受审查，但如果搜不出什么，你们可要给方四爷一个交代。

周菁璇佯怒，说，就算是方大爷也得查！她让特务站到一边，亲自上阵将车内车外检查了好几遍，她已经看到了车内有零星的血迹。

没什么异常。周菁璇对特务说，可以放她走了。

第十章

危机

雨淅淅沥沥下个不停，接连几天，陆纯石连个面都没露。元公馆的闲散人士七嘴八舌地讨论起来，有的说陆纯石病了，有的说他出差了，只有叶沉秋喷喷地说，估计是躲起来了，他和一个舞女打得火热，舞女原来的相好打翻了醋坛子，吓得陆处长躲在家里不敢出来，胡队长派人请了三回，愣是没开门，他怕有诈。

周菁璇却敲开了陆纯石的房门。

一进屋，她就闻到了空气中弥漫着潮湿的味道，还有一丝不易被察觉的药水味。

那是枪伤药的味儿，如果她没有跟着廖长春学过下毒上药，还真发现不了。

你受伤了？周菁璇问。

陆纯石不想瞒她，说，昨天出去买菜，遇上一帮地下党闹事，被流弹擦伤了。

周菁璇笑了笑，问，你和地下党是什么关系？我说的是夜巴黎那个舞女。她的眼睛盯着陆纯石，在等他解释。

一时两个人都不说话，就这样沉默地看着对方。

过了好一会儿，陆纯石说，我给你泡杯茶。

周菁璇说，我自己来吧。

周菁璇端着茶杯从厨房走出来时，却发现陆纯石已不在客厅，叫了两声也没人答应。她走到卧室门前，看到陆纯石站在里面，面对着留声机，纹丝不动，静静地听着正播放的曲子。

那首曲子是《友谊地久天长》，歌声悠扬地飘满了整个屋里。

这首曲子唱到了周菁璇心坎上，让她有些发呆。她靠在门上，同样静静听着。

小时候每逢林公馆设宴，亲朋好友在舞池起舞，她便带着吴小轮跑到楼上的书房听留声机。这张《友谊地久天长》的唱片，他俩听了一遍又一遍。吴小轮听得入迷，还学会了用口琴吹奏这支曲子。

周菁璇倚着门框，看着陆纯石的背影，她承认，这个男人的外表是迷人的。直到曲终，陆纯石才转过身，看着似有心事的周菁璇。她蓦地抬头，撞上他的目光。两人四目相对，说不上是什么心情。

喜欢这首曲子吗？陆纯石问。

你怎么知道我喜欢？

你的表情告诉我的。

周菁璇凄伤地笑了笑，说，小时候经常和一个小伙伴听，今日听到，想起了旧人旧事罢了。

想起吴小轮，周菁璇内心终究难以平静。离开陆纯石家后，她去花店选了束鲜花，开车去了野外。这里有吴小轮的空冢，她把鲜花摆在墓碑前，狠狠地痛哭了一场。直到天黑后，她才回城。

天黑后，苏江雪收到了老乔派发的新任务。

苏江雪上了黄包车后才发现车夫是老乔。老乔一边拉车一边说，前线药棉告急，急需一批棉纱，现下只有方东岐的棉纱厂没有被日本人查封，他的仓库在黄浦江码头附近，门上的锁是特制的，必须复刻一把钥匙。苏江雪想到几日前刚和方东岐拌了几句嘴，之后就没有再见过他。她对老乔说，给我几天时间。

迎面一辆电车开过来，老乔跟跄了一下，苏江雪这才发现他的腿受了伤。老乔说，只能冒险偷运，我们的船停在黄浦江码头，只有三天时间。

苏江雪略一思考，说，好吧，我来想办法。

第二天，苏江雪去凯司令选了一个生日蛋糕。这天76号的李默村举办生日宴会，方东岐也在受邀之列。前日他主动邀请苏江雪陪他赴宴，被她拒绝了，方东岐也没有勉强。苏江雪想，今日是见他的好机会。

周菁璇可算见识到苏江雪的八面玲珑了，用叶沉秋的话说，这舞女不仅长袖善舞，而且是顶级的交际花。在李默村的生日宴会上，苏江雪自步入会场就风头尽出。她和各派大佬打得火热，单单不理睬方东岐。觥筹交错中，她喝得酩酊大醉，这时嘴里才喃喃叫起了方四爷。方东岐如逢大赦，连忙说，我就在这儿呢，我的小祖宗，你可算原谅我了。

苏江雪踩着高跟鞋摇摇晃晃，似要摔倒，方东岐急忙上前抱住她。她面如桃花，看上去媚气醉人，那只戴了翡翠戒指的纤手轻轻伸到了方东岐胸前。就在方东岐怔忡间，内衬口袋里的钥匙被她的一根手指勾走了。

得手后，苏江雪急于脱身，佯装去洗手间呕吐。方东岐却一直跟在左右，悉心照顾她，给她备好漱口水，又为她抚背。苏江雪只好说要如厕，把他推了出去，她拿出备好的腻子印泥，印下了钥匙的形状。

方东岐返回宴会厅，旋即被一个穿酒红色蓝花旗袍的女人挽住了胳膊，这女子当众向方东岐投怀送抱，甚是娇嗲。

周菁璇一直暗暗关注苏江雪的动向，久不见苏江雪出来，她正准备去看看，却被叶沉秋拉住。

看到没有，那是胡宝初手底下的陈媛芳。叶沉秋指着酒红色旗袍女，说，这场合胡宝初竟然不来凑热闹，这倒是怪事。

周菁璇突然想到，胡宝初几天都不见人影了。

未等苏江雪把钥匙物归原主，方东岐已经发现钥匙不在身上了，叨唠着四处找了起来。

丁有德立刻敏感地说，会不会有抗日分子？他立刻命特务封锁宴会的出口，要对每个人进行搜查。

一副醉态的苏江雪嚷着要回家，她故意把脚朝披风里缩了缩，让特务注意到了这个动作。特务立刻要搜她的身，惹得她恼火起来，一个耳光甩到了特务脸上，愠怒地说，姑奶奶的身也是你能搜的？

丁有德碍于方东岐的面子不好发作，只能好言相劝。苏江雪却执意不让搜身。特务朝丁有德耳语说，苏江雪的高跟鞋有问题。丁有德色厉语软，非要让苏江雪脱下高跟鞋，场面僵持起来。

　　搜吧。苏江雪转身坐到沙发上，将两只高跟鞋使劲甩了出去。

　　小特务碎步上前拿起鞋，却没有搜出什么。丁有德只好满脸堆笑朝苏江雪赔不是。正说着，有特务来报，说钥匙找到了，就在陈媛芳酒红色的旗袍上。

　　陈媛芳已经吓得抖成了筛子，一个劲儿地求丁处长放过她，说不知钥匙怎么挂在了她旗袍下摆的纽扣上。

　　胡宝初的亲信为陈媛芳求情，并怀疑偷钥匙的人是苏江雪。方东岐说，苏江雪是我的人，她想要什么，还需要偷吗？只要她开口，天上的月亮我都得去试试能不能摘下来。

　　回到家，苏江雪换了衣服，又从后门出去了。陆纯石正在仁心草药铺等她。她拿出一只粉盒，里面放着钥匙模子。她说，棉纺厂守卫的耳朵比狗还灵敏，我找了个红倌人给守卫下药，你们动作要快，下半夜换班前一定要离开。

　　陆纯石说，我准备了两条船，一条船上装着空箱子引开日军的巡逻艇，另一条趁机悄悄出发。

　　深夜，苏江雪去了四马路的长三堂子，对老鸨说要找一位叫翠凤的倌人。老鸨不耐烦地说，翠凤去会乐里的药行瞧病去了。苏江雪便站在门口等。大约后半夜翠凤才回来，她的脸色看上去青黄，整个人像一枝枯萎的干花。苏江雪对这一行的病有所耳闻，但不便深问。

我给你赎身了。苏江雪把卖身契放进翠凤手里。翠凤震惊地看着她，眼泪在眼眶里打转。

苏江雪说，我需要你帮个忙。

翠凤把头点得如同捣蒜，说，只要能离开这儿，让我做什么都行，再不离开，我就活不成了。

苏江雪又说，你还记得有个叫葛利的男人吗？华崛棉纺厂的守卫。

当然记得，他是我的一个客人，这人就是个无赖，他偷钱逛窑子，还不给钱。

明晚你去他那儿，帮我做一件事。

次日晚上，翠凤找到葛利说，自己无处藏身，特来投靠一晚。葛利对翠凤又动了邪念，她趁机在茶里下了蒙汗药，足够让他睡上一夜。

发现棉纱被偷是三天之后，会计向方东岐汇报时，丁有德正在夜巴黎做客。

锁是被人打开的，看样子是熟人作案。丁有德说。

方东岐立刻想起了那天宴会丢钥匙的事，心里也开始怀疑苏江雪。

丁有德自告奋勇地说，我一定抓住小偷，给方四爷一个交代。

当晚，苏江雪在从夜巴黎回家的路上被人绑架了。为首的绑匪说，有人指证是你带人偷的棉纱。

苏江雪拿不准是谁在背后指使，大声嚷嚷着说，方东岐那个混蛋在哪儿，让他出来。

绑匪说，四爷正忙着呢，他顾不上你。

苏江雪立刻明了，说，棉纱就是我偷的，你去把方东岐叫出来。

方东岐立刻从门后走了出来。苏江雪一见他，脱下一只高跟鞋就朝他扔过去，冲着他破口大骂。

方东岐急忙安抚她，说，我是怕你被共党利用……

我要是不说假话先承认下来，不知道会经历什么。苏江雪哭得气堵声噎，猛然抬头，问，你是不是在给日本人做事？

方东岐哼了一声，说，我的恩人就是被日本人杀的，我会给日本人做事？他们做梦！

苏江雪擦去眼泪，问，你的恩人是谁？

方东岐沉默了片刻，一字一顿地吐出来三个字：林承义。

棉纱被偷的事最终以陈媛芳作为替死鬼而告终，这让胡宝初很被动，无端成了间接的嫌疑人，抑或是她心虚，但她就是感觉浑身都扎了刺一般。她必须赢一把为自己洗清嫌疑。

这日，胡宝初带了一个中年妇女来到丁有德办公室，几个人在房里密谈了好久。快到中午时，丁有德办公室的门终于打开了。胡宝初几乎是小跑着出来的，她大声嚷着让特务立刻封锁大楼，众人见她兴师动众，一个个表情错愕。

丁有德派秘书找到周菁璇，说要请她去见一个故人。周菁璇知道一定不是什么好事，一路上都在想这个故人会是谁？她压着忐忑情绪，淡定地跟着秘书来到丁有德面前。

当中年妇女站在自己面前时，周菁璇终于明白了胡宝初的用意。

原来，胡宝初暗查周菁璇已有眉目，她找到了周菁璇档案中提到的中学老师刘思君。胡宝初带着特务们冲向里弄时，刘思君正在家里一针一线地纳鞋底，突然间乌压压的一群人站满了天井，惊得她一哆嗦，被针扎了手指，在木盆前玩水的孩子也被吓得哇哇大哭。

刘思君急忙抱起孩子，哄了好一会儿，她盯着周菁璇的照片仔细辨认，说，这照片是假的，学校的档案去年就被烧毁了。

胡宝初得意地笑着，一副看好戏的样子，等着刘思君与周菁璇对质。

刘思君看了看周菁璇，眼神里有些躲闪。突然，她上前拉住周菁璇的手，说，你还记得我吗，我带你参加过会演，你舞跳得真好，我记得当时得了第一名……她转头对胡宝初说，她是我的学生，错不了。

瞬间，胡宝初脸都绿了，丁有德的脸色也很难看。

胡宝初大怒，朝刘思君威胁说，你明明说过她的照片是假的，你是不是被她收买了？

刘思君吓得哆嗦起来，一脸惊恐地对周菁璇说，孩子，我是你老师，你得救救我，我有三个孩子，小的才三岁，大的还没娶媳妇。

周菁璇已经清楚来龙去脉了，一定是有人在背后帮她。她挑衅地对胡宝初说，老师就是被人收买了，有些人想逼她来对付我，不知安的什么心！说罢，她软语安慰刘思君，说，老师你别怕，谁要敢报复你，我要了她全家的命。她又朝丁有德瞪眼说，丁处长，我对元公馆尽心尽力，你让我杀人我就杀人，你派我去陪汪政府的太太们通宵玩牌，我也没有半句怨言。但你们这一出一出的，我受不了。大不了我不在元公馆干了，我可不愿碍人眼。

丁有德自知理亏，他因为听信了胡宝初的话，才弄了这么一出。看情形，这分明是胡宝初嫉妒周菁璇，找了个人来陷害她。他拿眼瞪着胡宝初，说，以后别再给我弄出这种事。

胡宝初秘密派人把刘思君带到一个陌生屋子，用枪指着她的头。刘思君吓成了一摊泥。胡宝初瘆人地笑着，说，是你信誓旦旦地说她的照片是假的，也答应我揭发她，为什么突然又变卦了？你怕她要你的命，就不怕我的枪走火吗？要这样，我把你的孩子们带过来，我们一起玩个游戏。

刘思君拼命摆手，求饶说，我看错了，看错了……她并没有说出在来元公馆之前，她接到了一个陌生的电话，电话里先是传出了她的孩子们的声音，接着，对方告诉她，只要她按照他说的做，他会保证她和孩子们的安全。

胡宝初气得朝着刘思君拉了一个枪栓，正要说话时，手下来报信，说丁处长让她放人。胡宝初拗不过，只能放人，心里却一点也不踏实，只能暗中派手下跟踪刘思君。

到了后半夜，手下来报信，刘思君家着火了，刘思君和三个孩子都不见了人影。

胡宝初简直气得发疯，她拎起电话，打给了丁有德，声嘶力竭地喊着周菁璇是内奸，刘思君肯定是被周菁璇威胁了。未料，丁有德不耐烦地说，活要见人，死要见尸，你就算编故事也得编得像一点，周菁璇自始至终处于我们的监视中，她哪有时间去威胁姓刘的？再说了，杀人放火可是你最擅长的！

周菁璇的确没有和刘思君接触，这事是陆纯石所为。

第十一章

圈套

罗曼花店就开在凯司令对面，每天光顾的人络绎不绝。周菁璇每个礼拜四早晨都会来买一束鲜花，因为这是军统的新联络点。

自从得知胡宝初盯上了裁缝铺，陈恭平就转移了站点。周四一大早，周菁璇先去花店买了一束花，并未收到情报任务，只是听到陈恭平悄声提醒她，敌方的情报一份也不能遗漏，为了情报，特工要不惜牺牲性命。

在回元公馆的路上，陈恭平这话一直在周菁璇耳边嗡嗡响着，她连带想起了军统每次给她的氰化钾。这时，火红的太阳正冉冉升起，她却感觉瑟瑟发抖，心中多了些不知所措的怅然。

来到元公馆，周菁璇把花悄悄摆进了丁有德的书房，一转身，发现丁有德正在身后看着她，不知道他何时进来的。

难得你有这番心意。丁有德说这话时显得十分亲切，他破天荒地把一份机密档案交给周菁璇，还特意嘱咐她，千万要保管好，决不能泄密。周菁璇用双手将档案袋环抱在胸前，她摸到封口处有一滴蜡。

为什么要让我保管？周菁璇问。

丁有德意味深长地说，我越来越觉得，你是我最该信任的人。

是你说的，做咱们这行，谁都不能相信。周菁璇说罢就要离开，丁有德却将手轻轻按在她肩上，递给她一抹温柔的目光，说，在我心里，你除外。

周菁璇抱着档案袋，一言不发地回到了自己屋里。她做的第一件事，就是快速地反锁门，点上一盏煤油灯，拿起档案袋，在如豆的火苗上烤蜡封。

档案袋里就一张密令，内容是：今晚黄浦江码头查封军统船只。落款是梅机关青木贤二。

周菁璇熟练地将档案袋重新封好，放到保险柜后匆忙出了门。她在门口叫了一辆黄包车，朝着车夫的后背说，去霞飞路的罗曼花店。车夫走得不紧不慢，一副稳重的样子。周菁璇拿出粉盒照镜子，确认身后没有眼线。正当她合上粉盒时，迎面一辆货车撞了过来。

黄包车被撞倒的瞬间，周菁璇纵身跳了车。黄包车夫狠狠摔了个跟头。他爬起来后，顾不上拍去身上的土，就破口大骂货车司机。货车司机也不甘示弱，二人当街对骂起来，最后双方竟动起了手。周菁璇拨开围观者想去劝架，就见一个烟摊小贩挤到她身边，麻利地将一个空烟盒塞进她的风衣口袋里，就转身匆匆走了。

美丽牌香烟，烟盒上画着蒋梅英的姣好容颜。这种烟盒随处可见，但周菁璇已经意识到，自己捏在手里的绝不是一个普通烟盒。她果然从烟盒反面看到了一行字：情报是假的，黄包车夫是丁的人。周菁璇猛地打了个寒噤，站在车水马龙的街上恍惚了好一会儿，直到受伤的车夫问了她三遍，到底还上不上车，她才反应过来。

周菁璇佯怒，说，我被吓到了，浑身都不舒服，想休息一下。你替我去花店买一束百合，回来我给你加钱，你再拉着我去郊外。车夫立刻照办，很快就捧着百合花回来了。

来到郊外的目的地，车夫愕然地看见了一座孤坟。

周菁璇说，你不要走，就在旁边等我。

车夫应着，把车靠在一边。他点上一支烟，看着周菁璇将那束百合摆放在墓碑前，又听到她朝着墓碑说话。

吴小轮，今天是你的忌日，我来看你了……

回城的路上，周菁璇还在后怕，到底是谁在帮她，让她又一次躲过了丁有德致命的试探？难道又是他？好像已经形成条件反射，每次在她有惊无险之后，她自然地会想到陆纯石。

周菁璇若无其事地回到元公馆，站到二楼窗前，她突然发现那个给她塞烟盒的烟贩在元公馆门口摆摊。天黑后，烟贩要离开了，周菁璇拿着望远镜，躲在窗帘后观察他的行踪，烟贩走到一个拐角处就不见了人影，不一会儿，一辆汽车从烟贩消失的地方缓缓开了出来。

那是陆纯石的车。

几日后，丁有德把周菁璇堵在会议室，问她，吴小轮是谁？

周菁璇一愣，说，你怎么知道吴小轮？说罢她就明白了，佯装很恼火地说，你跟踪我？

丁有德温和地笑着，说，你已经通过了最后一次考验。

你以为我会信你吗？周菁璇蹙着眉头不再作声，闷头整理档案。就在丁有德不准备再追问时，她突然开口说，吴小轮是我曾经的相好。她的声音微弱得像断翅的蝴蝶，忽闪了几下就坠落了。丁有德这才看到周菁璇泪流满面。

我连他的尸体都没见着。周菁璇似真似假地说着，我做梦都想见到他，这种感觉很绝望，也很无奈，你不会懂。

我懂，你的一切我都懂，丁有德看着周菁璇的目光又添了温柔，他凑近她说，以后，不管谁诬陷你，误会你，我都不会再相信。

丁有德一整天都陪着周菁璇，对她关怀备至，给她买了红房子的杏仁酥，又派人去买城隍庙的五香豆，只为博她一笑。直到夕阳西下，他才派手下送她回家，他自己却留在元公馆的书房写字画画。陆纯石带着两个特务走了进来，丁有德头也不抬地问，吴小轮的事怎么样了？

陆纯石看着砚台里浓黑的墨水，说，墓里是空的，就几件烧毁的衣服。

除了衣服，有没有一枚吊坠？丁有德终于抬起头，拿了铜镇纸压住宣纸。

没有。陆纯石说，翻了好几遍，都没有周菁璇说的那枚吊坠。

丁有德思忖片刻，说，掘墓这事不可让周菁璇知道。他把写好字的宣纸递给陆纯石，上面有四个字：请君入瓮。

胡宝初在一家公寓等到凌晨，这里是她和丁有德私会的地方，她手里捏着一份刑讯口供。直到丁有德喝得醉醺醺地走进门，坐到她身边，她才说，这是提篮桥监狱里一个地下党的口供，他的上线是吴笃行，以前是个老地下党。

丁有德用余光扫了一眼口供，落款时间是三年前。他不明所以，问，你想说什么？胡宝初坐到丁有德腿上，手腕勾着他的后颈，说，我等你很久了，咱先不说吴笃行。

二人云雨完毕，胡宝初裹上被子，才说，吴笃行有个儿子，叫吴小轮。

丁有德躺在床上，看着天花板听着。胡宝初继续说，我们不能打消对周菁璇的怀疑，既然那个墓是空的，她也不能确定吴小轮真的死了，不如和她演一出戏。

丁有德倏然看向胡宝初，说，你怀疑周菁璇是共党？

要真是呢？你打算怎么办？

丁有德再也没有睡意了，他不顾胡宝初阻拦，硬是要开车出去。

胡宝初问，你到底要去哪里？

元公馆。丁有德说，你说的好戏就要开始了。

在丁有德的布置下，元公馆的特务们在全上海搜寻叫吴小轮的人，这事闹得尽人皆知，都说丁有德是为美人一掷千金，说他如此兴师动众，是想讨好周菁璇。丁有德宣布，如果谁能提供有效线索，会得到两条小黄鱼的奖赏。

重赏之下，来元公馆的人接踵而至，每个人都有一个关于吴小轮的故事。

有条弄堂口长年累月坐着一个卖糖人的老头，如今已风烛残年，他颤巍巍地拄着一根破拐杖，也来到元公馆，向丁有德提供了一个重要信息：他认识一个叫吴小轮的，当初经常和一个小女孩在他面前来来往往，两个人喜欢一起放风筝。他眯着浑浊的老眼看着丁有德，说，两个小家伙青梅竹马，有一回还在他的摊上买过糖人，小女孩长得那个漂亮啊，穿着粉色的裙子，就像画上的洋娃娃。

你还记得他俩买的糖人是什么形状的吗？胡宝初问。

老头眯着眼想了一会儿，说，好像是只蝴蝶。还有，俩孩子牵的风筝是只大雁，我还朝他俩夸了两句，小女孩说，风筝是小轮哥哥亲手做的。

还有呢？胡宝初追着问。

后来小老儿离开了弄堂，就再也没见过他俩。

线索越来越多，但没人知道吴小轮家究竟发生了什么。弄堂里的邻居都说是火灾，吴家全家都葬身于火海之中。派去了解情况的特务回来说，有人说吴家曾收养过一个十来岁的女孩当童养媳，那场大火过后，女孩不知去向。也有人说，烧死的只有两个大人，巡捕只找到两具尸体。

这就对上号了。丁有德赶紧告知了周菁璇这个好消息。周菁璇只是点点头，说，要是真能找到吴小轮，丁处长你可算是我的大恩人了。

我命他们把上海翻个底朝天，只要他还活着，一定能找到。丁有德胸有成竹地安慰她说。

当一个衣衫褴褛的青年男子气喘吁吁地跑到元公馆时，周菁璇正在和特务们比赛射击。

我叫吴小轮。男子长得眉清目秀，说话慢条斯理，但急着要见周菁璇。他哽咽道，那场大火之后，我生了一场大病，小时候的好多事都记不清了，但我记得她。丁有德亲自把男子带到靶场，让他和周菁璇相认。

周菁璇心不在焉地听完男子的诉说。她扣动扳机，瞄准靶子，连续打了三个十环。前来观摩的特务们都在为她喝彩。她并不相信男子的深情倾诉，这已经是第八个自称吴小轮的人了。她看了男子一眼，拿枪指着他问，会开枪吗？

吴小轮一脸怔忪，双手接过周菁璇递过来的枪，迟疑不决。

周菁璇说，打中十环我就相信你。

吴小轮举起枪，朝着靶子连开了七枪，枪枪脱靶，引得周围一片唏嘘。特务们嘲讽地笑着，满嘴风凉话。周菁璇不想再待下去，准备走人。吴小轮却挡住了她的去路，倏然拿出一枚吊坠，说，这是你送我的吊坠，不过，原先的那块吊坠弄丢了，我找人重新打造了一块，是岫玉的。

看到吊坠的那一刻，周菁璇的心抽动了一下。她盯着男子的脸，试图从他脸上找出当年的吴小轮的痕迹。然而时过境迁，眼前的男子没有一点幼时吴小轮的痕迹。她想，自己也没有当年林允禾的痕迹了。她捏起吊坠看了很久，这枚岫玉的吊坠形状倒和她送小轮的那枚很相像。

周菁璇说，小时候的事我也记不太清了，连小轮的家我都记不得了。

家？我记得。生病后忘了很多，但家我始终记得。吴小轮硬是要让周菁璇陪自己回一趟家。

吴家所在的弄堂完全变了样，曾经的吴家已经片瓦无存。或许是因为触景生情，吴小轮的话多起来了，他兴奋地说，我俩在这儿买过糖人，那时候你穿着一条粉色的裙子。

你还记得我最喜欢的糖人是什么吗？周菁璇问。

吴小轮没有丝毫犹豫地说，蝴蝶。

他说得没错，她至今还记得吴小轮给她买的那个糖人，是蝴蝶形状的。

真正让周菁璇相信他是吴小轮的是那只大雁风筝。那日，周菁璇带吴小轮去了霞飞路的一家俄餐馆，当年小轮就是在这里过的生日会。一进门，吴小轮就百感交集，他感慨地说，这里看着好眼熟，好像咱们在这儿吃过饭。

吴小轮喋喋不休地向周菁璇说着分别后的生活，周菁璇耐心听着，时不时问他几句，她始终觉得，眼前的小轮有时像小轮，有时又不像。他说的一些话都没错，弄堂、糖人、风筝、俄餐馆，可是，她却找不到当初和小轮在一起的那种感觉。

最后一道菜端上来了。周菁璇说，我后来去了国外，学会了骑马，到了春天，我就骑着马练射击，抬头看到天上飘着的风筝时，就会想起过去的时光。

你等我一下。吴小轮起身跑了出去。不一会儿，他拎着一只大雁风筝踅回来，笑着说，小时候我们放的风筝，只有这只勉强还像个几分。不过，那只大雁风筝是我亲手做的，不如这只鲜艳。

周菁璇看着风筝，又看了看一脸纯真的吴小轮，眼底竟然起了雾。她问，小轮，你还记得林允禾吗？

林允禾？吴小轮挠着头，突然眼睛一亮，说，她是我的同学啊。

周菁璇用手托着下巴，露出浅浅一笑，说，对，她是我们的同学。

林允禾。这个名字被丁有德重复了好几遍，他看着眼前的吴小轮，满意地说，你继续跟着她，试探她，看她对共党是什么态度。还有，要想办法套出她的话，看看能不能找到那个林允禾。

吴小轮信誓旦旦地说，她已经相信我了。

你找机会告诉她，你是抗日分子，是共党。

但吴小轮还没来得及告诉周菁璇自己是地下党，就在两日后，在陪周菁璇坐船游黄浦江时，意外溺水而亡。周菁璇去端咖啡的空隙，吴小轮神不知鬼不觉地不见了。

尸体打捞上来时已经是第二天，吴小轮的脸被泡得变了形，脖子上还挂着那枚沾了泥的岫玉吊坠。那一刻，周菁璇竟在医院像个孩子一样哭了起来，巡捕面对梨花带雨的周菁璇不知所措，只得给元公馆打电话。

陆纯石匆忙赶到尸体解剖室，看到周菁璇目光呆滞地坐在地上，手里紧紧捏着一把解剖刀，那是她刚从法医手里夺下来的。两个法医鼻青脸肿地扶着操作台站着，愤愤地瞪着她，以防她再次拳脚相向。陆纯石快步流星地走上前，脱下外套，包裹住周菁璇发抖的身体。他蹲下身子，握住周菁璇的手。她的手冷得像一块冰。

周菁璇将头埋在陆纯石胸前，声音轻得像一缕烟。她说，我感觉他不是真的吴小轮，可是，我还是很难过。我太想小轮了，经常想得很绝望。绝望你懂吗？哪怕有个假的来糊弄我一下也好。

陆纯石心头一颤，疼得难受，他就这么抱着周菁璇，就像抱着一件失而复得的宝贝。

周菁璇沙哑的嗓子里艰难地挤出几个字，我想回家。

好，我送你。

陆纯石嘴唇动了动，终究没说出那句话。

把周菁璇送回公寓后，直到看着她睡着了，陆纯石才离开。

回到住所，陆纯石翻出了皮箱里沉睡多年的口琴。他双手捏着口琴，轻轻地吹起那首久违的《友谊地久天长》。

林允禾在他眼前跳啊，转啊，她脚上那双白皮鞋的带子渐渐松了。他放下口琴，弯腰给她系上鞋带。

他的眼前还浮现出第一次与周菁璇单独见面的情景。那是在美华饭店的走廊上，她眼底藏不住的伤感就要溢出来了。那晚的风很凉，她在风里看着很远的地方。

当时直觉告诉他，这个女子一定有故事。他朝她走过去，她的眼神变得警觉。接触下来，他发现她有时会露出马脚，这也许因为他对她太关注了，点点滴滴，都被他看在眼里。后来，他查到了那家裁缝铺，发现是军统的一个联络点。他觉得一个漂亮的女孩当特工，一定有不可告人的秘密。

他一直对她十分好奇，引发了她的敌对情绪，甚至她还在军统的暗杀行动中拿枪指向他。元公馆的危险并不少，她档案里的中学老师刘思君就是他帮她安置的。从暗杀陈谋礼，到后来的烟贩传递情报，一桩桩，一件件，总有一股无形的牵引力，拖着他去接近她。他下意识地想帮她，想替她打掩护，想救她于危急。但他无论如何都没有想到，一直在身边的神秘女子周菁璇，就是自己找了数年的林允禾。

《友谊地久天长》的曲子在房里久久响着。陆纯石站在窗前，看着上海繁华的夜景，灯红酒绿之处，仿佛有她的影子。

那次，他粗暴地把她拖到车上，手铐磨破了她的手腕，现在想起来，心里隐隐作痛。

那天，当他看到墓碑上吴小轮的名字时，脑袋嗡的一声，瞬间一片空白，他不敢想。空冢被打开，尤其是那枚玉坠出现的瞬间，他几乎要叫出声，一切恍如隔世。他趁人不注意，藏起了那枚玉坠，那是允禾送他的礼物，多年前丢失了，像丢了最美的岁月。

陆纯石抚摸着玉坠。晶莹的玉坠迎着月光，透出柔和清亮的色泽。他的眼睛迷蒙了。当年的吴小轮并没有死，也是这样一个月夜，地下党聚在他家开会，父亲提前把他送到了虹口的远亲家里。因叛徒告密，那夜，复兴社的特务包围了他的家。父母为了掩护地下党脱身都受了重伤，但还有重要的文件没有烧毁，紧急关头，夫妻二人把房子连同文件一起炸毁了。

远亲告知了小轮这个悲痛的消息，说不久后会有个叔叔来接他去很远的地方。吴小轮说，今天林允禾就演出归来了，我要等她。但他还是被地下党硬生生地劝走了，他们说，会帮他找到林允禾，可等地下党去到小轮家时，允禾已经被顾晴书带走了。吴小轮跟着地下党去到延安，后来又回到了上海，不久后辗转去了日本，在日本的军部潜伏下来。

从日本回到上海后，他派了包打听四处寻找林允禾，都没有结果。他曾经答应过她，要帮她为父母报仇，要好好保护她，却连她人在哪儿都不知道。

意外来得那么突然，吴小轮事件在元公馆闹得沸沸扬扬，一个冒牌的吴小轮出现在周菁璇身边。陆纯石很快了解到，那是丁有德的阴谋。他每天目睹假的吴小轮和周菁璇在一起，心急如焚，生怕她落入陷阱，直到他撞破丁有德与假吴小轮的谈话，才对假吴小轮起了杀心。在周菁璇约吴小轮游黄浦江时，他悄悄上船动了手。

假吴小轮被推下水时，还大喊周菁璇救他，陆纯石没有让他喊出第二声，用一根绳子勒住了他的喉咙。他看着黄浦江的水卷走了这个冒牌货，也卷走了他所有的谎言。

第十二章

围城

自从知道周菁璇就是林允禾，陆纯石就像变了一个人，连叶沉秋都察觉到了，早上打水时她悄悄告诉周菁璇，陆纯石最近有点怪，好像不那么近女色了。

周菁璇听到这话差点呛着，还没等她问，叶沉秋就头头是道地分析起来，以往他都在女人窝里打打闹闹，这个是他妹妹，那个是他姐姐，叫得那个亲哟，怎么看都是个纨绔，但这些天好像正经了许多，尤其是对你，感觉像变了一个人。

他哪儿变了？周菁璇说，前天晚上在舞厅，他还不是拈花惹草的，搂着个舞女跳个没完，还贴着人家耳朵说悄悄话。

那是公事，梅机关安排的，逢场作戏罢了。叶沉秋看了周菁璇一眼，扑哧笑了，说，你自己没感觉吗，好几次人家都抢着替你出任务，生怕你有危险。

叶沉秋说得没错，陆纯石对周菁璇的确格外上心了。他悉心关照她的生活，很是体贴。晚上元公馆的结束任务，他一定送她回家。她胃病犯了，他二话不说就去药店买药，就连今早下雨，他都提前开车来到公寓楼下，撑着伞等在门口。用叶沉秋的话说，就是天上下个雨，他都怕砸着周菁璇。陆纯石这些举动也被丁有德看在眼里，因此心里积了疙瘩，总有一口闷气出不来。而另一个人却很舒心，那就是胡宝初。但她并没有因此减少丝毫对周菁璇的敌意。

眼瞅着周菁璇在元公馆闲聊，胡宝初趾高气扬地拿着一份电报，朝她晃了晃，说，周菁璇，有共党接头，你跟我去抓人。

恰逢陆纯石刚要出门给日本人办事，临走前，他特意叮嘱周菁璇说，最近外头乱，有什么事尽可能等他回来再说。周菁璇听了这话心里有一丝丝甜，莫名觉得有些情愫在心头发了芽。

让周菁璇没想到的是，这次接头的共党又是苏江雪。胡宝初带特务赶到电报中提到的那家茶馆后，先把门口堵了，又把所有茶客叫到厅堂挨个查问。苏江雪原本可以光明正大离开的，可她竟冒昧地来到窗台前，解开纱巾围到头上。这个动作引起了胡宝初的警觉。

胡宝初气势汹汹地朝苏江雪盘问道，为什么突然把纱巾戴在了头上，是不是在向接头人发信号？

苏江雪拢了一下头发，徐徐地解释，说，你们杀气腾腾地闯进来，我看了冷得发抖。事实上，在她将纱巾围到头上的一刹那，站在茶馆不远处观察的特派员已经看到她发出的紧急撤离的信号，匆匆离开了。

胡宝初根本不相信苏江雪的话，说，你一个人气颇高的当红舞女怎么会来这个破茶馆，霞飞路上的外国咖啡馆才是你该去的地方。

苏江雪听了这话，不屑地冷哼一声，她把胡宝初从头到脚打量一番，又转头看向站在一旁的周菁璇，说，住着花园洋房的人不是也来了吗？

胡宝初被惹怒，一把揪住苏江雪的头发，连扇了她几记耳光。苏江雪脚下不稳倒在地上。众人都被胡宝初这一行为惊着了。有特务拉住胡宝初，朝她耳语了几句。

苏江雪摸着火辣辣的脸，冷冷地瞪着胡宝初，嘴里连连喊道，我要给方四爷打电话！

胡宝初气急，从腰上抽出枪，咬牙切齿地说，你要再不说实话，我就带你去元公馆，给你上重刑。

周菁璇一时不知该如何救苏江雪，只能上前按住胡宝初手里的枪，低声说，苏江雪的背后是方东岐，日本人都得礼让三分，胡队长小心惹火烧身。

胡宝初听了此话倒有几分怕了，但脸面不能丢，她嘴硬地说，只要她是共党，方东岐也不好使。

双方正僵持不下时，有人叫了句，胡队长！

陆纯石快步走进来，先上前扶起苏江雪，又命人照顾她。做完这一切，他才对一旁发愣的胡宝初说，胡队长，你可别挡了梅机关的财路，我今日和苏小姐有约，我是受青木贤二机关长之托来这儿和苏小姐谈生意的。说着，他拿出一份拟定的合同递给胡宝初。谈合作这事不假，但并非今日谈，这是两人接头的掩护方式。

陆纯石的目光从众人脸上一一扫过，特务们见状都低下了头。他的目光扫到周菁璇脸上时，显得柔和了几分。他又对胡宝初说，我和苏小姐已经交谈过几回了，若不信，你可以马上给梅机关打电话。

胡宝初见有了台阶，便说，原来是个误会。我也是对事不对人，苏小姐，今天还请你多多担待。说罢，她命令手下，把茶馆所有的可疑人员都带回去审问。

周菁璇目睹了这一切，直觉告诉她，陆纯石和苏江雪关系非比寻常。

深夜，苏江雪坐在舞厅二楼的雅座上，边摇着高脚杯慢慢品酒，边俯视着楼下欢歌笑语的男男女女。一首《满场飞》响起，舞池里的男女无论相识与否，都手拉手排成一排，左右脚前后交替，在长方形的弹簧舞池里向前迈进，像极了一波又一波的浪。苏江雪想不明白，上次还对她凶巴巴的周菁璇，今天竟然十分维护她。当时，周菁璇眸中有一种别样的眼神，被苏江雪看在眼里，她总感觉在哪儿见过这种眼神。一曲终了，大家欢呼着退场，陆纯石从舞客群中走到苏江雪面前，绅士地伸出手邀请她跳舞。

老乔明晚离开上海。陆纯石附在苏江雪耳边说，在一个地方待得久了，会不安全的，接他的车已经在路上了，你的新上线过几天会联系你。

苏江雪将头轻轻靠着他的肩头，低声问，新上线的代号是什么？

西施。陆纯石说，为了安全起见，上级要求你和西施只能登报联系，不再线下见面。

苏江雪点点头后叹息了一声。

陆纯石察觉到了苏江雪低落的情绪，小声安慰道，我们会等到抗战胜利的那一天的。

我相信。苏江雪最终还是说出了心里的疑惑，今天我怎么感觉元公馆的周菁璇像我的一个故人。她和陆纯石讲起了当年和林允禾的一些交往，尤其详细讲了她们在山上学武的情况。

允禾非要上山学功夫，我爸和我都不放心，我就跟她一起去了。我的功夫就是那时候学的。后来，我父亲牺牲了，有个地下党来接我，允禾坚决不跟我走。自那之后，我们就再也没有见过面。当初上山前，我还陪允禾为她死去的同学吴小轮在郊外立了一个空冢，那天允禾都哭成了泪人。

陆纯石听完苏江雪的话，舞步一顿。他最终告诉了她，元公馆的周菁璇就是林允禾。

苏江雪凝视着他，简直不敢相信。

陆纯石又说，我就是吴小轮，家里起火时我不在家。说罢他又问，允禾认出你就是顾晴书了吗？

应该没有吧？苏江雪有些拿不准，说，你受伤那天，她半夜查我的车，样子很凶，和那些特务没两样，但这回她倒是帮了我的忙。

她是军统的人。陆纯石说起了周菁璇的抗日行为，苏江雪松了一口气，说，还好她不是汉奸。你不想和她相认吗？你不知道允禾有多在乎你吗？

我不会认她，也不能认她。陆纯石说，你也不能认她。

舞曲结束了。

接下来是今晚最后一曲慢华尔兹，好莱坞影片《魂断蓝桥》的配乐。当这首《友谊地久天长》的曲子响起时，陆纯石挽住了苏江雪的手。他沉浸在曲子里，就像小时候和林允禾一起听这首曲子时一样入迷。

第二天，陆纯石莫名其妙地约周菁璇吃饭，上车后，陆纯石才说出真实意图，他开门见山地说，我需要你的帮助。

就在一小时前，苏江雪紧急联系陆纯石，说老乔暴露了，胸前中了一枪，伤口离心脏很近，急需外科医生救治。陆纯石记得周菁璇和一位外科医生关系很好。

我有个朋友中了流弹，现在日本人查得紧，你能否帮我请个外科医生？

周菁璇说，看来你不太像汉奸。

陆纯石说，咱们彼此彼此。

周菁璇思来想去，还是找了当年给陈恭平取子弹的医生。

医生收到周菁璇的信息后，几乎是马不停蹄地赶到了一家书店。老乔就躺在书店的仓库里。医生看到老乔之后，猜到了眼前的伤者是什么人，拒绝为他做手术。周菁璇突然朝他举起枪，对他说，你要是走，这里会多两具尸体。

那你就开枪打死我吧。医生无动于衷，说，要不是看在山田宗的分上，我早就去梅机关举报你了。

周菁璇笑了笑，扔给医生一个香囊，上面绣着一朵樱花。医生看到香囊后脸色大变，惊问道，你绑架了小樱？

小樱是他的女儿，刚到中国时，他和一个中国女人谈起了恋爱，还生了这个孩子。

周菁璇说，小樱已经在去香港的游轮上了，如果你好好配合，那么今晚你们就可以团聚。

医生垂下头，将医药包一通乱翻，然后突然抬起头说，你要说话算话。

你放心，看在你救死扶伤的分上，也看在山田宗的面子上，我一定信守承诺。周菁璇说完就出去望风了，苏江雪陪她一起出去，只留陆纯石一个人看护老乔。

夜晚风凉，苏江雪裹了一件绣花披风，她缩了缩脖子，说，我们又见面了，上次真是谢谢你。

周菁璇强压着内心的激动，说，是啊，又见面了。两个人都知道这句话的真实含义，也都知道对方是谁，却都装作不认识。

两人望着远处昏黄的煤气灯，不再说话。

为了感谢周菁璇的帮助，陆纯石送了她一个彩绘鼻烟壶。鼻烟壶上有两个小孩正在放风筝，周菁璇定睛一看，风筝是大雁模样的。

陆纯石说，你那么喜欢风筝，我就找人画了这个图案。

周菁璇端详着鼻烟壶上的图案，爱不释手。陆纯石见她这样欢喜，唇边浮起一丝笑意。她蓦地来了一句，我和吴小轮就是这样放风筝的，也是这样的大雁风筝。

陆纯石表情复杂，他的喉结滚了滚，最终把那句到嘴边的话咽了回去。

这日，罗曼花店关门前，陈恭平收到了一份紧急密电。

有个军统特工在南京被捕后叛变了，声称见过潜伏在汪伪政府的三剑客。陈恭平烧掉电报后说，绝不能让叛徒活着见到周菁璇。

杨望江在火车站执行暗杀，他认出叛徒是李信之，此人曾和周菁璇一起刺杀过秦啸林。他毫不犹豫地抬枪打中了李信之，李信之当场倒地。

但李信之被汪伪特务们手忙脚乱地送到了医院救治。医院的卧底传来消息，说李信之没有死，为了保护周菁璇不暴露，陈恭平不惜亲自出马，潜入医院扮成医生朝躺在病床上的李信之连开数枪。事后他说，就算大罗神仙也救不了这个叛徒，他的五脏六腑都被我打穿了。

未料几日后，李信之出现在了丁有德的办公室，

陆纯石见到李信之时暗吃一惊，感到情况不妙。原来丁有德弄了个假李信之躺在病床上当幌子，陈恭平开枪时没有辨认清楚那个冒牌货。听丁有德讲完他的整个计划，陆纯石知道周菁璇又一次处在危险之中了。

丁有德把陆纯石介绍给李信之，他立刻朝陆纯石点头哈腰，说，我刚投诚过来，以后还请长官多多关照。

丁有德对陆纯石说，一会儿指认三剑客，你就不用参加了。有份加急电报，你得马上送去梅机关。他又扭头对李信之说，我马上让所有人到会议室集合，你去指认。

周菁璇接到去会议室的通知时，还不知发生了何事，正诧异着，陆纯石拿了一份日文稿子来找她。他说，这是青木贤二机关长的讲话稿，你翻译一下，我马上要用。他边说边用手指轻敲

桌子，周菁璇读懂了他的摩斯电码：军统叛徒要指认三剑客。

周菁璇大惊失色，她来不及将此事告诉陈恭平。早上去罗曼花店时，陈恭平还讲起了在医院暗杀叛徒的经过，却不知叛徒为何还好好活着。

陆纯石朝周菁璇打了个手势，暗示她拖延时间，由他来解决叛徒。

等元公馆的特务们集合完毕，已是月上树梢，周菁璇站在队伍中慢慢朝前移步。她已做好了赴死的准备。她紧紧握着口袋里的小手枪，跟着同事们缓步走进会议室。李信之扭头就要看到她时，一颗子弹穿透了他的头颅。

会议室刹那间一片慌乱，丁有德吓得冷汗都冒出来了，他立刻下令送李信之去医院，又指挥特务抓捕杀手。

这一枪是陆纯石开的，李信之被一枪毙命。陆纯石开车去往梅机关，中途折返回到元公馆，他稍作乔装，从后墙翻进院中并攀上顶楼，趁着夜色，从楼上用绳子将自己倒挂在会议室窗户上方，不晚不早，就在周菁璇走进会议室的刹那间，他将子弹射向了叛徒。

脱身后，陆纯石将车开得风驰电掣，到达梅机关的时间，没有耽误丝毫。

元公馆抓捕杀手的行动一无所获。丁有德的多疑病又犯了。他亲自去门口问了警卫，陆纯石是几点开车出去的？

警卫回答的时间没有破绽。丁有德不死心，又打电话给梅机关，青木贤二说陆纯石刚刚从他这儿离开。

周菁璇明白，这次能脱险，全靠陆纯石拼力相救。当她得知整个过程时，满腹的感激话哽在喉中。感恩并不是一句简单的口头禅，这个温暖共处、生死相护的男人，已经藏进她的心里了。去罗曼花店接头时，她看到了刚到货的红玫瑰，那玫瑰红得似火，鲜艳欲滴，不知怎的，她居然想买一束送给陆纯石，呆呆地看了玫瑰很久，还是忍住了。

她是爱上他了？周菁璇想了一路，她是从什么时候开始对陆纯石动情的，是在和军统的枪战中，他把她拉到身后，甚至为她挡枪的时候？还是在某个回家的夜晚，她沦陷在了他怜惜的眼神里？这一路，她觉得风都温柔了。来到元公馆，丁有德又告诉了她一个爆炸性的消息。

李信之命真大，九死一生啊，他又被抢救过来了。丁有德乐呵呵地宣布了这个消息，说，神仙都难以置信，他居然还能活着，等他醒过来，得让他继续指认那个阴险的三剑客。

周菁璇又一次紧张起来，她决定亲手除掉叛徒。陆纯石让她不要妄动，他说，元公馆并没有控制还未被指认的那些人，这就很可能是个陷阱，是想让你自投罗网。

陆纯石扶周菁璇到沙发上坐下，紧紧握着她冰凉的手，看着她的眼睛说，你等我去核实清楚，在此之前，你要答应我，不许轻举妄动。

周菁璇看着陆纯石的眼睛，朝他点点头。

陆纯石打听到李信之所住的那层楼并没有任何患者被抢救的迹象，护士说那层楼停电，电闸一直没有维修。

陆纯石确认，李信之已经死了。他将计就计，乔装后潜入病房，在李信之的尸体上开了几枪，又朝床下扔了个文玩核桃，那是胡宝初的手下阿三的玩物。

次日，元公馆发现尸体被毁，还发现了文玩核桃，阿三立即被认定是三剑客。

最终，阿三没有挺过重刑，吊死在了刑讯室。

在周菁璇以为自己暂时安全时，丁有德却告诉陆纯石，这是他的障眼法。他冷冷地说，阿三是我让人弄死的，但他绝不是三剑客。李信之说过，军统三剑客是个女的。

第十三章
营救

周菁璇已经一个月没搭理陆纯石了，起因是陆纯石劝她离开元公馆。

那天周菁璇打扮得格外漂亮，去了凯司令喝下午茶。

陆纯石早早就坐在靠窗的位置等着她了。周菁璇美美地喝下第一口咖啡时，听到了陆纯石沉沉的声音，不抓到内奸，丁有德是不会善罢甘休的。说着，他从钱包里翻出一张船票，递到周菁璇面前说这是从上海去绍兴的船票，三天后启程，到了绍兴，会有人安排你……

你要我离开元公馆？周菁璇打断了他的话。她看到他焦灼的眼神后，声音又软了下去，缓缓地说，我身不由己，从加入军统的那天起，我就失去了自由。

陆纯石沉下脸，厉声问道，你要誓死效忠军统吗？

我是为了抗日！周菁璇与他对视着，竟然觉得他的目光有些可怕，但她还是为军统解释，说，军统特工为了任务，可以付出生命，只为了迎来抗日胜利的那一天……

我不想听你对军统的评价，事实会证明一切。轮到陆纯石打断她了，我只知道，如果你再不走，就来不及了。

周菁璇低下头，心里有些悲凉，片刻后她说，上海是我的家，我不会离开的。

你以后还可以回来，如果命都没了，你还有什么家？

周菁璇霍地站起来。陆纯石又摁着她坐下，说，你好好考虑一下，我只是不想失去你。

这句话，倒是让周菁璇愣住了。她听得出，陆纯石的劝说是发自内心的。而想起那些被千古咏唱的悲欢离合，她突然意识到，在抗战的日子里，他们是没有资格谈情说爱的。

发生争执后，周菁璇不再让陆纯石送她回家。每天下班后，只要她上了黄包车，后面就会有辆别克跟上来。那是陆纯石的车，而别克后面还有一辆车，车上坐着丁有德。

丁有德虽然怀疑周菁璇，却始终没有证据。事实上，他很怕拿到证据，他垂涎周菁璇的美色，可谓痴迷，得不到也是一种享受，他享受意淫的感觉。每当周菁璇朝他动怒时，他反而会减轻疑虑。前不久，他藏在显影室里洗照片，门外的胡宝初将周菁璇一通臭骂，都被他听进耳中。他立刻想明白了，胡宝初是出于嫉妒，才不断诬告周菁璇的。他听到周菁璇说，我就是看上丁处长了，你能拿我怎么样？胡宝初气得当场摔了一只杯子，他却心里美滋滋的。从那会儿起，丁有德对周菁璇更殷勤了。以前他也不是没有讨好过她，可她总是不卑不亢，直到那天他才知道，周菁璇对他还是有情意的。

周菁璇故意和丁有德走得很近，一来为了惹胡宝初吃醋，两人私下里没少起冲突。二来，她自己都不敢承认，她是为了和陆纯石赌气。

丁有德色迷心窍，但总有清醒的时候。他冷静下来又起了疑心，便找陆纯石分析，说，李信之说三剑客是个女的，年龄二三十岁，颇有姿色。

陆纯石心下一惊，面上却仍淡淡的，说，元公馆的女人有十几位，二十岁到三十岁的女人也有八九个。至于姿色，他露出了讥笑，说，元公馆的女人哪个没有姿色？我瞧着，个个都妩媚动人，我就听人说过，看到元公馆的女人，不知道的还以为走进了电影公司。

眼见丁有德渐渐打消了疑虑，陆纯石又说，周菁璇完全可以排除，她是交通部长的太太引荐过来的，而且你都试探她多少回了，如果她真是军统，有一次枪战她为何救你？而且她杀军统或共党时心狠手辣、干净利落，那些时刻，我都感觉她不是个女孩儿。陆纯石的话贴心入耳，又听他说，无非就是胡宝初那点事，女人嘛，争风吃醋很正常。

最后这句，丁有德彻底听进去了，他心里就是这么想的。他当即就派人给周菁璇送了一份点心，那是手下早起排了两个小时队才买到的绿豆糕，胡宝初昨晚睡前点名要吃的。胡宝初看到周菁璇给众人分吃绿豆糕时，气得脖颈都爆出了青筋。

从此，丁有德带着周菁璇游走于日方和汪伪政府的各种场合，周菁璇在上海滩名声大噪，照片登上各种画报，一时间，风头不亚于电影明星。

可是，丁有德撞上了一件棘手的事。那日，他受青木贤二之邀，到了虹口的大桥公寓，这是日本宪兵司令部所在地。青木贤二破天荒地对他礼遇有加，让他很是舒服。当他得知日本宪兵司令部的大佐影佐正雄有要事相托时，他就更舒心了，感觉自己体态都轻盈了。不过，丁有德从宪兵司令部出来时，整个脸都变成了黑的。

影佐正雄对周菁璇动了心思，这让他心口一阵隐痛。丁有德虽然喜欢周菁璇，但岂敢忤逆日本主子。为了讨好影佐，又不得罪周菁璇，丁有德当天约了胡宝初来公寓翻云覆雨，事后，他喘着粗气，说，你替我去办件事。

我要和你冰释前嫌。周菁璇如果不是亲耳听到，她绝不相信这话是从胡宝初嘴里说出来的。不仅如此，胡宝初还各种讨好周菁璇，又是约她逛街，又是给她订旗袍。临近下班时，胡宝初还请她帮忙去居酒屋给日本人送酒。

周菁璇看不惯胡宝初的谄媚，但还是顺道去了居酒屋。一群日本人正在喝酒唱曲，为首的正是影佐正雄。看到周菁璇，影佐立刻眼里放光，他对周菁璇礼遇有加。他用日语说，早就听说周小姐才貌双全，我这里有一份秘密计划，需要你这样的人才来执行。

周菁璇用日语回答他说，很高兴为长官效劳。影佐正雄听了大笑，说，周小姐的日语说得真好，像是我的家乡大阪的口音，不知是跟谁学的?

我跟一个好朋友学的，他也是大阪人。

他是做什么的? 我有没有机会见见他? 难为他能为帝国培

养出你这样的人才。影佐正雄一副求贤若渴的样子，看起来很有诚意。

周菁璇想了想，说，他是个医生。

影佐正雄说，我也认识一个大阪的医生，叫山田宗，可惜我们俩闹翻了。

周菁璇眼神微动，她默默听着影佐正雄回忆过去，最后，影佐邀请周菁璇喝了日本清酒。

陆纯石的思绪乱糟糟的，心里有种不祥的预感。他订了一束花去找周菁璇，却见公寓房门紧闭，敲门也无人来应。他又来到元公馆的宿舍值班室。胡宝初正跟手下喝酒划拳，她肆无忌惮地大笑，一不小心说漏了嘴，估计周菁璇这会儿已经是影佐的盘中餐了。

陆纯石听见此话发疯般地开车去了居酒屋，路上险些撞了人。

清酒下肚没多久，周菁璇便觉得头晕目眩，她意识到自己被算计了。她感觉脚下发软，像是踩到了棉花上，想离开，却根本站不起来。影佐拖着她进了隔间，她想用酒瓶砸伤影佐，手却举不起来。迷糊中，只见影佐那只带毛的手向她伸了过来。突然，她听到一声惨叫，之后，就模模糊糊看到了陆纯石的脸，那脸上有一片刚溅上的血迹。

陆纯石打横抱起周菁璇往外跑。周菁璇如坠云里，又像被浓雾包围了一般，透不过气，看不见手，记忆的碎片袭击着她的大脑，一会儿是父亲牵着她的手在雨中散步，一会儿是满脸血迹的司机告诉她父母被日本人炸死了，交叠的画面中，还有陆纯石替她挡枪、送她风筝……

周菁璇醒来时，陆纯石正满眼怜惜地望着她，浑然不顾他自己流血的胳膊。

陆纯石的目光让她产生了错觉，她仿佛看到了吴小轮。吴小轮在林家地道杀日本浪人的情景也闯入她脑中。更奇怪的是，陆纯石的那双眼睛，也像天上的那轮明月。

周菁璇泪光点点。陆纯石心疼地问，你感觉怎么样？伤到哪里了？

周菁璇摇摇头，眼眶里蓄满的泪啪哒啪哒坠落。过了好一会儿，都没有听到陆纯石再说话，她才发现，他晕倒了，他左臂的袖子被血泡着，连着后背都湿透了。

陆纯石躺在医院的病床上，周菁璇静静地守着他。护士来换药时，她吃惊地发现，陆纯石身上到处都是伤。看着那些斑驳的伤疤，她心想，至少有两处伤是为她留下的。她摸了一下他的手，有些凉，便站起来为他披了一下被脚，就在他露出肩膀的一刻，她的动作僵住了。

周菁璇看到陆纯石肩头的一处枪伤，想起了当初特务对丁有德说的话：他们打中了黑衣人的左肩。她有些发愣，难不成陆纯石和苏江雪一样，都是地下党？

元公馆的特务们推开了门，闪身让丁有德进来。周菁璇急忙遮盖住陆纯石肩头的伤口。

影佐死了。丁有德说，有个日本宪兵指控陆纯石参与了暗杀影佐的行动。他说要等陆纯石醒来后问话。丁有德十分有耐心地坐在陆纯石的病床前，直到他醒过来。陆纯石把影佐的死赖到了军统头上。周菁璇也说，陆纯石是去帮忙的，他的伤就是军统打的。

胡宝初装作不知周菁璇的遭遇，还假惺惺地关心她有没有受伤。

周菁璇心里明白，影佐这事是丁有德的主意。她故意和丁有德撕破了脸，执意要求离开元公馆。丁有德拼命挽留，好话说尽，还答应补偿她。

当晚，丁有德对正在宽衣的胡宝初说，把监视周菁璇的眼线都撤掉。胡宝初愣了一下，带着气把解开的扣子重新系好，一句话未说，摔门而去。

中秋夜，汪伪政府与日本宪兵司令部联合举办了和平舞会，意在平抚民众的抗日情绪。

舞会上，76号的李默村挽着祝晚舟跳舞，两人不时地贴耳说着悄悄话。坐在一边的李太太，眼睛一刻也没离开过这二人。虽然对丈夫偷吃的毛病早已司空见惯，但她还是把愠色挂在了脸上，就差没有放下酒杯，上前将二人撕成两半。这一幕全都落在周菁璇眼里，她悄声安慰李太太，终是让李太太的情绪平抚了一些，李太太没好气地说，有些女人，就是仗着自己年轻貌美勾三搭四，哪个男人能架得住这勾魂夺魄的诱惑？临来时老李还专门嘱咐我，让我别在意，说是什么狩猎行动。

舞会休息时，祝晚舟依然黏着李默村，想拉他去僻静处。李默村看了她好久才说，有什么悄悄话就在这儿说吧。祝晚舟朝后瞥了一眼，说，你太太一直盯着你。李默村竟拉着她的手来到李太太身前，说，晚舟的舞跳得好，以后你多跟她学学。舞会结束后，祝晚舟又提议要和李默村去红房子喝杯咖啡，目光里尽是娇媚的缠绵。李默村在她颊上亲了一下，说，今晚我还有些事要处理。

明天可以见到你吗？

看情况，你等我电话。

与李默村分手时，祝晚舟柔媚地看着他，一副难舍难分的样子。她站在风里，看着李默村和他太太上车离去。等车影远去后，她的脸色一点一点地沉了下来。她摘下手中那枚鎏金镶宝石的戒指，怅然地看着，绿油油的宝石里藏着致命的毒药。本该今晚用上的，可惜失去了机会。她将戒指放进包里，带着凝重的表情叫住了一辆黄包车。

次日下午，周菁璇在陪太太们打牌。柳絮抱怨说，祝晚舟上午还说今晚要去华懋请客做东，下午怎么就不见了人影？太太们在牌桌上抱怨祝晚舟不守承诺，体态颇丰的吴太太骂骂咧咧地说，是呀，连个电话也不打，她的魂儿就不在牌桌上。

就是，都在男人身上。今天太太们七嘴八舌地，说话格外随意，可能是李太太没来的缘故。

李太太今天没有来，是否与祝晚舟有关？周菁璇端起茶杯喝了一口，她回忆起昨晚在舞厅所见。突然，柳絮凑到她耳边小声说，上午静安寺路戒严了，说是抓捕抗日分子，李默村差点死在西伯利亚皮货店。中午我家那位打电话说，已经抓住了刺客，是个女的，今晚就会枪毙。

柳絮的话让周菁璇着实惊了一下。

回家途中，周菁璇特意经过罗曼花店。花店门口的牌子上写着：红玫瑰有新货。这是军统的紧急接头暗号。她疾步走进花店，果然看到了正在插花的陈恭平。

祝晚舟是重庆派来的人。陈恭平把一束花放到周菁璇面前，说，她刺杀李默村失败被抓了，上面要我们救她。

周菁璇站了片刻，说，知道了。她抱起花刚要走，陈恭平又说，这事不必强求，祝晚舟是中统的人，如果不是因为她父亲是个经济学家，我们完全不必去冒险。

周菁璇蹙了蹙眉头，说，你变了。

陈恭平说，是世道变了。

周菁璇决定营救祝晚舟，她去找陆纯石帮忙，陆纯石却调侃说，我有什么回报？

她语噎地看着他，不知如何回答。

不如我背叛日本人，投入你们的怀抱。

为了我，还是为了同胞？周菁璇挑眉问道。

当然是为了你。陆纯石随口溜出这句话后严肃起来，又说，你是我同胞中的一份子。

周菁璇说，你早就背叛了日本人，或者说你根本就没有投靠过日本人。如果你要回报，我可以给你金条。

陆纯石笑了笑，说，我把你送到梅机关，可以得到更多金条。

周菁璇瞪了他一眼，咄咄逼人地发问，那你之前为什么要帮我，要救我，你肩上的伤也是因为我，一桩桩，一件件，需要我再罗列一遍吗？她朝陆纯石逼近一步，又说，告诉我，你是不是共产党？

周菁璇一连说了这许多，却不见陆纯石回应。

陆纯石被她盯得发怵，说，我帮你只是怜香惜玉，也许因为我爱上了你。总之，我想帮你，不由自主，心甘情愿。说完，他讪讪地笑了，如果这次你需要我，我仍然会帮你。

陆纯石终于打听到了祝晚舟的关押地点，在一家医院的仓库。他提醒周菁璇，除了交通部长的货车，现在就是老鼠也出不了城。

周菁璇想到了柳絮，她俩关系一向不错。她找到柳絮，说想借辆车运一批货出去，没想到柳絮一口回绝了。

柳絮说，近期风声紧，这事太担风险了。

周菁璇看见她项上戴了一条翡翠珠子，色泽通透，一看就价值不菲。她知道柳絮素来喜欢珠宝首饰，便欣赏着珠子一番夸赞，她问，这条翡翠珠子不便宜吧。

柳絮看似无意地说，我这条珠子可算不上什么，当年林公馆有一条红宝石项链，别提有多漂亮了，那才叫价值连城。

我替你弄到它，你借给我车。周菁璇和柳絮谈条件。

你弄得到它？说得好像你是林公馆的丫头仆人一样。即使是林家小姐的贴身丫头，你以为能弄得到吗？

我想试试。

柳絮笑了，说，那你就去试，如果那条项链能到我手里，我就把车借给你。

次日一早，柳絮接到了周菁璇的电话，约她去看戏。

当周菁璇打开红丝绒的首饰盒时，柳絮的眼睛都要蹿出火苗了。红宝石项链静静地躺在盒子里，像沉睡了数年的红莲，骤然出水。

你是怎么弄到的？柳絮惊讶地看向周菁璇，感觉不可思议。她呆呆地看着周菁璇，又低头再看项链，说，这可当真是林公馆那条红宝石项链。

周菁璇说，你别管我怎么弄到的，你之前开的条件还算不算数？

柳絮捧着项链，试了又试，说，过几天要给我家那口子送冬衣，你跟着去吧。

这条红宝石项链是父亲送给她的生日礼物，当年很多名流都见过，也都赞不绝口。重新找回这条项链并不容易。她是在凌晨潜入林家密道，偷出了藏在保险柜里的项链。逃走时，被宪兵发现了，一群宪兵紧追不舍。她与宪兵枪战，终究寡不敌众，在最危急的时候，又是陆纯石救了她。

你怎么会在这儿？周菁璇惊愕地问。

这话应该我问你。这可是当年的大商贾林承义的府邸，你来这儿做什么？

这是我的秘密，可以不说吗？周菁璇的眼里闪动着执拗的光，她盯着陆纯石，问，有我的地方好像就有你，你是不是一直跟踪我？

陆纯石将腕上的表伸到周菁璇眼前，说，自己看，几点了？天快亮了，周小姐，你扰了我的好梦，还要倒打一耙。

陆纯石告诉周菁璇，昨晚他与特高课的长官喝酒，课长喝醉了身体不适，他把课长护送回来，就留宿在这里了。

我睡得正香，突然听到枪声，没想到是你又被围困了。不过，你被围困，才能突显我的意义。陆纯石意味深长地打趣道。他目光如炬地盯着周菁璇，又说，暗杀的目标你可以告诉我嘛，我来帮你，一个人闯到林公馆杀人，你是不想要命了。

我是受交通部长的太太柳絮的指点，来偷红宝石项链的，我要还她人情。

什么人情这么贵重？陆纯石盯着她，不相信地问。

救人。祝晚舟想杀一条日本人的狼狗，我不能让她死。

陆纯石顿住了。月光下，他看到了周菁璇如火的目光。这让他想起了当初的林允禾，那个既柔美又纯洁的小姑娘，听到杀鸡都捂着眼睛。就是在这个院子里，那天，她追着手握线拐子的他，笑声像一串风铃在风中响起。

陆纯石说，那要尽快行动，我今天听说，李默村劝祝晚舟投诚，还给祝老写了一封威胁信，要他给日本人效力，但祝晚舟宁可赴死，也不想把父亲牵扯进来。李默村已经下达指令，准备秘密将祝晚舟押赴石场。

石场？周菁璇大惊失色地问，李默村要枪毙她？

祝晚舟是在去往石场的路上被救走的，押运车行至静安寺路时，突然出来一群小乞丐围着车转，又哭又闹地拿着破碗讨钱。特务们怕走漏风声，不敢动枪吓唬小乞丐。

这群小乞丐是耗子组织的，周菁璇私下找了耗子，说要声东击西。

交通部长的车恰巧经过，开车的人是陆纯石，祝晚舟趁乱被转移到了交通部长的车上。

祝晚舟终于出城了。

城外，公寓看门人德叔正等着祝晚舟。他摇着渔船，送祝晚舟上了去重庆的轮船。

但几日后，祝晚舟在轮船上失踪了，这个消息是德叔带来的。据他说，是自己人下的手。周菁璇非常吃惊，她不相信重庆会做出这种事。

她立刻来到罗曼花店，质问陈恭平是否有此事。

陈恭平仍然在专心地修剪花枝，过了好一会儿，才说，你不该来这里。

杨望江抱着一束新鲜的百合花，朝周菁璇使了个眼色，说，我喜欢百合，菁璇，你呢，喜欢什么花？

周菁璇说，我想知道祝晚舟是怎么回事！

第十四章

锄奸

苏江雪在报纸上看到了一则寻人启事，是西施发出的信号。

锄奸。有两个党的叛徒投靠了日本人。

舞厅里灯光流转，一个西装革履的男人和舞女们轮流跳着狐步舞，热闹非常。轮到苏江雪和他跳了，他刚搂住苏江雪的腰，舞厅里的灯突然灭了，周围一片漆黑。混乱之际，苏江雪抽出藏在腰间的枪，朝男子的心脏开了一枪。

他就是叛徒之一。

苏江雪迅速离开舞池。但她处理枪时，被元公馆的特务撞见了。几个特务围住了她，令她难以脱身。双方都开枪了，枪声在舞厅里响着。客人们发出尖叫声，踩踏着向外逃窜。黑暗中，只见枪口喷射出的火焰。就在苏江雪子弹将尽时，陆纯石赶来了，他一声喝令，拦下了两个射击的特务。

陆纯石招手让特务过来，特务对他毕恭毕敬，就在两人走近他时，陆纯石射出两颗子弹，打爆了特务的头。紧接着，他和苏江雪联手干掉了其他围攻的特务。

尸体的伤口很特别。元公馆的法医验尸后告诉丁有德，有可能是自己人下的手。

丁有德立刻下令排查元公馆的所有人员，陆纯石因行踪不明被丁有德怀疑。

不会是他。昨晚我和陆处长在杏林餐厅吃饭。周菁璇对丁有德说，我俩吃饭的事有证人，处长可以去杏林餐厅核查。周菁璇说这话时，早已花重金买通了餐厅老板，自然没让丁有德查到什么。

陆纯石很感激周菁璇出手相救。周菁璇看出陆纯石还有话说，但话到嘴边又在迟疑。

你想说什么就尽管说。周菁璇用真诚的目光看着他。

陆纯石说，你能帮我杀一个人吗？是个女的。

她是你的仇人？周菁璇好奇地问。

应该说，她是中国人民的仇人。陆纯石说。

两双目光撞在了一起，闪出了同样的光，就如灵魂相撞，融为一体。

好，这事交给我。周菁璇没有丝毫犹豫。

陆纯石要杀的女人是另一个叛徒。此人怕被地下党灭口，一直住在汪伪府邸，整日陷在汪伪部长太太们的牌桌上，不敢轻易出门。

周菁璇了解到，这人有烟瘾。于是她去烟馆买了一些鸦片膏，她已经想好了暗杀的办法。

与太太们打牌时，周菁璇递了一支烟给身边的女叛徒，自己也燃上一支抽了起来。

　　女叛徒抽了几口烟后，露出了异样表情，她借口去休息，离开牌桌，迟迟未回。周菁璇知道女叛徒的烟瘾犯了，她在那支烟里放了鸦片膏。趁着洗牌的空当，周菁璇说去要厨房看看麻婆豆腐做得如何了。

　　最先发现女叛徒死亡的是用人阿花，那会儿太太们出去吃饭刚回来，阿花正把一个陶瓷杯交给侦察科。侦察科查出杯中残余的水里有毒药。阿花告发周菁璇有嫌疑，她说只见过周菁璇经过女叛徒的屋子去了厨房。

　　你确定是她吗？

　　阿花看着对方愣了很久，突然摇摇头，说，我不确定，我只看到了她的背影。

　　周菁璇还是因为阿花的话被关了起来，她矢口否认自己下毒，这让阿花心里更没底了。

　　丁有德想了一条计谋，他让人对外宣称，军统的三剑客叛变了，又安排画报的摄影师为周菁璇拍照，目的是引来军统除掉叛徒，以此诈出三剑客到底是何人。

　　陈恭平得到这个消息后，不相信周菁璇会叛变。他顶着压力给重庆方面发报，请求不要轻举妄动。

　　周菁璇在特务的监视下拍了画报。她明白丁有德的目的，故意摆出相应的身姿表情。几天后，陈恭平看到了画报，他发自内心地笑了，周菁璇分明在用肢体动作传递信号，暗示她并未叛变，这不过是元公馆的计谋。

　　军统没有任何异动，这让丁有德疑惑不解。

胡宝初说，宁可错杀一千，也不能放过一人。整天怀疑，不如把她杀了。

你能不多嘴吗？我说过了，我心里有数。丁有德不耐烦地说。

周菁璇被关押后，最焦灼的人是陆纯石。他与苏江雪约在江边见面，商量营救周菁璇的事，甚至想到了劫狱，但最后又否定了这一想法。

陆纯石说，丁有德并没有拿到任何证据，万一劫狱不成功，反而害了菁璇。

两人决定静观其变。

与此同时，柳絮来狱中看望周菁璇，对她说，我不相信下毒的人是你。柳絮指着丁有德的鼻子说，菁璇是我带来的，要是没证据，就赶紧放人。临走时她扔下一个手包，用手帕捂住鼻子说，这是那个女共党的，是在麻将桌下找到的，真是晦气。

女叛徒手包中的一份鸦片膏救了周菁璇。

大概是烟瘾让她犯了迷糊。这是法医得出的结论，法医斩钉截铁地告诉丁有德，这女人吞食了鸦片膏，她的死和别人无关。

三日后，陆纯石给法医带来了两张去法国的机票，他点了一支烟，问道，你为什么不和家人一起走？

法医感慨地说，像我们这样的人，就不要拖累家人了。

周菁璇对女叛徒手包中出现的鸦片膏颇感好奇，她问陆纯石，是不是你做的。

陆纯石说，我不过是顺水推舟，我也很好奇，是谁在背后相助?

难不成元公馆还有其他的抗日者?周菁璇想起陈恭平说过,如果出现紧急状况,会有自己人相救。

叛徒已除,但叛徒向日本人提供了很多信息,导致一些地下党被捕,上海的地下联络站也接连遭到破坏。苏江雪和西施暂时失去了联络。

周菁璇第一次见识到军统的冷血,是军统派她手刃战友。

这天,陈恭平拿出一枚银戒指让周菁璇戴在无名指上,他说,你去元公馆的刑讯室,对里面的人说一句话,可保他不招供。

周菁璇狐疑地问,那人是谁?

陈恭平用剪子剪掉了一朵百合花,说,见了你就知道了。

昏暗的刑讯室里,一个满身血迹的男人被绑在木架上,周菁璇一时看不清他的脸。

元公馆的特务说,这人暗杀丁处长未遂,逃跑时犯了胃痉挛,才被我们抓住。

周菁璇举起手,刻意露出银戒指,她说出了陈恭平嘱咐的那句话,天冷了,要去永安买雪花膏。话音未落,木架上的男人突然发疯一样地挣扎起来,特务立刻上前控制住他。男人的头被拽了起来,露出一张血肉模糊的脸,竟然是杨望江。

周菁璇惊得说不出话。

杨望江看了周菁璇一眼,脸上没有任何表情。他用沙哑的声音说,我可以交代上下线,你们先给我松绑。

周菁璇愣住了。

不料，刚松了绑，杨望江就夺了特务的枪，企图自杀，被周菁璇眼疾手快地拦住了。一旁的特务气得跳脚，对着杨望江一通拳打脚踢。

周菁璇眼看着杨望江被折磨得不成样子，她阻止特务，说，要让他活着。

周菁璇再次来到罗曼花店，质问陈恭平，说，你为什么不告诉我被捕的人是杨望江？杨望江又为什么对那句话有如此大的反应？见陈恭平未语，她又愤愤地说，你到底有没有拿我们当人看？我们都在为军统拼命，杨望江在刑讯时守口如瓶，我亲眼看着他夺了特务的枪准备自尽，你们为什么要这样对他？

陈恭平淡淡地说，我再重复一遍，为了你和大家的安全，你不要轻易到这儿来。

周菁璇瞪着他说，你还没有回答我。

陈恭平突然也朝周菁璇瞪了眼，厉声说，有些事，你有必要都知道吗？好吧，你非要知道，我就告诉你，你手上的银戒指是杨望江媳妇的，她是永安商场卖雪花膏的柜员，他扛得住一时，能扛到底吗？敌人刑讯室里那些玩意儿，有几个人能扛到底？

周菁璇看着陈恭平暴跳如雷的样子，沉默了很久，才说，我能扛到底，我不知道你能不能？她目光灼灼，丝毫也不让步。

陈恭平叹了一声，口气平和下来，说，杨望江牺牲了，既能保护你，也能保全他的家人。

他已经结婚了？周菁璇想起杨望江曾经说过的话，等抗战胜利，要邀请她参加他的婚礼。

陈恭平背对周菁璇说，抗战时期，戴老板明确规定不准结婚，就冲他违反规定，就足以让他死一回了。

我要求营救杨望江。周菁璇说。

不可能。他必须死，这是命令。执行命令是军人的天职。你记住了，你是军人。陈恭平转身时看到了周菁璇冰冷的目光，她正双手握着枪，对准他的脑袋。

如果你敢杀杨望江，我第一个先杀了你。说完，周菁璇离开了罗曼花店，临出门时，她一脚踢翻了陈恭平正用着的花盆。

自从知道陈恭平对杨望江起了杀心，周菁璇日夜都守在刑讯室，生怕军统暗中动手。

被安排在罗曼花店外面盯梢的耗子打电话向周菁璇汇报，廖长春突然出现在了罗曼花店，这让周菁璇吃惊且不安。她知道廖长春是陈恭平的人，此人路子很广，日本人、汪伪特务、大小帮会、三教九流，都和他有瓜葛。周菁璇又特意派了德叔时刻留意罗曼花店，让耗子盯紧廖长春。为了保护杨望江，周菁璇第一次最大限度地启用了外围组织。所有的铁杆线人，都紧盯着军统的行动。

陈恭平已经发现近日花店外多了一些乞丐，他认为必有蹊跷，便让廖长春从后门离开了花店。周菁璇的担心与不安果然没错，陈恭平派廖长春毒杀杨望江。廖长春投毒的手段连戴笠都感到害怕，他研制的毒药能精准地使人在几秒钟内死亡。

中午放饭时，一个斜眼特务来给杨望江送饭。打开饭盒，杨望江竟然哽咽了。饭盒里是家乡的小菜和养胃粥，这是他妻子的拿手菜。

周菁璇正要去查看杨望江的情况，却意外看到那个斜眼特务在和廖长春窃窃私语。她立刻紧张起来。几乎是应激反应，她快步来到刑讯室，在杨望江要喝第一口粥时，打翻了他手里的饭盒。

不说出上线别想吃饭！周菁璇厉声吼道。

杨望江怔住了，他难以置信地望着周菁璇。

周菁璇有口难言，她来不及给他暗示。

恰好陆纯石走进刑讯室，说要审问杨望江。周菁璇仿佛看到了救命稻草，而陆纯石也留意到，她眉间的忧色如灌了铅般沉重。

陈恭平对于周菁璇阻拦廖长春投毒一事非常愤怒，不惜拿出戴笠的手令来施压。周菁璇却浑然不顾陈恭平一次次发出的接头暗号，一心只想营救杨望江。

请你帮我救出他。周菁璇慌张地赶到夜巴黎时，陆纯石邀她跳了当晚的最后一支舞。她强装镇定，一口气对陆纯石说完了她与杨望江的过命交情。丁有德说如果杨望江再不招供，就要当众枪毙他，说是要给重庆一点颜色看。周菁璇说完最后一句话，泪流不止。

她焦灼地等待着陆纯石回应。直等到此曲结束，陆纯石才把她拉到舞厅后台，说，我一定把他救出来。

周菁璇重重地松了一口气。陆纯石沉着的声音，仿佛是黑暗中的一缕暖光。

陆纯石安排人押送杨望江去提篮桥监狱，他对周菁璇说，只能在转移的路上营救，今晚十一点，需要你找人协助。

日头西沉时，周菁璇打开了一只箱子，把枪和手雷分发给耗子、德叔等人。只花半个小时，他们就潜伏到了刑车的必经之路上。

夜里十一点，刑车准时经过。一袭黑衣的周菁璇一声令下，顿时枪声大作。周菁璇和她的外围组织与元公馆的特务展开了激烈枪战。耗子等人个个枪法了得，周菁璇突然生出一种自豪感，这是她带他们辛苦训练的结果。杨望江被外围组织营救出来了，他看到了救他的这群人一个个都身着黑衣，而且身手敏捷。

这时，领头的黑衣人回头看了他一眼，那一刻，杨望江泪光闪闪。他认出来了，这位领头的黑衣女侠，就是他的战友周菁璇。

陆纯石催促杨望江赶紧上车。一路上车子颠簸得厉害，一小时后，车子终于停在了一条通往乡下的河边，在船上等待的人是杨望江的妻子。

陆纯石对二人说，周菁璇是私自营救你，她不能暴露，你们先去乡下避难。

杨望江百感交集地问，菁璇她安全吗？特工不能随意脱离军统。

放心，都已经安排好了，此事军统不会知晓，即使知道了，也没有证据，只要你不说。

杨望江谢过陆纯石，又说，请你转告周菁璇，一定要活到抗战胜利。

送走杨望江，陆纯石回到住所，看到有个黑衣人坐在沙发上。黑衣人摘下面罩，露出一张俏丽的脸，朝他微笑。

我早就怀疑和我交手的黑衣人是你，但真相摆在我眼前，还是难以置信。陆纯石打趣道。

谢谢你！话不多说，恩情我会永远铭记在心。周菁璇认真地说。

陈恭平还是知道了周菁璇私自营救杨望江的事。他恼火地说，我要将此事上报重庆。

周菁璇冷笑一声，说，你尽管上报，我救的人是军统的精英，也许戴老板会嘉奖我呢。

陈恭平气得爆发出一声怒吼，你敢违抗命令，信不信我现在就可以处决你。

周菁璇迎着他的目光，笑了一下，说，来吧。

陈恭平咬牙切齿地盯着周菁璇，最终把举着的枪收了起来。

周菁璇调侃的话居然成了现实，她得到了一份重庆的嘉奖令。戴笠对周菁璇的鲁莽行动轻描淡写，只说：已知晓，周爱惜同门，特此嘉奖。

陈恭平拿着重庆的回电摸不着头脑，重庆的这一操作狠狠打了他的脸。

随着电报而来的还有一份任命，自即日起，廖长春正式加入军统上海站，留沪潜伏。

但是，周菁璇发现，廖长春在上海的任务并非潜伏，而是贩卖鸦片。

第十五章

念 想

苏江雪化妆时，在粉饼盒里发现了一张纸条，是西施的消息。

这次接头不比以前，一直未露面的西施要和苏江雪见面。西施与她从未谋面，她也不知西施的身份。有时候，苏江雪猜测西施是个女人，因为每次传来的纸条或布条，都有一股栀子花的味道，她甚至还悄悄查看过夜巴黎每个舞女的胭脂水粉，想看看谁用的脂粉是栀子花味的，可惜一无所获。但她一直怀疑西施就藏在这群莺莺燕燕之中，离她很近，只是裹着面纱。

苏江雪迫不及待地跳完一曲舞，想溜去教堂接头，却被醉态的方东岐缠住。

方东岐看出日本人喜欢苏江雪，硬是拉她过来一叙。苏江雪注意到，方东岐身旁有个戴银丝眼镜、文质彬彬的中年人，便向方东岐投去询问的目光。方东岐不紧不慢地介绍说，这位是西南联大的教授王博之，来沪出任汪政府的顾问，又指着人群中留着一撮胡须的日本人，说，这位是武藤太郎，日本陆军参谋本部的特使。说罢，他扭头将嘴对上苏江雪的耳朵，悄声说，武藤来中国执行一项秘密计划。苏江雪不明白方东岐这句耳语是为了表达亲昵，还是为了向她提个醒，让她重视这位武藤。她敷衍地应付着，心里却急得直冒火。

武藤太郎非要让苏江雪喝一杯。苏江雪推辞有病在身，不能饮酒。武藤顿时拉下了脸。方东岐急忙朝武藤赔笑脸，说他替苏江雪喝了这杯，还嘱咐苏江雪赶紧回家休息。

苏江雪在教堂一直祷告到天黑，都没有人出现在她身旁，说出那句接头暗语。这次接头又未能见到西施，苏江雪隐隐感觉出事了。迫不得已，她给陆纯石打了电话，电话却是周菁璇接的。苏江雪佯装陆纯石的相好，娇滴滴地说，我想你了，今晚老地方见啊。

周菁璇觉察出这女人和陆纯石关系匪浅，竟有种吃醋的感觉。她气呼呼地朝陆纯石说，你的债主让你还钱。这话把陆纯石弄了个丈二和尚摸不着头脑。刚才还温柔无比的周菁璇，接了个电话变成了冷脸。他诧异地接过电话，听出是苏江雪的声音，也听懂了她的暗示。

周菁璇眼看着陆纯石急匆匆地跑出去，心里感到空落落的。我真的喜欢上他了吗？当潜意识里的东西清晰地浮上来时，她不得不承认这个事实。她走到窗前，站了很久，才将酸楚的情绪压下去。

西施出事了。苏江雪踩着舞点，靠在陆纯石的肩头悄声问，我们要不要行动？

陆纯石迟疑了片刻，说，按兵不动，以防有诈。

但几日过去，西施仍然没有一丝消息。

苏江雪和往常一样登台演出。她想到，已经几日没有见到方东岐了。听底下人说，方四爷被黑帮的斧头砍伤了，去了外地养伤。苏江雪焦急地等待着联络人的消息，直到有一天，苏江雪去逛城隍庙，看到书场的桃树上挂了红布条，这是地下党的紧急联络暗号。

半夜时分，苏江雪从桃树下挖出了一个粉盒，里面有一张白纸。回到住所，她用显影水涂过，一行黑字显现出来：暂缓见面，送王博之北上。——西施

王博之被元公馆监视了。陆纯石告诉苏江雪，汪精卫逼迫他任职伪行政院法制局局长，王博之当场割腕明志。此时他在医院疗伤，周围布满了警卫和便衣。

苏江雪想了想，说，试试这个办法。

王博之的病房在日本陆军医院住院部三楼，里里外外有两层宪兵看守。

陆纯石带了一壶昆明的玫瑰卤酒，又从食盒里端出几碟素菜。他一边倒酒，一边对王博之说，西南联大的师生没少喝玫瑰卤酒吧？

王博之似乎没听到陆纯石的话，只低着头看一本《三十六计》。

陆纯石说，这是你的学生给你带来的，怕你喝不惯上海的洋酒。

王博之听到学生二字，眼皮抬了抬，继续翻书。

你想知道是你的哪个学生吗？

王博之终于放下书，冷冷地看向陆纯石，说，如果你是来劝我投敌的，最好什么话也别说。

你与汪主席对着干，此为下策。陆纯石侧过身，挡住警卫的视线。他用手指点了点《三十六计》，又说，识时务者为俊杰，你应该选择上策。

王博之最终答应去夜巴黎参加汪伪政权举办的中日慈善晚会。

众目睽睽之下，苏江雪与王博之推杯换盏。她手一抖，一杯香槟倾倒在王博之的衣领上，雪白的衬衣被染成一片淡黄。苏江雪急忙赔礼，带着王博之去后台换衣服，汪伪的警卫紧随其后。

帘子一拉，苏江雪拿出了一枚缺角的银圆。王博之立刻明白过来，她是自己人。她一边给他打领带，一边小声说，一会儿台上唱到《夜上海》时，你就去后门，那里有人接你。

王博之开车载着陆纯石出城时，遇上临时关卡，当时汪精卫的心腹警卫顾原达正给宪兵递烟，近日他升了职，被提拔为政治保卫局警卫队长。顾原达认出了陆纯石，热情地探头和他打招呼。警卫正要放行，他突然起了疑，说，这司机是谁？好像没见过。

陆纯石说，他是日本人，很少露脸。又压低声音说，给日本人办事，咱不能多说。

随即就听到王博之用日语和宪兵对话，他说：怎么没完没了？

顾原达讪讪地笑了。

王博之抵达延安的消息传到上海时，汪精卫气得差点背过气去。梅机关立马排查当晚不在场的人员，陆纯石是其中之一，他又被丁有德怀疑上了。陆纯石解释说那天他回家了，显然没有人证，难以取信。要说人证，倒是有个人知道他出城了，此人就是顾原达。此时，顾原达刚出完差，正在回上海的路上，他还没看到报纸。

如果顾原达回到上海后，知道了这件事，并活着见到汪精卫，那陆纯石就很难活到抗日胜利那天。而此时，他已经被丁有德派到档案室整理人事资料，实际上是被限制了自由。陆纯石遇到了进入元公馆以来的最大危机，好在顾原达有个毛病，这个毛病也是软肋。

周菁璇推开档案室的门，看到陆纯石正在和特务们划拳。他的面前堆满了大洋，显然是今天的赢家。旁边两个警卫垂头丧气，念叨着今天太背。看到周菁璇，陆纯石知道她找他有事，他把面前的大洋分成两堆，自己留下一枚，剩下的都给了特务，说，弟兄们今天辛苦了，这些钱，你俩拿去买酒喝。

两个警卫面面相觑，不知该不该接下。周菁璇看出了两人的顾虑，说，陆处长也是体谅你们，去吧，我看着他，不会有事的。

直到警卫离开后，周菁璇才面露忧色，她刚要说话，被陆纯石制止。

陆纯石做了个噤声的手势，指了指桌子底下的监听器，然后拿出一本档案，和她闲聊起来。他从档案里找出四个字，顾警卫长，又做了一个抹脖子的动作。

去汪精卫官邸打牌的路上，周菁璇一直盘算着怎么才能在顾原达回到上海的第一时间杀了他。走到半路，她看到了永安百货的口红广告牌，想起牌桌上有个叫苏红的太太。苏红最大的爱好就是涂口红，常把自己弄得迷唇醉彩，两片嘴唇，犹如蔷薇的花瓣。每次打牌，强光灯映照着太太们的珠宝，也映照着苏红水汪汪亮晶晶的红唇。她还有一个秘密，是周菁璇偶然发现的，她是顾原达的情妇。

周菁璇和太太们玩了几局牌后，提议给她们化法国最时兴的妆。苏红格外有兴致，说，中午我约了人，你给我化好一点，尤其是口红，我要涂得亮汪汪的。

周菁璇温和一笑，说，我有外国的口香糖，你可喜欢？

苏红眉开眼笑地说，喜欢的呀。她将周菁璇递过来的口香糖放到嘴里，又低声对周菁璇说，你再给我涂涂口红，我一会儿要见人。

周菁璇从化妆包里拿出一支新口红，嘱咐说，这是永安的新货，涂上以后先别喝水，免得掉色。

苏红兴高采烈地出门了。周菁璇收起口红，若无其事地继续打牌。傍晚时分，两队武装的警卫兴师动众地冲进来抓人，为首的警卫说，顾原达死了，投毒的人是苏红。据宾馆服务员说，顾原达死的时候口吐鲜血，赤条条地倒在地板上，苏红早已没了踪影，现场只发现她的一只玻璃丝袜。

太太们听完苏红约会的来龙去脉，这才恍然大悟，原来苏红和顾原达有一腿啊。李太太面色不悦，前不久她家的男人就差点死在祝晚舟手里，她讪讪地说，色字头上一把刀，难怪出门前化成那样子，跟红嘴鹦鹉似的。

周菁璇搓麻将的手一滞，也跟着笑了笑，若不是苏红娇艳欲滴的红嘴唇，顾原达也不会死，口红里的毒足以要了他的命，苏红之所以能活着，是因为那条口香糖就是解药。

顾原达的软肋就是苏红，他无论去哪儿，回到上海的第一件事总是见他的相好。

目前，没有人指证是陆纯石送王博之出城的。几天后，梅机关的命令下来了，恢复了他的自由，跟着命令一起来的还有一个消息，他在日本的故人要来上海了。

要说陆纯石最在意的故人，就是眼前的周菁璇了。陆纯石知道毒杀顾原达是周菁璇下的手，他了解了她投毒的全过程，感慨当年纯真而胆小的林允禾，现在竟有常人不能及的计谋。

当初的林允禾真的太胆小了，地道里猛地蹿出一只老鼠，就能吓得她尖叫，她会反身扑进他怀里，紧紧地搂着他不撒手，直到他背着她走出黑暗的地道。她趴在他的肩头上，一个劲儿地问，老鼠有没有跟过来，声音里带着恐惧，连喘息都是急促的……她还怕走夜路，住在他家时，父亲专门给她做了一盏小橘灯，两个人曾拎着那只小橘灯去看皮影戏，场子里有个卖花女挎着一篮子粉百合，允禾会痴痴地看很久。

陆纯石重获自由后做的第一件事，就是去花店买了一束粉百合。当周菁璇看着他捧着粉百合站在眼前时，目光悠然落在了花儿上，像小时候一样，痴看了很久。之后，她又看向他，似乎有疑问，却没有说出来。他看到了她迟疑的眼神，也看到了她欲言又止的神情。陆纯石想对她说的话太多了，千言万语只化作了两个字：谢谢。

周菁璇和陆纯石并肩走在南京路上，两人的肩膀时不时会碰到一起，她默不作声地思考着，他是感激她，还是爱她？

大约走了一刻钟，周菁璇抬头望见了王开照相馆。她停下脚步，想起曾经和吴小轮一家人在这里拍过合影，应该是全家福，吴家把她视为自家的女儿。

陆纯石看着周菁璇伤感的表情，心知肚明，但他还是问了句，怎么了？是不是又想起了往事？

周菁璇苦涩地点了点头，说，这家照相馆特别有趣，凡是拍照上镜的人，老板都会送一套照片，并且把样照放在橱窗里展览，周璇、胡蝶、阮玲玉都来拍过呢。她望向陆纯石，已经没了刚才的伤感神色，她拉起他的袖口，说，走，陪我进去看看。

两人的到来，引起了照相馆工作人员的关注，摄影师上前问，二位要拍结婚照吗？我们这里新上了小捧花、白手套、珍珠项链、拖尾婚纱……

我们不拍照。周菁璇急忙解释，说，只是路过这里，进来看看。

摄影师略显尴尬，赔笑道，我们也推出了好友合影，二位可以看看。

来吧，拍一张。陆纯石对周菁璇说。

这可让周菁璇犯了难，他突然说出的话，意味着什么？

陆纯石微笑地看着她，语气里带着一丝乞求，说，留个纪念吧。又凑到她耳边说，万一哪天我牺牲了，你也好有个念想。

不许胡说！陆纯石后面的这句话，让周菁璇神伤。

陆纯石推她进去换衣服。他显得很执拗，动作又快又坚决，语调却很是平和。他说，和美人合影，是我最大的幸福，你一定愿意给我这种幸福。

周菁璇坐在椅子上，陆纯石站在她身后，他的手搭在她的肩上，在照相机一闪冒烟的瞬间，留下了两人永久的回忆。

深夜，陆纯石望着他和周菁璇的合影出神，又找出已经泛黄的老照片，那张全家福。照片上，洋娃娃般的林允禾灿烂地笑着。照片洗出来后，他一直把它藏在布袋里，才使它避免毁于那场爆炸。

陆纯石从书柜里抽出一本《啼笑因缘》，把两张照片叠在一起夹进书页里，又将书放到书柜最上层的格子里。

快天亮的时候，收音机里传出陌生电码：日本袭击珍珠港。

太平洋战争爆发了。

很多外国人携家带口撤出租界，各种势力搅动着上海滩这潭浑水。就在这时，小野穗子乘坐日本通往上海的军舰，抵达了黄浦江岸。

穗子下船后，就被梅机关的军车一路护送至元公馆。陆纯石没想到穗子会来得这么快，他在杏花楼为她接风。杏花楼在四马路附近，传妓侑酒的商客来往不绝。此处热闹非凡，穗子的目光却一直没有离开过陆纯石，她深情脉脉地看着他，说，你瘦了。

陆纯石没有答话，只是默默看着她，倒是让穗子想起了第一次遇见他的情景。那时她跟随舅舅武藤太郎来到上海，自己一个人来四马路附近买香包，就在这条路上，她被地痞欺凌，陆纯石恰好经过，救了她。

自此，她对这位外表英俊的恩人一往情深，当她得知他的父母都被军统杀害，他一心要报仇时，便将他引荐给了舅舅。生性多疑的武藤太郎通过各种渠道调查了陆纯石，又对他进行了数次考验，才终于相信了他的话，并带他去了日本。战争爆发后，武藤太郎派陆纯石回到中国，一直视他为亲信，并亲自打电话给日本军部，让其重视这位由他亲手培养的特工。临行时，陆纯石看出了小野穗子的情意，内心五味杂陈，如果不是国难当头，他决不会欺骗眼前这个善良的日本姑娘。至于父母皆被军统所杀，他一心要向军统复仇，那都是设计好的故事，那些地痞流氓也是他找乞丐假扮的，为的就是取得穗子的信任，进而接近武藤太郎，打入日本间谍组织。

穗子说，纯石君，我这次来中国，是想带你回日本。

我现在不能回日本，我的使命还没有完成。

报仇的使命吗？穗子情深意切地看着他说，我和仇恨，哪个更重要？

陆纯石没有直接回答她，他说，我给你介绍个朋友吧。

小野穗子出奇地喜欢周菁璇，两个人约着逛永安，喝咖啡，做头发，还一起去绿萝裁缝铺做了旗袍，一来二去地，她们竟成了好友。胡宝初时不时地朝穗子献殷勤，但总是被穗子挡回去。

陆纯石在多次行动中的表现，已经让丁有德起疑，尤其当元公馆发现陆纯石私下在虹口区租了房子，那个位置离共党电台的电报发射地不超过三百米。

穗子在陪武藤太郎吃早餐时得知了此事。当时她正在搅拌纳豆，武藤突然放下筷子，告诫她，以后不许和陆纯石走得太近。

穗子感到不解，抬头看着武藤。

武藤说，有人说他通共。

武藤的话并没有让穗子动摇，她平静地把纳豆倒在一碗白米饭上。她想起了逛街时看到的场景：中国百姓排着长长的队伍，那队伍一眼望不到尽头。她问周菁璇这些人在做什么，周菁璇叹了口气说，轧户口米。

太平洋战争爆发后，上海处于断粮状态，每个市民持有一张购米证，每个礼拜可以在指定的米店购买白米一升半，碎米半升。穗子神色凝重地看着排队的人，说，这点米怎么够吃？

人越来越多，看来今天是逛不成了。周菁璇说。

眼看着排队的人越来越多，就像是难民集中营。二人坐着元公馆的车缓缓行过，望着看不到尽头的购米队伍，都不再作声。突然有个孩子大声喊道，轧死了人！轧死人了！透过车窗，穗子看到有个抱着婴儿的妇女一动不动地躺在地上，婴儿在她怀里哇哇大哭。

穗子默默地看着白米饭，她一天都未出门。

武藤午睡的时候喜欢焚香，尤其喜欢中医配置的香药，他说闻着有一股醉人的感觉。穗子舀了一铜勺香粉，放入熏炉中，做好这一切后，她跪坐下来，轻声说，舅舅，我不相信纯石君是共产党，这肯定是因为元公馆的那对男女嫉贤妒能，你可不要被他们骗了。

武藤忽地翻身坐起来，大声呵斥说，穗子，你不要感情用事，我是一定要查明白的，陆纯石是我推荐的，我不能对不起大日本帝国。

穗子望着香炉中飘起的缕缕白烟，眉间多了几分忧色。她又听武藤嘟哝了一句，这事我要自己暗查，我的话你先不要和旁人说。

次日，穗子以找周菁璇做旗袍为由来到元公馆。胡宝初向丁有德汇报陆纯石通共的话落入了穗子的耳朵里，暗惊之余，她匆匆找到陆纯石，将此事告诉了他。

陆纯石听后笑了一下，问，穗子，你相信我吗？

我当然相信你。穗子望着陆纯石，带着乞求的语气说，跟我回日本吧，不要陷在是非圈里，他们的歹毒我清楚。

陆纯石说，我的仇还没报，我向父母发过誓，必须把他们彻底消灭。

让舅舅替你报仇不行吗？舅舅有这个能力。

穗子，别劝我了。陆纯石走到窗边，望着被秋风吹落的黄叶，说，我只有手刃仇人，才能对得起生我养我的人。

穗子走过来，握住陆纯石的手，她的声音温柔似水，过几天是你的生日，我在凯司令给你订了蛋糕。

陆纯石有些动容和不忍，他转身安慰穗子说，别担心，我不会有事。

几天后，武藤太郎专程来到元公馆，询问陆纯石通共一事，他还特地说，这事必须有确凿的证据。

有证据的。丁有德说：被查的虹口公寓里有一部共党电台，租房人就是陆纯石。他将租房合同推到武藤面前，又说，看吧，租房人是梅山乡。这个梅山乡就是陆纯石。

武藤问，能确定吗？

十拿九稳。我给房东看过陆纯石的照片，房东说梅山乡就是照片上的人。

你把陆纯石叫来。武藤压着火气说，看到丁有德犹豫，他加大音量说，马上叫他来！我要亲自审问。

丁有德说，武藤先生，我是想顺藤摸瓜，找出他背后的人，所以这事目前还保密着，除了您，没有几个人知道。

丁有德话音刚落，陆纯石就推开了门，他说，虹口公寓的房子是我租的，梅山乡是我用的化名。他一脸淡定，步履沉稳地走上前，拨通了一个电话，朝着话筒说着日语。

听不懂日语的丁有德很恼火，厉声说，你给我说中国话！

丁有德走上前欲抢话机，却被武藤拽了一个趔趄。

八嘎！武藤一声大吼，把丁有德吓得呆住了，他不知武藤为何陡然变了脸。

不一会儿，梅机关长青木贤二怒气冲冲地来到元公馆，他先是用日语叽里呱啦跟武藤说了一通，接着又用中国话大骂丁有德。

虹口的房子是我让陆桑租的，梅山乡是陆桑的代号。你们元公馆屡屡办事不力，我只好把任务交给陆桑。这事我难道还要向你丁处长汇报吗？我委派他截获共党的电台信号，陆桑正在暗中调查，元公馆这样大张旗鼓地调查他，已经惊动了共党，你的明白？

丁有德额头冒出汗珠，说话也结巴起来。

站在一旁的武藤太郎此时又添了一把火，说，难怪我的外甥女都看出来了，是元公馆的一对男女在嫉贤妒能，这是对大日本帝国的不忠和亵渎。

丁有德的头点得如小鸡啄米，他颤抖着说，阁下，是我误会陆处长了，我马上撤销对他的监视。

事后，丁有德专门把陆纯石请到了夜巴黎的贵宾厢，点的菜都是最精致的。

而陆纯石的危机并没有解除，他因为一次行动再次被武藤怀疑。在海军俱乐部，陆纯石接触过一个神秘人物，这一幕被武藤看在眼里。

陆纯石给神秘人物递了一支烟，又举着打火机亲自为那人点烟。武藤分明看到二人在窃窃私语。没过多久，日本宪兵抓住了一个逃脱的共党。当武藤意外看到被捕共党的照片时，蓦地愣住，他立刻想起，照片上的人就是在海军俱乐部和陆纯石私语的那个神秘男子。这事，武藤没有告诉任何人，用丁有德的话说，他要顺藤摸瓜。更重要的是，如果陆纯石真是共党，他会秘密干掉他，绝不能引火烧身。

紧接着，又出了一件让武藤惊魂的事。

在武藤和穗子暂住的洋房里，陆纯石趁看望穗子之际，悄悄拍下了武藤书房的保险柜里藏着的日军登陆作战图，使新四军在战场上占得优势。武藤接到军部的电话后完全蒙了，日军登陆作战图就藏在自己家里。武藤压着惊恐和怒火，在晚餐时，一脸平静地与穗子说起劝陆纯石同回日本的事。

穗子失望地摇摇头，说，他很固执，一定要亲自为父母报仇。

武藤从谈话中得知，陆纯石在日军失利的前一日曾来洋房看望过穗子，穗子为他做刺参时，他在书房翻阅书籍。

这次，武藤依旧不动声色，但他已经有了主张，他要放长线钓大鱼，以减轻他保荐陆纯石的罪过。第二天，武藤又发现了另一个共党电台的信号，发报位置居然是自己家中，而那天，正是陆纯石来洋房做客的日子。

就在陆纯石陷入极度危险的时刻，周菁璇收到了军统的暗杀令，目标是：武藤太郎。

与此同时，苏江雪也接到了西施传来的情报：为了保证陆纯石的安全，立刻杀掉武藤太郎。情报还说，陆纯石需要暂避一时。苏江雪立刻找到陆纯石，传达了上级的命令。

周菁璇是在武藤太郎半夜回家的路上执行暗杀的，奈何武藤的近侍保镖众多，一旦动手，难以撤退，她只好作罢。但她撤离时，武藤拿着望远镜看到了她的背影。

武藤命手下擒拿杀手，并下令一定要活捉。半数近侍出动了，将周菁璇逼到了死胡同。周菁璇躲到一户人家的门边，眼见武藤手下一群人就要朝她包抄过来了。在这危急关头，有人一把将她拉进了民宅，等她看清来人时，才发现是陆纯石。

你怎么会在这里？你不是被青木贤二派去出差了吗？周菁璇问。

那是个幌子。陆纯石严肃地看着周菁璇，责备道，你太冒失了，在大街上暗杀武藤，只能送死。

周菁璇涨红了脸，小声说，我是怕没有时间和机会动手，今天听穗子说，武藤晚上会走这条路。

嘘！陆纯石做了个噤声的动作。两人凝神听着墙外传来的军靴踏地的声音。等声音完全消失，陆纯石拿出一把钥匙递给周菁璇，说，我去引开他们，你从后门出去，去静安寺路238号，那个房子没有人知道。

周菁璇一直拒绝离开，直到陆纯石发火，她才转身，走几步又回头说，你一定要活着，我等你。

直到后半夜陆纯石才回来，周菁璇靠在书柜旁等他。见她虚弱不堪，陆纯石赶忙去厨房煮上山药粥，又拿出两碟酱菜。

这是你的房子吗？

不是，是一个朋友的，他去了香港，让我替他看管房子。见周菁璇来到窗口，朝外窥探，他说，放心，没人知道这个房子。

周菁璇看着陆纯石忙里忙外，准备上手帮忙，却被他一把摁进沙发里，说，你不要动，马上就好。说罢又去了厨房。

周菁璇浏览着书柜里的书，伸手拿起了搭在书柜上的一本《啼笑因缘》，翻了几页，便看到了她与陆纯石的合影，她的嘴角不自觉上扬了，接着又看到了吴小轮的全家福。看到全家福的那一刻，她的笑凝住了，她甚至感觉浑身的血液都凝住了。

照片上，梳着麻花辫的小女孩就是她，林允禾。

她盯了照片足足几十秒，泪水在眼眶里打转。她拿着照片奔向厨房，站在门口看着陆纯石的背影。

陆纯石听到声音转过身，被周菁璇的表情吓了一跳，问，你怎么了？待他看到周菁璇手里的照片，便明白了一切。这本

《啼笑因缘》是他有意带过来的，但在周菁璇来时忘了藏起来。

你怎么会有这张照片？你是不是吴小轮？

我不是。

那你和吴小轮到底是什么关系？吴小轮他还活着吗？你赶快告诉我他的消息。问完这些，周菁璇已经泪如雨下，整个人都在颤抖。

陆纯石心痛难忍，只能把她扶到书房坐下，轻声安慰她。

吴小轮是我的远亲，这张照片是我无意间得到的。那场大火后，巡捕只找到了两具尸体，我想小轮应该还活着，我也找了他很多年，但没有找到，也许他已经不在上海了。

你骗我。

我没有骗你。陆纯石这话说得十分没底气，但他必须这样说，他这会儿还不能暴露身份。

周菁璇沉默地看着他，看得他心里有些发慌，但他的眼神没有丝毫闪躲。他看到她的眼里渐渐地生出了失望，又渐渐地恢复了平静。

所以，你一早就知道那个吴小轮是假的？

是。

是你在船上杀了他？

对。陆纯石说，希望你也能告诉我，你是谁，是照片上这个小女孩吗？

周菁璇没有回答，那些幸福的和痛苦的往事像秋风扫落的黄叶，纷纷在眼前飘着。

她最终任凭泪水沾满双颊，捧住脸，啜泣起来。当她再次抬起头，陆纯石已将飘着香气的粥端到她面前。

先把粥喝了。陆纯石说着，端起碗，舀了一勺粥，送到她嘴边。

我不想喝。

陆纯石说，必须喝，来，我喂你。他玩味地笑道，你可别辜负了我辛苦熬的香粥。

周菁璇勉强喝了几口，旋即感觉有点不对劲，她说，这粥的味道好熟悉，很像吴小轮母亲的手艺，只是好像少了点什么。

陆纯石知道，这粥里少了百合和桂花。

当年在吴家，林允禾生过一场病，病愈之初，她总是不爱吃东西，吴小轮的母亲想方设法给她做可口的吃食，好在她喜欢喝山药粥，从那之后，吴母隔三岔五为她熬粥，粥里会加上百合与桂花。煮粥时，小轮总是跟在母亲身后，他说学会熬粥后，就不用劳烦母亲了。

周菁璇将粥喝个精光，放下碗，呆坐了一会儿才说，每次生病，我都很想念吴妈妈的粥，说着，眼泪又落下来了，其实她不是想念米粥，是想念他们一家人。

陆纯石低着头不作声，直到周菁璇说，不能再哭了，我得完成杀武藤的任务，你愿意和我一起杀掉他吗？

陆纯石抬起头，看到周菁璇正目光灼灼地盯着他。

周菁璇和陆纯石的合作，是从暗杀武藤开始的。

但是很不幸，行动失败了。

进行暗杀行动的那天，周菁璇来到小野穗子家做客，她踩点时，武藤太郎和宪兵司令部的人正在餐厅议事。她意外地听到了武藤在追问陆纯石的踪迹。

宪兵司令部的人说，青木贤二派他去执行任务了。

武藤说，等他回来，你要第一时间告诉我。

武藤始终没有把陆纯石通共的证据告诉任何人，他要秘密处理此事。推荐陆纯石时，他是向军部打了保票的，如今，若证实了陆纯石通共，他是要承担重责的，后果不堪设想。

周菁璇为了确认武藤太郎的座位，趁和穗子的侄子玩皮球之际，故意将球掷进了餐厅，她借着捡球的机会，看清了武藤的衣服搭在中间的椅子上。捡完球，周菁璇打开走廊的窗户，用手势暗示远处楼顶上的陆纯石。可惜，武藤临时和一个司令官换了位置，一声枪响，司令官的头颅被打爆了，惊得武藤汗毛直立。

两次遭遇暗杀，令武藤心惊胆战。他在愚园路的洋房周围增添了守卫，出门也更加小心，这使得暗杀行动也更为艰难。武藤检查了司令官的枪伤，很像陆纯石的枪法，他按捺着性子等着陆纯石出差归来。

陆纯石"出差"回来之前与苏江雪见了一面。苏江雪说，上级同意了你回元公馆的请求，武藤太郎对你并没有任何动作，说明他没有披露对你的怀疑。你不回去也会被青木贤二和元公馆怀疑，但你一定要小心武藤。

陆纯石说，我明白武藤的心思。放心，我有办法对付他。

还是要小心，必须万无一失。苏江雪屡次嘱咐道。

陆纯石在元公馆刚一露面，就接到了武藤的电话。武藤约他去海军俱乐部练枪，实际是想暗查他是不是狙击自己的凶手。

丁有德也接到了邀请，让特务们全部去海军俱乐部赛枪，目的是检查他们的枪法。

周菁璇跟随特务下楼时，叶沉秋拿着两瓶彩色琉璃瓶香水，她递了一瓶给周菁璇，说，我的法国亲戚总共带来了三瓶，整个大上海都见不到的。送你一瓶，这瓶送给胡队长。

赛枪后有丰盛的午餐，还有酒。周菁璇显得很兴奋，未到半小时就喝得东倒西歪，她带着醉态离开了餐桌，摇摇晃晃地推开了武藤房间的门。她关好门后四处观察，这个房间是特意为武藤准备的，用于中场休息。周菁璇溜进来后躲在屏风后面，只要武藤一进房间，她就可以立刻拿刀扎死他。

但未料半道有人砸门，叫嚷着出现了共党的电台信号。周菁璇立刻藏进衣柜里，推门进来的人里面有陆纯石。陆纯石一眼看到了周菁璇的明黄色衣角，顺势掩护了她，调开了守卫。

几次三番暗杀武藤都失败了。陆纯石明白，武藤的一系列行动，都与对他的怀疑有关。生死较量就在一瞬间。他知道武藤不会放过他，武藤在寻找除掉他的机会。

黄昏，周菁璇约陆纯石来飞达咖啡馆喝咖啡，两人在角落里继续策划暗杀武藤的计划。

不能再耽搁了，武藤已经怀疑你了。周菁璇十分担心地说。

陆纯石喝完一杯咖啡后才说，我有个一石二鸟的办法，我想从小野穗子那儿下手。

他说完整个计划后，周菁璇点了点头，看着他的眼睛说，穗子很喜欢中国文化，到时候，我会带她去做一身旗袍。

几日后，武藤倒在了血泊中。周菁璇和穗子在制衣店量完尺寸后回到了愚园路洋房，武藤的尸体就躺在地上，身边是满地的玻璃鱼缸碎渣，有几块碎玻璃插进了武藤的脖颈。从现场来看，是武藤不慎摔倒打碎了玻璃鱼缸，玻璃碎片割断了他的颈动脉。现场没有打斗的痕迹，所以在任何人看来，这都是一场意外。

穗子看到脸色惨白的舅舅浑身是血地躺在地板上，吓得尖叫。周菁璇把她扶到了卧室。

熏炉里还有一些没有燃尽的香料，熏香里夹杂着一股香水味。周菁璇推开窗户透气，风吹进来，让香气扩散到了整个客厅。

梅机关介入了对此事的调查，并没有发现任何异常，但陆纯石却告诉丁有德，他在武藤的尸体上发现了异样，割断他颈动脉的不是鱼缸的玻璃，而是香水瓶的玻璃。陆纯石的话让丁有德察觉到了客厅里弥漫的香水味，在现场还找到了香水瓶的碎渣。

陆纯石疑惑地问，谁会有这种香水？

丁有德立刻下令调查此事。最终叶沉秋说出答案：有这种香水的只有周菁璇、胡宝初和我。

叶沉秋说罢，立刻拿出香水瓶，喷了一些在自己身上。她靠近丁有德，丁有德立刻嗅到一股幽幽的暗香，和洋房客厅的那种香味完全一样。

周菁璇被叫来询问，她回说，自己那瓶香水已经送人了。

胡宝初却怎么也找不到自己那瓶香水了。显然，胡宝初和周菁璇嫌疑最重，但两个人都有不在场的证据：武藤死时，周菁璇在陪穗子逛街，穗子是她的证人。胡宝初当时在搜查共党的电台信号，电讯科的人可以做证。

陆纯石说，我有个办法，可以诈出凶手。

胡宝初这几日忙得不见人影，她的密探来报，周菁璇常去的那家绿萝旗袍店果然是军统的联络站，他们在旗袍店的账单里发现了军统的一些代号，其中有个代号是三剑客。

密探说，我们抓到了旗袍店里一个新来的伙计，他全都招了。

胡宝初不信，非要见一下此人。果然，这个新伙计招得干干净净。他瑟瑟发抖地说，两天后，军统上海联络站站长会来接头，和他接头的人一定是军统。

胡宝初吐出一口恶气，对手下说，我终于拿到周菁璇的把柄了，这次，我要亲自扮成军统卧底，去和这个站长接头。

这几天，周菁璇显得出奇地安静，一直待在愚园路的洋房里安抚穗子。因香水瓶的疑团尚未解开，丁有德暗中派了两路人马，分别监视周菁璇和胡宝初。

这日，胡宝初按照新伙计提供的时间来到绿萝旗袍店，她果然看到了一个胸口戴怀表的男人。胡宝初假装军统，上前说出了新伙计提供的接头暗号。戴怀表的男子摘下墨镜，撕下胡子，竟然是陆纯石。还未等胡宝初反应过来，陆纯石立刻朝外发出信号，丁有德带着特务们冲了进来。胡宝初吓傻了，盯着脸色阴沉的丁有德，支支吾吾地说不清话。丁有德二话不说，上前狠狠扇了胡宝初一记耳光。

特务们把胡宝初捆住。丁有德拿枪指着她说，你隐藏得可真深啊。

胡宝初已经彻底被吓蒙了，哭喊着自己不是军统。她磕磕巴巴地解释说，我抓了一个军统派到旗袍店的人，他可以给我做证。丁有德立刻命特务去了胡宝初所说的关押伙计的地方，并没有见到那人，却意外发现了胡宝初和军统来往的蛛丝马迹。

丁有德咬牙切齿地说，我再给你一次机会，叶沉秋给你的那瓶香水，只要你能拿出来，我就相信你的话。

特务押着胡宝初去找香水，翻箱倒柜也没找到。她话锋突转，大喊道，周菁璇的香水是否还在身上？

丁有德立刻派人叫来周菁璇。周菁璇说，我已经说过了，我那瓶香水送人了。说着，她立刻给穗子打电话。不一会儿，穗子便带着周菁璇送的那瓶香水来到了元公馆。

三剑客终于落网了，她是元公馆的行动队长胡宝初。

胡宝初被关了起来。元公馆的特务又在她家翻出了一些与军统往来的东西。胡宝初在刑讯室痛不欲生地向丁有德求饶，她耷拉着头，满嘴是血地说，一日夫妻百日恩，我和你做过那么多夜的夫妻，你居然不相信我。

丁有德冷冷地说，我谁都不信。

为了庆祝合作成功，周菁璇约陆纯石去了黄浦江岸边的一家酒吧。

周菁璇点了一杯威士忌，又给陆纯石点了一杯葡萄酒。她看着陆纯石英俊的脸庞说，这次计划完成得如此漂亮，都是你的功劳，我敬你一杯。她由衷地佩服着眼前这个男人，他一石二鸟的计划实在太完美了。

陆纯石说，我知道武藤有午休的习惯，穗子每天午饭后都会为他燃香助眠。

周菁璇接上他的话，说，所以，你特意让我选一个中午约穗子去做旗袍，还让我趁着穗子换衣服的功夫，悄悄潜入武藤房间，在香炉里加了迷香。

那天，周菁璇加入迷香后，拿出之前准备好的香水瓶碎片割断了武藤的颈动脉，这时正好十二点三刻，耗子的鞭炮准时在外面响了起来。趁此机会，周菁璇抱起鱼缸朝地板上摔去，鞭炮声盖过了鱼缸破碎的声音。等她做完这一切，穗子刚刚换好衣服，周菁璇若无其事地与穗子坐上了武藤家的汽车，去了旗袍店。

周菁璇端起酒杯喝了一口，问，那个军统的新伙计是什么人？

陆纯石说，一个假冒的，不然怎么迷惑胡宝初。

两人相视一笑。杀掉了武藤，又嫁祸于胡宝初，一石二鸟，实属精彩。两个人都沉浸在成功的快乐中，喝得有些醉了。

不知何时下起了雨。周菁璇扭头望向窗外，隔着玻璃，远处黄浦江上的邮轮如海上的一抹剪影，细细的雨丝从玻璃上滑落。周菁璇意外地看到了一个女人正在雨中伫立，她举着伞，仿佛一尊雨中雕像，那个人是梅丽莹。

周菁璇看着梅丽莹问，她为什么天天来黄浦江岸边，风雨无阻地，她会不会在等接头人？

陆纯石抿了一口葡萄酒，说，你这个疑问，丁有德也有过。

他们跟踪过她，没有发现任何人和她有过接触，她也没和任何人说过话，最后得出的结论是，她就是单纯喜欢看黄浦江。

周菁璇说，我总觉得不寻常。

陆纯石对她的话表示赞同，说，也许她在等人，不过，她的亲人都在法国。

后天是你的生日。周菁璇换了话题，说，我看你档案的时候发现的，穗子去凯司令订了蛋糕，我也给你准备了一份礼物。

陆纯石很想说，档案上的生日是假的，但他忍住了。

就在陆纯石生日当天，胡宝初越狱了。

胡宝初先是来到了周菁璇家，她在地板夹层里翻出了黑衣人的衣服。

这天，周菁璇被临时通知去执行抓捕军统的任务，陆纯石要求跟着去，在抓捕现场，军统和元公馆的特务展开了激烈的枪战，周菁璇在躲避子弹时，看到了胡宝初朝自己奔来的身影。胡宝初抓住周菁璇的衣领歇斯底里地喊，是你陷害我，你是黑衣人，我已经从你家里找到了证据！

陆纯石时刻留意着周菁璇的人身安全，看到胡宝初发疯的场面后，他飞奔穿过马路，朝两人跑来。

胡宝初猛然回头，朝陆纯石开了枪。

刚从凯司令拎着蛋糕出来的穗子撞见了这一幕，她突然冲上前，替陆纯石挡了子弹，子弹打进了她的后背。

陆纯石上前抱住穗子，眼睁睁看着她的身子缓缓滑落。

纯石君，祝你生日快乐。穗子耗尽所有力气，说了最后一句话，你一定要记住，有个叫小野穗子的女人，一直爱着你。

在穗子闭上眼睛的那一刻，周菁璇朝胡宝初开了枪。

胡宝初死的时候，眼珠子瞪得很大，用她手下阿峰的话来说，她死不瞑目。

陆纯石悲痛欲绝，愧疚的情绪萦绕周身，这个一心一意爱着他的女孩，为他而死。

他把穗子埋葬在一片安静的树林里，就在吴小轮空冢的不远处。

周菁璇一直陪伴着陆纯石。夜深了，他还在诉说与穗子相遇的经历。她默默听着，不断用软语安慰他。

天快亮的时候，周菁璇突然问他，你爱穗子吗？

陆纯石摇摇头，说，不，我心里有别人了。

周菁璇的心提了起来。

陆纯石喝完最后一口酒，眼里全是血丝。不久，他迷迷糊糊睡着了。

周菁璇端详陆纯石良久，收起了想送他的礼物。她知道，她没有得到她想听的答案。

第十七章

掩 护

　　苏江雪又在报纸广告栏发现了西施的接头暗号。但等苏江雪赶到咖啡厅时，只看到半杯咖啡，杯下压了一封信。

　　信中有一串数字，苏江雪比对着那本《孽海花》译出情报：转移法租界电台。

　　自从日军接管法租界后，宪兵在各处封锁道路，戒严的区域越来越广。苏江雪几经波折，才找到藏在一家民宅里的电台。她把电台塞进皮箱，坐上黄包车往城外赶。

　　一声刺耳的警哨声传来，这是戒严的警示。苏江雪坐的黄包车眼看就要被封控在警戒线内了，过路的行人会一个个被搜查问话。

　　苏江雪对黄包车夫说，师傅，快走。

　　过不去了。黄包车夫停下脚，用挂在颈上的毛巾擦了擦额头的汗，他颓丧着脸说，又要等好久，中午怕是吃不上我老婆做的饭了。说着，他沮丧地从布兜里摸出一块窝头啃了起来。

苏江雪急得直冒冷汗，等她低头时，发现脚边的皮箱不见了。大惊失色的她四处张望，只见一个小乞丐扛着她的皮箱朝前面跑着，还回头朝她做了个鬼脸。

扛着皮箱奔跑的小乞丐是耗子。

苏江雪跳下车，边追边喊，抓小偷，我的皮箱……

耗子不顾一切地跑，很快冲出了警戒线，顷刻间消失在人群中。苏江雪找耗子找到了半夜，遗失电台让她痛苦不堪。等她半夜里疲惫地回到家时，却一眼望见窗户上插着一只四色风车。这是西施传达的消息，电台已经安全转移。

苏江雪又惊又喜，难道是西施让小乞丐帮她解的难？这时，她蓦地想起，那个回头朝她做鬼脸的小乞丐，是不是多年前和林允禾一起认识的那个叫耗子的男孩儿？

苏江雪仔细回忆后，确认就是那个孩子，心里漾起感动。她努力回想着耗子曾经住的地方。

原来，周菁璇在戒严时就发现了苏江雪的困境，那会儿她正和耗子在吃路边摊。她偷听到了苏江雪要去的地方，让耗子盯住那只皮箱，万一发生意外，就助苏江雪一臂之力。耗子不负所托，偷走皮箱后藏进了城外的荒庙里，两小时后，有个农夫打扮的地下党取走了皮箱。

耗子用筷子叉起一块烤焦的牛排塞进嘴里，烫得他龇牙咧嘴。他边吃边得意地讲述窃箱的经过，对面的周菁璇笑看着眼前的这个男孩，还是那么贪吃爱玩，她心里满是感激和怜爱，说，过几天我去你家看你母亲。

可惜，耗子的母亲没有等到周菁璇来看她的这一天。就在耗子回家的当天，他母亲被闯入的日军奸杀了，就在她瘫痪后躺了三年的床铺上，长长的军刀扎在她的肚子上，血淌满了整个床铺。

周菁璇帮耗子安葬好母亲的第二天，苏江雪终于找到了这里。

苏江雪得知耗子的经历后，拿出钱帮忙善后，还询问了他抢皮箱的事。耗子没有说出周菁璇的名字。

胡宝初临死前喊出周菁璇是黑衣人的事，还是传到了丁有德的耳朵里。

丁有德看着眼前的阿峰，问，你听清楚了吗？

阿峰是胡宝初的心腹，他一直怀疑周菁璇，他说，没有听得很确切，但我可以肯定，胡队长绝对不是军统。

对于阿峰的话，丁有德半信半疑。他的敏感神经再次被触动了，当即叫来周菁璇，问她为何打死胡宝初。

周菁璇的直率出乎丁有德的意料，她说，胡宝初说我是黑衣人，又开枪打死了穗子，简直就是一条疯狗。她的声音渐渐低下去，显出后怕的样子，又说，打死胡宝初是迫不得已，否则我和陆纯石都会死在她的枪下。说罢，她无辜地看着丁有德。

但是，丁有德的眼神告诉她，他并不相信她的话。

罗曼花店挂出打烊的牌子，这是陈恭平发出的紧急避险信号。周菁璇在花店门口徘徊了一刻钟，最终选择了离开。她必须自己想办法，打消丁有德的怀疑。

深夜，公寓里开了热水汀，周菁璇泡在浴缸里，白色的水汽包裹着她。突然，门外传来三短一长的门铃声。这是军统的紧急联络暗号，她裹着毛巾浴袍走到玄关处，看到从门缝处塞进一张纸条，门外已经空无一人。

军统的联络站接连遭到破坏，罗曼花店弃用，新的联络站另行通知。落款是陈恭平。

黑衣人又出现了，还杀了两个日本宪兵。

丁有德和梅机关的青木贤二从大东亚饭店出来，就遇上了这阵势。丁有德下令围捕黑衣人的同时，不断在人群中张望，他在找人。

周菁璇去哪儿了？丁有德问。

陆纯石说，还在饭店陪太太们聊天。

黑衣人与特务们激烈打斗时，坐在车里的丁有德看到周菁璇从饭店跑了出来，接着，就见她加入了打斗的行列。一场厮杀如旋风一般在丁有德和青木贤二的眼前进行着。

当周菁璇就要抓住黑衣人的刹那间，一辆皮卡车横冲直撞地开了过来，黑衣人纵身一跃，跳上皮卡车。车风驰电掣般地开走了，把周菁璇和几个特务甩在街上。皮卡车开到无人处，黑衣人揭开了面罩，是苏江雪。

为了打消丁有德对周菁璇的怀疑，陆纯石和苏江雪策划了这出戏。

华美商行离永安百货不过百米，是军统的新联络站。但是，它仅存在了一个月，就被元公馆的特务查获了。正是半夜时分，周菁璇在赶去报信的路上，看到了熟悉的面孔，几个便衣特务守在华美商行附近。

周菁璇上前和特务们打招呼，说，这么晚了，你们几个去吃点夜宵。她边说边做出掏钱包的姿势，然后迅疾地掏出袖珍手枪，朝着他们连射数弹，确定几个特务都已毙命，她飞奔至商行，通知军统快速撤退。

围堵在商行后门的特务发现异常后冲了进来，和军统展开了激烈枪战，最后，陈恭平朝特务扔了手雷，才结束这场惨烈的战斗。

陆纯石和元公馆的特务们赶到商行时已是凌晨，商行内外躺着横七竖八的尸体。陆纯石看到石柱后面靠着一个穿白裙子的女子，胸膛起伏着好像还有气，走近一看不由惊愕，是周菁璇。

陆纯石像头发疯的狮子，大喊着周菁璇的名字，甚至险些喊出林允禾。他打横抱起周菁璇，急忙送往仁济医院抢救，直到周菁璇被推进手术室，他才发现自己双手抖得握不住拳。

陆纯石几乎要崩溃了，好不容易才找回丢失的林允禾，他害怕再次失去她。整个晚上，他都守在手术室外，丁有德来劝他，他也不听，特务们都说他魔怔了。

天刚透出一丝亮光，手术室的门被推开了，一个日本军医走了出来，用日语说，手术很成功，她能活下来。

那一刻，陆纯石像被赦免的囚徒，周身陡然松弛下来。他在连椅上坐了很久，才让自己渐渐缓过神来。

周菁璇重返元公馆时被记了功，但午饭后，她被送进了刑讯室。

起因是法医解剖发现，现场死亡的特务身上的伤表明是自己人下的手，取出来的子弹颇为眼熟。丁有德认出子弹出自袖珍手枪，也就是周菁璇在骑马射击比赛中赢得的那把枪。

周菁璇被用刑了，但她咬死不承认是她杀了特务。

陆纯石不忍周菁璇受如此折磨，他向丁有德提出申请，由他亲自提审。

陆纯石看着遍体鳞伤的周菁璇心疼得在滴血，但他脸上却冷漠得可怕。

陆纯石在案桌后坐下来，直视着周菁璇，两人只有一桌之隔。周菁璇双手被绑在椅子上，脸上毫无血色，嘴唇干得要裂开，但她的眼里是有光的。陆纯石第一次见到林允禾时，她的眼里也闪着晶莹的光，就像夜空滑落的星子，那时班上排演大合唱《送别》，林允禾在前排领唱，他在旁边吹口琴。那时的他们都不懂歌词的含义，只记得老师说，你们还是小孩子，不懂人的一生有多长，能经历多少悲欢离合。

校园里有一棵白玉兰，春日，一簇簇玉兰花迎风绽放，花瓣洁白如雪。老师指着它说，白玉兰的寓意是纯洁的爱，象征真挚的友谊。

吴小轮淘气地爬上玉兰树，折了一枝开得最盛的玉兰花。林允禾望着挂在树上的小轮，满脸担心地说，快下来，万一树枝断了，你会摔下来的。小轮听话地跳下树，把玉兰花送到允禾眼前，她捧着花，嗅着花香，笑得比玉兰花还好看。

天之涯，海之角，知交半零落，一壶浊酒尽余好，今宵别梦寒……

玉兰花开了，谢了，又盛开。他们也不再是小孩子了。

眼下，陆纯石必须做戏，为了救允禾，他需要狠下心。

陆纯石开始审讯周菁璇了，他语调低沉地说，从我第一次见到你，我就觉得你不寻常，我看过你的档案，凭你这么好的条件，为什么要做特务？

周菁璇抬起头，内心毫无波澜。她说，是丁处长三顾茅庐把我请来的。

丁有德在监听器里听到这话时，心里有些触动。

陆纯石说，你知道我喜欢你，只要你交代出军统的情况，我可以和丁处长商量，对你既往不咎，大家还能和平共处。

我不是军统。周菁璇说，如果我是军统，我为什么要在军统暗杀丁处长的时候救他？

你是为了取得他的信任。

获取信任和杀死他并不矛盾，如果那天他被杀，与我有什么关系？我救他是下意识的。

戴着耳机的丁有德若有所思。

我是在救你。陆纯石起身走到周菁璇身边，他的手触碰到她受伤的指头，疼得她倒吸了一口凉气，额头也渗出细密的汗珠。

是不是很疼？陆纯石问，我知道你不怕疼，不然也不至于流水般的刑具走了一遍，你还这么嘴硬。

他的手指不停在她的手背上点着，一串摩斯电码告诉她，我会给你争取时间，你要挺住，我会想办法救你。

周菁璇想起了陈恭平的话，他在元公馆藏了一枚叫荆轲的棋子，生死攸关时可以唤醒荆轲。她想了想，对陆纯石说，你刚才说错了，我怕疼。

她用冰凉的手指回应他：你去走廊尽头的窗台上放一个撕去一块三角缺口的美丽牌香烟盒。

陆纯石放了烟盒的当晚，梅丽莹便急匆匆抱着一份英文文件赶到刑讯室，她对看守说，这是梅机关截获的美国电台情报，整个元公馆就只有周菁璇懂英语，这份情报急着用。

看守不敢放梅丽莹进去，梅丽莹急得骂人，说，请马上给丁处长家里打电话。

丁有德此时正在梅机关向青木贤二汇报周菁璇的情况，电话自然接不到。

梅丽莹登时拉下脸，对看守说，耽误了公事，你们去和梅机关交差！

梅丽莹就这样见到了周菁璇。她说，这份英文文件有急用，请你赶紧翻译一下，我也好早点回家。

周菁璇看了看梅丽莹，根本不想理睬她。

都要死了，态度还这么硬！梅丽莹突然急了，抬手打了周菁璇一个耳光。这重重的一掌打在了周菁璇的伤口处，疼得她眼泪都下来了。只听梅丽莹长长地舒了口气，说，你听过荆轲刺秦王的故事吗？我劝你还是配合一点，会少吃点苦头。

周菁璇听到荆轲刺秦王这几个字时，猛然抬眼，疑惑地望着梅丽莹，试图从她的眼神里找出答案。

梅丽莹没做任何解释，临走之前，她神情恍惚，目光凄离，说，荆轲的结局是什么，你应该清楚。

第二天，看守向丁有德汇报，昨晚梅丽莹找周菁璇翻译过文件。丁有德立刻找到梅丽莹质问。梅丽莹拿出文件让丁有德过目，冷冷地说，给你打电话你又不在家，大晚上的剩我一个人加班，你不是不知道，我在法国的亲戚给我拍了多少份电报，让我出国享清福，还不是你说电讯科不能没有我，不然我哪需要劳碌成这个样子。她瞪了一眼看守，啧啧地说，看门狗不仅会看门，还会咬人呢。

周菁璇死不承认是她杀了那些特务。多日来的刑讯，已经让她虚弱无力，她气若游丝地说，我受伤后，枪被一个穿黑衣的女人抢走了。

丁有德不相信她的话，他已经决定，把周菁璇移交给梅机关。

陆纯石说，处长，再等等。

丁有德竟然笑了，摇摇头说，别劝我。周菁璇身上疑点太多，她过了一关又一关，今天这一关，恐怕过不去了。我马上就给梅机关打电话。他说罢拿起话机，电话却被陆纯石扣上了。

处长，你再给我两天时间。陆纯石急切地说，如果她真是军统的人，我发誓，我一定把她争取过来。我可以立军令状！他突然察觉自己有些失态，便降了声调，语气也嗫嚅起来，这女孩……已经在我心里了。而且，处长也知道，她是一名相当出色的特工，应该为我们所用。

这天，梅丽莹找到陆纯石，有意无意地问起了周菁璇那把袖珍手枪的型号。

陆纯石说，这是机密，电讯科应该不需要知道。

梅丽莹说，我过些天要出国，也想买一把袖珍手枪，防身用。

陆纯石刚要拒绝，却突然明白了梅丽莹问这把枪的用意。他重新打量着眼前这个女人，平日里的暴躁和冷漠已经在她眼里消失殆尽，此时的她，显得异常镇静和坚定。他最终告诉了梅丽莹枪的型号，又嘱咐了一句，这枪在黑市上有人卖。

梅丽莹点点头，朝他轻声说了句，多谢。又好像在自言自语，以后不知道还能不能抽到美丽牌香烟。

陆纯石揣摩着她话里的含义，等她转过身来，她的表情变得十分悲怆。她看着陆纯石，说，你能陪我去看看黄浦江吗？

当天晚上，梅丽莹穿着一身黑衣来到了华美商行，这里虽然一片狼藉，丁有德还是派了特务盯梢。盯了数天之后，特务们终于发现有人来了，而且来的是个黑衣人，好像还是个女人，这真是天大的喜事。他们悄悄包围了商行，想抓活的回去邀功请赏。突然，一串子弹射了出来，梅丽莹在屋里朝外面开了枪，两个特务中弹倒地。剩下的特务大喊着朝商行冲去，就在他们踏入屋子的一瞬间，梅丽莹引爆了炸弹。

等丁有德赶到时，现场浓烟滚滚，十几具尸体横七竖八地躺在地上，其中有一具是女尸，但已经完全看不清面貌。

元公馆在现场发现了那把袖珍手枪，死去的特务身上的子弹，就是出自这把袖珍手枪。

袖珍手枪是梅丽莹从黑市上购买的。

那天，陆纯石陪梅丽莹去了黄浦江，她告诉陆纯石，她的儿子在江水里，只要看到黄浦江，就像看到了儿子。陆纯石看到了她眼里滚落的泪水，他垂着头听她掩面啜泣。与陆纯石分别后，她立刻开车去了黑市，购枪的当晚，她披上黑衣，独自一人去了华美商行。她是去赴死的，在黄浦江边的那一刻，她望着滔滔的江水在心里说，儿子，宝贝，妈妈太想你了，妈妈今天就要见到我的宝贝了。

梅丽莹牺牲了。她用生命掩护了周菁璇。周菁璇想起最后一次见她时，她问，荆轲的结局是什么？是死亡。

说完答案，梅丽莹朝她笑了笑。那种笑是周菁璇从来没有见过的。她笑得像一朵轻飘飘的云，似乎风一吹就会散掉。

梅丽莹的存在就是为了这一天，但是，她内心深处的信念不仅是为了周菁璇，更是为了她的儿子。那天，她拿起窗台上的美丽牌香烟盒时，就知道自己的人生走到了终点。

再过三天，儿子就离开她整整六年了。儿子是被日本人用刺刀刺死后扔进黄浦江的。儿子不过是为了保护一个小女孩和鬼子拌了几句嘴，就永远离开了自己的妈妈。儿子死后的那些天，梅丽莹在江边站了两天两夜，就像一尊雕像，一动不动，她的头发一夜之间白了很多。

后来，陈恭平让梅丽莹从军统的电报员变成特工，潜入了元公馆。

周菁璇终于被释放了。走出刑讯室的当日，她来到黄浦江边，在梅丽莹曾经站过的地方长久驻足，仿佛有把刀在割着她的心，那种痛无法抑制。

　　数天后的早晨，丁有德收到了梅丽莹一封来自海外的信。信中说，她已经身在法国，请原谅她的不告而别，她对不起处长的多年栽培。

　　这封短信是梅丽莹提前写好，托人投到邮箱的。

第十八章

同 行

　　周菁璇从兰心大戏院出来后，刚到霞飞路，就被一个女人挡住了去路。如果不是她说着一口吴侬软语，周菁璇难以相信，眼前这个邋里邋遢的农妇，居然是祝晚舟。

　　原来，祝晚舟在前往重庆的途中，遭遇了袭击。军统与汪伪政府的人一直有联系，李默村的太太嫉恨祝晚舟和丈夫有染，便在暗中与重庆合作时，将祝晚舟作为交易的筹码。那天，祝晚舟刚踏上回重庆的轮船，就被军统下令处决。李太太许诺给军统开一条专门运输鸦片的航线，供军统高官赚钱，军统为了这棵摇钱树，不惜牺牲祝晚舟。那晚，祝晚舟被捆起来扔到了江里，多亏遇上好心的渔民，才获救。

　　周菁璇得知此事原委后，怒上心头。她把祝晚舟安排在了德叔的修表铺，斐君让出了自己的房间，并拿出自己的衣服让她换洗。但入夜后，祝晚舟却不见了。

　　周菁璇是在李默村的别墅附近找到祝晚舟的。只见她手里拿着一个包袱，里面是一些证件和一张照片。

照片上是一个穿着空军军装的英俊男人。

祝晚舟说，我有个未婚夫，他待我特别好，他从中央航空学校毕业那年，我们订了婚，后来他被分配到空军第五大队，但是，他在成都空战中牺牲了，他当时只有23岁。祝晚舟说话时声音很轻，却很绝望。从那之后，我决定以身报国，自愿去当了交际花，整日在汉奸和日本人中间游走，为党国提供了很多重要情报。说话时，她一直望着手里的黑白照片泪流不止。

周菁璇轻声安慰她，说日子还长，要为所爱的人好好活着。但她看到了祝晚舟眼里闪烁着仇恨的光，她理解祝晚舟的这种目光。

三日后，周菁璇请德叔把祝晚舟送去苏州。祝晚舟扮成斐君的样子，挎着包跟在德叔身边。临行前，周菁璇给了她一笔钱，嘱咐她说，放心去，你的事我不会告诉任何人。

祝晚舟上船后又走了下来，她摘下食指上的翡翠戒指，说，这是我们祝家的信物，如果有一天你能遇到我父亲，把戒指交给他，或许会对你有帮助。

汪伪政府的一连串打击，使得军统上海站七零八散，陈恭平决定撤回重庆。临行前，陈恭平来到周菁璇的公寓，对她说，你先在此等候，后面会有人来接你去重庆。出门前，他又交代说，我有几箱子古玩珠宝藏在罗曼花店的地下室，拜托你帮我看好。

周菁璇看着陈恭平贪婪怕死的样子，心生反感。她感觉，他早已不是当初那个热血的特工了。

陆纯石接到了梅机关青木贤二的电话，让他去机场接人。他在机场足足等了三个小时，才见到要接的人。远远看上去，来人是一个留着短发、身着男装的年轻人。待这人走近时，陆纯石才看清对方的脸。这张脸有些惨白，是失血过多的病态白。陆纯石仔细打量，发现这人和小野穗子有几分相像。

我叫小野方子。来人开口竟是女声，令陆纯石很是诧异。她顿了顿，又说，我是小野穗子的堂姐。说这话时，她虽盯着陆纯石，眼里的光却是游移的，神情也显得有些恍惚。

陆纯石不明白她为何有这种奇怪的反应，他来机场之前就听梅机关的青木贤二说，方子来中国是为了执行一项秘密计划。

方子走在前面，后颈露出一片瘀青，步履也有些蹒跚，她一个踉跄没站稳，险些摔倒在地，陆纯石眼疾手快扶住了她。

你受伤了？陆纯石关心地问，要不要紧？我先送你去医院吧。

方子竟有些动容，她犹豫了一会儿，说，好。当撞上陆纯石的目光时，她显得有些慌乱，急忙将自己的目光移开了。

为了获取秘密计划，陆纯石刻意和小野方子走得很近。周菁璇看出了他的用意，而她也得知了小野方子的一个秘密。

你知道方子的伤是怎么来的吗？周菁璇对陆纯石说，那伤是她丈夫造成的。

陆纯石有点吃惊，看着周菁璇没有说话。

周菁璇又说，她丈夫在一个月前突然暴毙，不知道是不是她下的手。说罢，她凑近陆纯石，揭露他说，我还知道，你在对小野方子施展美男计。

陆纯石拿着茶杯的手微微一滞。他放下杯子，目光犀利地盯着周菁璇。周菁璇被他看得有点发怵，躲开了他的目光，说，我看得出来，方子喜欢你。

那又如何？我接近她，是为了工作。不过，美男计这个词，还真让我有点受刺激。陆纯石貌似在戏谑，可他眼里却没有一丝笑意。

周菁璇又揭露说，其实，我早就知道你心有所属了。

陆纯石心里有点酸，说，你早就知道我心有所属了吗？说说看，她是谁？他直视着周菁璇的眼睛，又问，你心中的人，又是谁？

周菁璇垂下头，没说话。这个话题让她心里涌上一阵酸楚和痛。

接下来几天，陆纯石一直没有来元公馆。叶沉秋又开始八卦了，说，这男人的心还真是让人捉摸不透，小野穗子，小野方子，啧啧，你猜我上次在居酒屋看到了什么？

周菁璇顺着她的话头问，什么？

叶沉秋来了兴致，说，小野方子扑在陆纯石怀里，哭得好伤心。

那次因为喝醉了，小野方子卸下了防备，不管不顾地向陆纯石哭诉。

她幽幽地说，你像一个人，他是我的初恋。

原来，方子有一段畸形的婚姻，为了家族的利益，她被迫放弃了心爱的男人，与丈夫进行政治联姻，婚后的她过得相当不幸。后来，丈夫得知她有个心心念念的初恋，当着她的面杀了她的初恋，爱人的血溅到了她的和服上。到那天她才知道，枕边的丈夫是个恶魔，而且还是个施虐狂。从那天起，他时常打她骂她，将她捆起来用皮鞭抽，她忍受不了丈夫的虐待，便下狠手杀了他。原本她是要上军事法庭，被执行死刑的，但她的家族为她争取了一个活命的机会：要活命，就得去中国执行一项秘密计划，而且，只许成功，不许失败。

陆纯石抱着哭成泪人的方子，并没有问是什么秘密计划，方子也由此放松了警惕。她丝毫没有怀疑他，只顾享受他温暖的怀抱。透过迷蒙的泪眼，她长久地凝视着他英俊的面庞。方子突然柔声说，负罪来到中国，未料竟是种幸运。她还说，日本宪兵队的丰臣上将要来上海了，后天在林公馆聚餐，你一起来吧。

丰臣是南京大屠杀的参与者，早就上了军统的暗杀名单，周菁璇得知此事后，准备刺杀他。

同时，西施也向苏江雪下达了任务：刺杀丰臣。

但是，地下党派来的狙击手在郊外被宪兵拦住了，苏江雪以方东岐的名义前去交涉，一直不见回来。陆纯石迟迟等不到狙击手，便想到了周菁璇，却又不敢让她涉险。未料周菁璇主动找上门来，对他说，你要刺杀丰臣，孤身一人可不行，我要和你一起。

自从军统联络站接连遭到破坏，周菁璇就如一叶孤舟，在上海孤军奋战。陆纯石把她的处境都看在眼里。他说，那你答应我，完成这次任务后就离开上海。

周菁璇坦然一笑，说，上海是我的家，我不会离开的。

陆纯石捏住她的手腕，动作格外有力。他几乎用了央求的语气，说，答应我。

周菁璇使劲抽出手，说，你需要帮手，这也是我不能离开上海的原因。

陆纯石看着周菁璇执拗的目光，不再继续这个话题。

明日宪兵队在林公馆聚餐。陆纯石说，这是除掉丰臣的最好时机。提到林公馆，他看到周菁璇眼里飘过一缕哀愁，随即她将目光移向窗外，只一会儿工夫，便恢复了理智。但这缕哀愁，让陆纯石疼到了心底。

沉默了一会儿，陆纯石才继续说，我准备毒杀。我已经买通了给宪兵队做饭的厨师，厨师一家人都被日本人控制着，起初他表示绝不敢亲自下毒，他怕日本人对他的家人下手。我只能把真相告诉了他，他的家人已经全部死在日本人的枪下，连孩子也没逃过。厨师看到家人死亡的照片后悲痛欲绝，擦干眼泪后，他说，这事我干。

周菁璇说，事成之后，我送厨师出城。

林公馆已经被日本人占领，白色楼顶上插着的太阳旗随风飘着。元公馆为迎接丰臣，正铆足劲儿地狂欢，丰臣搂着日本艺伎又唱又跳，他亲自拿着艺伎的扇子，指挥厨师上酒。

装满冰块的洋酒一杯杯地端了上来。丁有德让每个厨师先喝一口，见无恙，才放心让众人开怀畅饮。下毒的厨师离开宴席后，立刻被陆纯石安排从地道撤离了林公馆。

酒中并无毒，毒药藏在冰块里。

陆纯石尝试了各种办法，发现实在无法在宴会的酒食上投毒，只好提前在冰块里做手脚。他联系了苏州一家制冰厂，用注射器把透明的毒药注射到了冰块里，只要冰块不融化，酒水就没有毒性，但随着时间延长，冰块融化，毒药自然就会渗到酒里。

丰臣被毒死了。丁有德因为不爱喝洋酒，躲过了一劫，他醉眼蒙眬地看着倒在地上的人，唯恐自己也中了毒，立刻叫车去了医院，并下令全力搜捕下毒的厨师。负责搜捕的特务向丁有德汇报说，厨师中跑了一个人，肯定是下毒者。

丁有德又下令说，封锁所有的路口，继续抓人。又派了特务去火车站和码头。

而此时，厨师已经离开了上海。

周菁璇在郊外接应厨师，只见他跑得气喘吁吁的。他说，我是从林公馆的地道跑出来的。

地道？周菁璇十分惊愕，她家的地道除了她，还有谁会知道。她急忙问，是谁带你从地道出来的？

厨师擦着冷汗，说，还能有谁？知道投毒这事的，只有那个人啊。

周菁璇愣了许久。陆纯石怎么会知道林公馆的地道，即使知道，不熟悉的人也很难快速从交织的密道中找到出口。陆纯石到底是什么人？他和吴小轮真的只是远亲的关系吗？

陆纯石是在去梅机关的路上遇上周菁璇的。事实上，周菁璇在他家附近等了一整晚。陆纯石看到她眼下乌青，刚要开口问原因，周菁璇就把他拉到路边，急切地问，你怎么会知道林公馆的地道？

陆纯石心中吃惊，但只是笑了笑，说，这有什么难的，很多洋房别墅都有密室，而我这个擅长密室地道玄机的人，对洋房别墅自然格外留意，我早就发现了林公馆的秘密。

周菁璇对陆纯石的话将信将疑。她一直盯着他，似乎想从他的眼神里辨别真伪。

陆纯石笑道，我没有骗你，倒是你，为什么会对林公馆的地道感兴趣？你该不会和林公馆有什么关系吧？

周菁璇连忙否认说，我和林公馆能有什么关系？我不过好奇而已。以后，我要向你学一下探查地道的本事，看看你都有什么高招。

周菁璇说这话不过是在敷衍打趣，这事像个谜团，在她心里盘桓了许久。

陆纯石一直看着周菁璇转身离去的背影，那背影显得惆怅而落寞，但他强忍住了想说出那句话的冲动。

陆纯石一来到梅机关就见到了小野方子，他被方子扯到僻静处一通质问。日本宪兵队高官被杀，方子怀疑是陆纯石泄漏了机密，因为这事她告诉过陆纯石。陆纯石自然有理由撇清此事。

丁有德还在继续搜捕投毒的厨师，听饭店的服务员说，陆纯石和失踪的厨师私下有过接触，他怀疑是陆纯石进的冰货。元公馆的特务查遍了上海所有的冰厂，都没有找到陆纯石买冰的证据。

周菁璇一直担心着陆纯石的处境，她朝陆纯石小声嘀咕，目前，只有方子能为你洗清嫌疑，你要不要进一步施展一下美男计？

陆纯石故意嗔怪地看了她一眼，说，我倒是希望你可以对我施展美人计。

周菁璇的脸唰的一下红了，也嗔怪道，没良心。

小野方子生日这天，陆纯石提着一盒凯司令蛋糕来到她的公寓。他深情地朝方子说，方子小姐，生日快乐！看，凯司令的蛋糕，我想你一定听说过大上海的凯司令，这是我专为你订制的。

未料方子并没有表现出开心，她冷着脸问，你怎么知道今天是我的生日？

陆纯石说，穗子说过，她和你是同一天生的。

你是为穗子过生日，还是为我？方子看着陆纯石，把蛋糕朝外推了一下，说，收起你的花招吧，别以为送我蛋糕，就可以逃避你泄露机密的责任。下毒案梅机关已经介入了，这事必须查个水落石出。

面对方子的咄咄逼人，陆纯石不怒反笑。他说，不知道咱俩是谁泄露了机密，那天你喝醉了，大声说着丰臣要来上海了，你知道当时周围多少听众吗？邻桌的食客，过往的行人，送酒的服务生都能听见，当时是我劝住了你，才没让你说出更多秘密。对了，那天有个女服务生正好来送汤菜，这个事她可以做证。说罢，他抓住方子的胳膊，说，走吧，我马上带你去见那个女服务员。

方子猛地甩开陆纯石的手，呆呆地愣了很久，才说，不管是你还是其他抗日者听到了我的醉话，才对丰臣起了杀心，我都是解释不清的。

你还是不相信我？军统是我的宿敌，我干吗要对能帮我复仇的长官起杀心？陆纯石满脸愠怒，又说，好吧，那你现在就去梅机关，说你说这事的时候我在旁边。说罢他转身就走，却被方子一把拉住。

你别动气嘛，就算是我误会你了，我去梅机关替你解释。

陆纯石冷冷地说，不必。

方子反而娇嗔起来，扑进陆纯石怀里百般道歉，拼命安抚，直到陆纯石的表情软下来。

好啦，咱们都别生气了。凯司令的蛋糕，我久闻大名，感谢纯石君对我这么用心。来，咱们切蛋糕，过生日。

陆纯石让方子闭上眼睛，方子犹疑不决，但还是听了他的话。等她再睁开眼时，一串珍珠项链出现在她眼前。

这串珍珠和你真相配。陆纯石赞赏地看着她。

方子爱不释手，用媚眼看着陆纯石说，帮我戴上。

实际上，方子也怕陆纯石揪住她的小辫子，而且，此事是否是陆纯石所为，并没有证据。一个生日蛋糕，一串晶莹的珍珠，让方子和陆纯石走得更近了。陆纯石把逢场作戏的功夫发挥到了极致，为的全是那个秘密计划。

方子已经意乱情迷了，陆纯石便悄悄从她这里获取情报。

第十九章

牺 牲

　　这天，周菁璇在弄堂的摊子上吃生煎，突然有人在她的餐桌上放了一张报纸。她似乎无动于衷，只用余光瞟向报纸的页面。

　　此时的周菁璇不再是当初那个懵懂的女孩，她不断成长，已经成为一名出色的特工了，这当然少不了陆纯石的栽培。陆纯石目睹周菁璇迅速成长，他向苏江雪提出建议，是时候把周菁璇拉入组织了，可为地下党增添精英力量。苏江雪赞成他的想法，决定向上级请示。

　　吃罢生煎，周菁璇在抬头的刹那，瞥到了元公馆便衣的身影，她不动声色地把钱放在桌上后，便离开了摊位。

　　便衣特务迅速来到餐桌前，拿起报纸细细审视，却没有发现任何异常。实际上，就在周菁璇的余光瞥向报纸的数秒间，她已经获取了信息：报纸上的点点油星，规则地散落在一幅图片上。图中一个美貌的女郎站在路灯下拍照，她身后的咖啡馆即是接头地点，接头时间，也是由那几点油污传达的。

周菁璇按照报纸给出的信息迅速来到飞达咖啡馆。她环视四周后，目光落在角落餐桌旁一个穿蓝色西装的男人身上。那男人正在专心看报。她走过去问，先生，咖啡要加糖吗？

男人抬起头，看着她说，美式咖啡不用加糖。接着他撕开方糖纸，把糖放了进去。他向周围看了一眼后，漫不经意地低声说，我是来接你回重庆的。

周菁璇在椅子上坐了下来，听他继续说，你可以叫我蓝衣，今晚12点的船，在黄浦江码头汇合。但是，在这之前我还有个任务，去杀一个日本的军事顾问，我在那附近放了炸弹。

回重庆的消息来得太突然，周菁璇立刻想到了陆纯石，她放不下他，也不想离开他。她恍惚地走出咖啡馆，听着大街上黄包车车夫的吆喝声，以及有轨电车叮叮当当的声音，一阵阵落寞感袭来。她感觉自己就像这世间的一粒沙尘，任风吹散。

这一别，可能就是永远。

她不知该怎么和陆纯石告别，或许她就这样一走了之算了？想来想去，她还是决定去元公馆找陆纯石，当面辞行。她恍恍惚惚地走到了元公馆大厅门口，却被相熟的警卫告知，陆纯石已经出发去南京了。

周菁璇连忙问，他什么时候回来？

警卫看四下无人，才小声说，好像是去执行任务了，刚走不久，不知道何时能回。

周菁璇失落地点了点头，从包里拿出两张戏票，对警卫说，这是张老板的《游龙戏凤》的票，我知道你和嫂子都是戏迷。

警卫忙不迭地向她道谢，还嘱咐说，总务处的人知道陆纯石的行踪。

周菁璇有意无意地向总务处打听陆纯石的行踪。总务处的女秘书收下了她带来的胭脂，一边往颊上涂抹，一边说，陆处长今晚就回，小野方子和他在一起，今晚他们要和一个日本军事顾问去执行秘密任务。

周菁璇蓦地想起蓝衣说的话，他布置了炸弹杀日本军事顾问。想到这儿，她顿时觉得毛骨悚然。这个信息怎么才能让陆纯石知道？她的心脏突突地跳着，方寸大乱，却还要佯装平静。此时此刻，她根本联络不上蓝衣，只能在咖啡馆苦等，等到天黑，等到深夜，等到客人只剩下她一人。室内静得令人发慌，她整个人如同坠入谷底，想起身却浑身无力。直到前台的电话铃声响起，她才从慌乱中缓过来，她跳起身，踉跄着跑过去，抢着接了这个电话。

电话那边是一个女人的声音，说，百货公司的货还没到，得过几天了。

什么时候才能到？周菁璇听到了自己颤抖的声音。

不清楚，到货后会有人找你。说罢，对方干脆地挂断了电话。

周菁璇举着电话，呆呆地站了很久。

这个电话是在告诉她，回重庆的日子推迟了。这都无所谓，她更在意的是陆纯石的安危。第二天一大早，她就来到了元公馆，叶沉秋一见到她，就与她分享陆纯石从南京带回的梅花糕。

她恍惚地看着梅花糕，身体像散落的沙砾，险些滑倒下来。

你怎么了？叶沉秋诧异地看着她问道。

身体不太舒服，昨天晚上失眠了，今天感觉好累。周菁璇搪塞说，这梅花糕看着就很好吃。

叶沉秋喋喋不休地讲着陆纯石昨晚的经历，说，要不是陆处长，日本军事顾问就被炸死了，方子现在可看重他了。

周菁璇问，他怎么样？

你是问陆处长吗？他没事，方子别提有多感激他了。

此刻，周菁璇感觉自己体内的每根血管都通了。

叶沉秋又说，投炸弹的是个军统特工，受了伤，此刻正在陆军医院做手术。

哦？周菁璇刚刚落地的心又悬了起来。

丁处长通过他口袋里的方糖纸查到了飞达咖啡馆，他们又查了当天谁跟那个军统特工见过面，结果刚见到值班的服务员，还没来得及开口，服务员就被对面射来的一颗子弹打死了，现在就等那个军统特工醒了。

周菁璇咬了一口梅花糕，只觉得味同嚼蜡。叶沉秋问她味道如何，是不是太甜了？她说，我去一趟陆军医院。

蓝衣还没有醒。这对周菁璇来说是个好消息，按照军统惯例，蓝衣是要自尽的，如果没有机会或不想自尽，那就会有人干掉他。周菁璇望着蓝衣苍白的脸，突然看到他的眼皮微微滚动了一下，直到特务和医护人员都出去后，她才说，我知道你在装睡。

蓝衣睁开了眼，说，动手吧，我已经做好准备了。说罢，又将眼睛闭上了。

过了几分钟，蓝衣发现周菁璇并未动手，便重新睁开眼，扭头看向她。

周菁璇表情凝重，眼底却空洞洞的。她沉默了一会儿，说，我会想办法救你。周菁璇看到药瓶旁边有个红布袋，上面绣了金色的福字，那是从蓝衣的内衣上拆下来的，袋里装着一张照片，是一对老夫妻的合影。

蓝衣没说话，盯着天花板，一行泪从眼角滑落下来。

因为陆纯石的帮助，营救蓝衣的计划进展得很顺利。周菁璇找到陆纯石时，他二话没说，直接把她带到了陆军医院住院部二楼的一个病房，里面躺着一个日本宪兵。

陆纯石说，晚上7点，护士会来给他打镇静剂，趁这个时候，用他换出你们的人。

晚上，周菁璇开了一辆军用皮卡等在医院侧门，直到10点钟，才看到陆纯石搀着蓝衣从迷蒙的夜色中快步走来。他对周菁璇说，丁有德来了，你马上开车送他出城，我引开特务。蓝衣躺在箱子里，箱子上面是陆纯石准备的一些古玩字画，周菁璇拿出派司过了关卡。

出城后，她扶着蓝衣朝小道走去，大约走了半小时，身后就传来了汽车的鸣笛声，听声音，应该不止一辆。

蓝衣停下脚步，劝她说，我走不了了，我不能拖累你，你赶快走吧。

周菁璇不顾蓝衣的劝说，催促道，以前我受过伤，我也对同伴说过这样的话，但他没有放弃我，今天，我也不会放弃你。

我的伤太重，即使逃出去，也不一定能活。蓝衣说着拿出一张照片，说，这是我的照片，如果有机会，你帮我交给我父母，给他们留个念想。他犹豫了一下，又说，不要再相信军统，重庆的人一直都在和汪伪政府做走私生意，发国难财。

周菁璇着急地说，再不走就来不及了。

蓝衣却突然用力把周菁璇推到了草丛里，自己磕磕绊绊地跑到路上。眼看着元公馆的车就要开到他面前。车前灯照亮了他的脸，又照亮了他的全身。就在车子停下的那一刻，他拉响了手雷，一团火红的巨浪吞噬了人和车。

周菁璇远远地望着，已经泣不成声。那颗手雷，是蓝衣在上车后，问周菁璇要的。

到底是谁救出了蓝衣？丁有德又生疑虑。元公馆有奸细已是明面上的事实，但他此刻已经无心抓内奸了，如今他自顾不暇，日本在国际战场上连连失败的消息，如刺骨的雪片，纷纷飘来。

目前的丁有德，只想给自己找退路。

再次见到耗子时，周菁璇险些惊掉了下巴，他的调皮和顽劣完全不见了，俨然是一个成熟的大男孩了，而且，他瘦削的脸上也少了笑容。耗子说，我被日本人抓走了，关了好多天，今天才找到机会逃出来，我立马就来找你了。

周菁璇很是心疼，说要带他去吃牛排。但他执意选了粢饭摊，一边吃一边说，好几个地方的流浪儿都消失了，和我一起玩的几个孩子也失踪很多天了，一个个活不见人，死不见尸。

看到你好好的，我真高兴。周菁璇还在审视着耗子。

如果你有什么任务，就交给我吧。耗子的眼睛望向远处，沉沉地说，我现在只想杀日本人。

周菁璇根据耗子提供的线索，查到了方子身上。

恰好陆纯石约周菁璇去屋顶花园跳舞。见面后，他毫不掩饰地说，我有事求你。他告诉周菁璇，方子这次来华有两个任务，一个是执行军事计划，完成武藤太郎未完成的任务。还有一个，是替日军寻找进行人体实验的试验品，方子扣押了一些中国孩子，这些孩子被关押在提篮桥监狱旁边的仓库里，三天后，他们就要被送往东北，用于人体实验。

周菁璇义无反顾地说，你需要我做什么，只管开口就是。

陆纯石点点头，眼里流露出感激的光。

来见周菁璇的路上，苏江雪告诉他，上级已经同意周菁璇加入地下党，但这事不能操之过急，这次营救孩子，算是对周菁璇的一次考验。

三个人分头行动。

陆纯石负责去偷方子的钥匙，周菁璇负责去提篮桥监狱摸清状况，还需要一辆卡车，把孩子们送到安全地方，这个任务由苏江雪完成。

苏江雪想到了方东岐。她去向方东岐借车，未料他得知用车的目的后竟一口拒绝，而且态度非常坚决，说不能和日本人的事扯上关系。

苏江雪软语撒娇，她拉住方东岐的手，明亮的眸子忽闪着，说，你到底怎样才肯借车？

方东岐一手抚住苏江雪的肩膀，用另一只手将她揽住，让她坐到自己腿上。他看着苏江雪认真地说，除非你嫁给我。

苏江雪呆了半晌，说，好吧，我答应你。

方东岐开心地笑了，说，我会为你办一个最风光的婚礼。说完，他立刻派手下带苏江雪去提车，还向她要了路线图，说，万一出了意外，我得派人去救你啊。

苏江雪感觉心头暖暖的，也酸酸的，她是为了借车才敷衍他的。

圣诞节的前一夜，周菁璇去到汪精卫官邸陪太太们通宵达旦地玩牌，她回到福熙路公寓时已经天亮了。陆纯石在公寓外面等了她一整夜。她疲惫地脱下高跟鞋，说，已经得手了，这个月的最后一天，孩子们会被送上去伪满洲国的火车，前面的车厢是旅客，每节车厢都有两个便衣特务，孩子们集中在最后一节车厢，车厢里有四个日本宪兵。

陆纯石给她倒了一杯水，她接过来咕咚咕咚喝了下去，然后脚不沾地地跑向了浴室。等她洗完澡出来，发现陆纯石站在阳台上出神。

我想了个方案。陆纯石见她擦着头发走过来，回过神说，火车出城后会经过一段上坡路，在这个地方，如果我们让最后一节车厢脱钩，脱钩后的车厢必定下滑。

周菁璇看着他，说，然后呢？

陆纯石说，难就难在这里，需要有人跳上车去解决这四个日本宪兵，现在我这边人手不足，一时也找不到身手好的人。

让我来吧。周菁璇说，我会攀火车。

陆纯石异常惊讶，不敢相信地看着她，问，你确定吗？

周菁璇说，我之所以能进军统，就是因为在火车上救了军统上海站的站长，我是背着这个受了重伤的站长跳下火车的。她见陆纯石带着惊疑的目光看着她，又说，不相信我？

不，我相信，我绝对相信。陆纯石似乎看到，当年的林允禾由漂亮的洋娃娃，摇身一变成了一个披着斗篷的女侠，他心中激动得难以自制。

夜巴黎舞厅的第一首暖场舞曲结束后，陆纯石把救孩子的计划告诉了苏江雪。

苏江雪颇为担心地说，就你们俩，人太少了，我也去。

陆纯石说，我相信周菁璇能胜任，她的能力超乎我们的想象。你的任务是去联系皮卡车，找可靠的人去接孩子，记住，你不要出现在现场，你要隐藏好自己的身份。

周菁璇与陆纯石合力救下了孩子，苏江雪没有出现在现场，她派了两个地下党，把孩子们一个个抱上皮卡车。两个地下党开着皮卡车渐渐远去，消失在原野中。

苏江雪开着另一辆皮卡车，等待着地下党抵达安全地点后的烟花信号，可是，她没有等到报平安的烟花，却看到方子带着数名宪兵气势汹汹地追来了。

十几辆军用皮卡车上纷纷跳下荷枪实弹的宪兵，黑压压的一群人举着探照灯，观察着地上的轮胎痕迹。很快，他们便锁定了孩子们的去向。方子声音尖锐地用日语喊着，上车，追！

苏江雪心急如焚，她立刻发动引擎，不顾一切地驾驶着皮卡冲了出去，试图把方子和宪兵的注意力引到自己身上，给孩子们争取时间。方子果然上当了，她疯狂地指挥着宪兵去追苏江雪的皮卡车，一边追一边开枪。子弹打在皮卡车上冒出火星，密集的枪声在空旷的郊野响着。苏江雪驾着车在路上绕来绕去，试图扰乱宪兵的路线。大约过了半小时，她看到远处高空有烟花绽开了，孩子们已经抵达了安全的地点。她长长地吐出一口气，悬着的心终于放下了。她准备马上撤退。

但皮卡车没有给她安全撤退的机会，油箱的油已经耗尽了。

忽然，苏江雪听到一声巨响，宪兵队的一辆车着火了。紧接着迎面几辆车疾驰而来，到了近前，她看清了第一辆车上的驾驶员是方东岐。

方东岐停下后打开车门，朝苏江雪说，上车。

他一只手扶着方向盘，另一只手朝着车外的日本人开枪。他的手下也个个身手不凡，与宪兵展开了激烈的枪战。枪声在耳边响了大约一刻钟，方东岐载着苏江雪冲出了重围。

惊魂未定的苏江雪看向方东岐，问，你怎么来了？

听管车的说，油箱的燃油只装了一半，我就觉得要坏事，就赶紧带着弟兄们来了。

苏江雪相信他的话。她朝后靠了靠，将头歪在副驾驶的车椅上，反光镜里透出几束刺眼的光，她定睛一看，后面跟着几辆陌生的车，她认出来了，其中一辆车的车牌是元公馆的。

不好，特务又追上来了。苏江雪说。

方东岐看向后视镜，定了定神，说，前面是一条通往乡下的路，你在路口下车，顺着路一直往南走，路边有个茅草屋，你今晚先躲在那儿，等风声过去了，再回上海。

你呢？

我去引开特务的车。

不行！苏江雪大声说，我不怕死，更不许你死。

方东岐再三劝说，她就是不肯听，眼看元公馆的车就要追上来了。

下车，这是命令。苏江雪同志，我此刻向你郑重宣布一件事。方东岐的表情变得极为严肃，声音也异常沉着，完全没有了以往的油腔滑调。他说，我是西施。

苏江雪倏然看向他，惊得说不出话。

我以组织的名义命令你，马上下车。说罢，方东岐从怀里掏出一本红色的册子，说，这是上海地下党的联络名单，以后你就是联络人，所以，你一定要活着。还有，一定要阻止武藤太郎未完成的军事计划。说着，他戛然将车停在路口，把苏江雪推下车去。

方东岐驾驶着美国别克向前冲去。

躲在树林中的苏江雪看到，元公馆的几辆车紧紧咬着别克，很快就把别克包围了，他们一起朝着车里的人开枪。

苏江雪眼睁睁地看着方东岐的车被打得千疮百孔。她泪流满面，这个一直呵护着她的大哥，原来是自己的同志。他在生命最后一刻，又一次毅然选择了保护她。

枪声停止了。特务们纷纷下车朝别克围过去。苏江雪看到了特务沮丧的表情，又看到特务将方东岐从别克里抬了出来。她听到特务骂骂咧咧地说，这个方四爷居然是共党，可惜让他死了。

苏江雪靠着大树的身子渐渐滑落。她倚坐在树下，望着天空中的星辰，不断滚落的泪水，将天际最耀眼的那颗星都弄得模糊了。

苏江雪在方东岐说的那个茅草屋待了两天才回到上海。她对舞厅老板说了谎。陆纯石来到夜巴黎与她接头，发现舞厅已经被日本人接管。

苏江雪靠在陆纯石的肩上，挪动着舞步，说，西施牺牲了。

陆纯石一愣，心被猛烈地撞击了一下。

我没有想到西施会是他，方东岐。苏江雪的眼泪又决堤了，她悄悄用手指揩去眼泪。陆纯石将她带到舞厅的地下室，向她询问来龙去脉。

苏江雪说要给地下党发报，两个人强忍着悲痛，打开了西施藏在地下室的电台。外面歌舞升平，而此处静得令人心慌。电台发出滴滴的声音，像是西施在与他们告别，又像是西施对他们的叮咛。

周菁璇上班后就被丁有德派去找小野方子了，原因是梅机关发现了地下党藏电台的位置，就在夜巴黎舞厅，并且方子点名要周菁璇协助搜查。

方子命特务砸开夜巴黎舞厅地下室的门时，看到苏江雪正在和一个男子亲昵。那男子听到声音回过头，周菁璇蓦地愣住了，方子也大吃一惊，表情立刻变得十分难看。

陆纯石！方子叫出这三个字时，声音都在颤抖。

对于特务的突然到来，陆纯石显得非常惊讶和尴尬，他的身子几乎僵在那里，完全是被撞破隐私的无所适从。

方子走到陆纯石面前，冷着脸问，你在这里做什么？

陆纯石迟疑了一下，看向苏江雪，又急忙说，我向大家介绍一下，这是我的未婚妻苏江雪。

周菁璇看到两人时，心里转了无数个念头，都没有想到未婚妻这个词。当听到陆纯石亲口说出这句话时，她的心跳像小鼓敲响似的。她难受得朝后倒退了一步。

未婚妻？方子的脸已经扭曲了，她咬牙切齿地说，陆纯石，你这个骗子。

不一会儿，特务搜出来了一只箱子，分量和电台差不多。方子死死盯着陆纯石，说，这箱子，你作何解释？

这有什么可解释的？

陆纯石上前打开箱子，平淡地说，一部收音机而已，我俩昨天刚看过《卡萨布兰卡》，觉得曲子好听，就在这儿听了一会儿。

周菁璇好似做梦一般。她不知自己是怎么回到福熙路公寓的。她打开留声机，窝在沙发里听了一整晚《友谊地久天长》。曲子绵绵响着，她与陆纯石的过往一一在眼前浮现，他的关心，他的呵护，他奋不顾身的相救，他的那些爱意……这种种，难道都是自己的错觉与一厢情愿吗？

《友谊地久天长》的曲子一直响着，直到迎来晨曦。周菁璇起身拉开窗帘，又是新的一天，但为何眼里却有水雾久久不散，心也像被巨石压着。

同一个夜晚，陆纯石也彻夜未眠。他拿着与周菁璇在王开照相馆新拍的合影，眼里泛着水雾，他把照片放在离心脏最近的地方，好像在告诉照片上的她，他拍这张照片的用意和心情。

这一夜，失眠的人还有小野方子。她有一种想把陆纯石撕碎的感觉，她无法承受这种欺骗，愤愤之下，她扯断了陆纯石送她的珍珠项链，又将几颗珍珠砸得粉碎，但依旧没能解心头之恨。第二天清早，陆纯石来到方子的住所，进门后就看到了满地的珍珠，接着，又看到了方子变形的冷脸。陆纯石一言不发，蹲下身，将珍珠一颗颗捡起来。倏然间，他感觉头顶一阵凉风拂过，抬起头，看到方子正用枪指着他。

陆纯石并不理会，继续低下头捡珍珠，一边捡一边说，我和苏江雪相识多年了，出于道义，我必须对她负责。如果我抛弃她，你会怎么看？……我想你也不会喜欢一个喜新厌旧的男人。但我心里最在乎的人是你。

方子用枪抵住陆纯石的太阳穴，说，我根本不相信你的鬼话。

陆纯石问，你要我怎样做才能相信？

方子冷冷地说，你亲手杀了苏江雪，就可以证明你最在乎的人是我。

陆纯石说，这个我做不到，不如你把我杀了。

方子歇斯底里喊道，你这个混蛋，你以为我不敢吗？她扣动扳机，朝着陆纯石背后的茶杯猛地开了枪，茶杯碎成一堆玻璃。她又打碎了一只花瓶，直到把枪里的子弹打光。看到陆纯石无动于衷，她一把抢过陆纯石手里的珍珠，神经质地从抽屉里找出一把钳子，当着陆纯石的面，把珍珠一颗一颗捏得粉碎。

第二十章

信仰

　　柳絮突然造访福熙路公寓。见到柳絮这样的稀客，周菁璇有些出乎预料。只见她摇着中指上熠熠生辉的红宝石，懒洋洋地说，望帝春心托杜鹃。

　　周菁璇一愣，颇为诧异地看着她，良久才说，君自故乡来，应知故乡事。这是军统接头的暗号。周菁璇恍然大悟，难怪那次投毒她会有惊无险，原来是柳絮从中做了手脚。她想起，从打入元公馆到执行任务，很多时候都有柳絮这只无形的手在暗中相助，自己却没有察觉。

　　柳絮从包里拿出一张船票和一本通行证，说，我接到命令，五天后你随我回重庆。

　　周菁璇说，日本人有一份军事计划，我必须弄到手才能走。

　　柳絮摆了摆手，不屑地说，船不等人。

　　周菁璇没能登上回重庆的船，因为第二天，她被丁有德派去梅机关翻译一份军事文件，全程被荷枪实弹的警卫监视着，直到第六天，她才被放出来。

回到元公馆，她听叶沉秋说，交通部长的太太柳絮失踪了，她的贴身用人被人杀死在厨房里。而另一个女特务却说，柳絮可能是被人掳走的，也有可能是用人发现了柳絮出轨的秘密，才遭灭口。哼，这个女人，早就和一个戏子搅和在一起了。

喜欢八卦的女人们叽叽喳喳地，说什么的都有。

周菁璇随声附和着她们的话，只有她知道，柳絮已经回重庆了。

对一个特工而言，最煎熬的不是战斗，而是等待。就算与军统失联，战斗也不会停止，这场地下之战一直都在进行。在等待的日子里，周菁璇依然独自战斗，日本人还盘踞在中国，即使她不是军统，她也会战斗到底。

不过，自从撞破陆纯石和苏江雪的关系后，周菁璇就刻意躲着陆纯石了。起初，陆纯石还没意识到她的变化，后来才明白，周菁璇对他的误解已经越来越深。于是，他有意时不时地出现在她的视线里，而周菁璇表现出来的只是疏远和客气，这让陆纯石不知所措。出于纪律，他无法对周菁璇说出真相，他也一时没有找到机会告诉周菁璇，上级已经同意她加入地下党。

每天傍晚，周菁璇都会站在元公馆的楼上悄悄望着陆续走出大门的背影，她总能从数十个背影中一眼就看到他。这天，她注意到，丁有德和方子居然同时出现在门口。她看着丁有德和方子一起上了一辆吉普车，接着又一辆别克车启动了引擎，悄然跟在吉普车后面。周菁璇想了片刻，从抽屉里找出一个蓝丝绒盒子，盒子里放了一套纯金的指甲刀。她来到丁有德的私人秘书李陶的办公室，进门就说，听叶沉秋说，你要订婚了，我特意选了一份礼物送给你。

李陶一直很受丁有德信任，他的薪水自然水涨船高，一般的东西他根本看不上眼。看到蓝丝绒盒子里的指甲刀，他神情十分不屑，正要说话，就听周菁璇说，这可是纯金的。

李陶愣住，拿起指甲刀看了又看，果然是纯金。

这么好的礼物，我都不知该怎么感谢你，改日，我请饭如何？李陶满脸堆上笑说。

李秘书公务繁忙，饭就免了吧。周菁璇说，把它挂在钥匙扣上试试。

李陶摘下腰间的一大串钥匙，搁在一边，一心摆弄着那套纯金的指甲刀。

等他拿起钥匙，将指甲刀挂好后，周菁璇说，不早了，我下班了。

周菁璇几乎是小跑着离开元公馆的，她在门口叫了辆黄包车，去了德叔那里。

她把印泥放到德叔面前。德叔看到印泥上有一把钥匙的轮廓，没有说话，立刻拿着印泥去了帘子后面那间没有窗户的屋子，大约半个小时后，他将一把新钥匙递给了周菁璇。

行动的时候小心点。德叔嘱咐着周菁璇，说完，又低下头修表，他拆开表盘，抽出螺丝，又补了一句，要活着回来。

历经重重艰难，周菁璇终于在半夜时分把耗子带进了元公馆。她用那把复制的新钥匙打开了丁有德办公室的门，紧接着，耗子就去开保险柜，她在门外望风。在耗子就要打开保险柜的时候，楼下传来了汽车的引擎声，一时间，元公馆一楼的灯全都亮了，有人上楼来了。

周菁璇立刻让耗子藏到了丁有德的大衣里，她往底下摆了一个花瓶挡住了耗子的腿脚，她自己则翻到窗外，躲在墙角里。

丁处长？李陶带着询问语气叫了一声。他看到门未锁，小心翼翼地走了进来，发现无人，不由疑惑。他环视了四周，又到可能藏人的地方逐一查看：书柜、衣柜、桌下，都看了一遍。当他正要接近丁有德的军大衣时，陆纯石走了进来。

陆纯石问，咦？你怎么还没下班？

李陶说，丁处长忘了锁门，我进来看看。

陆纯石说，这事你可别让丁处长知道，否则少不了挨骂。

嗯，我知道，我不会说。李陶尴尬地笑了笑，与陆纯石一起走出去，随手锁上了门。

等李陶走后，陆纯石又返回来了，他打开门锁后又轻轻掩上门。他看到一双手扒在窗台上，和陆军医院盘尼西林被盗那晚的那双手一模一样。至此他才意识到，原来那天晚上，窗台上的手是周菁璇的。

次日，丁有德发了好大的火，他第一次痛骂李陶，整个楼道都听得见他的声音。起因是他的大衣被人动过，尤其是大衣旁边有一个钧窑的花瓶，被他不小心一脚踢碎了，他心疼得不行。

李陶说，昨晚我来拿东西，看到您办公室的门没锁，我特意锁上的。不知是否有人进来过？

丁有德蹙着眉头没说话，立刻转身打开保险柜查看文件。

看到文件完好无损地躺在保险柜里，他松了口气，又对李陶说，你确定有人进来过吗？

不确定。我找了好几圈，没有发现人。只是，这门……也许是处长您一时忘了锁。

正在隔壁研究怎么用铁丝开保险柜的周菁璇，一字不落地听到了丁有德和李陶的对话，她的心紧张起来，她知道，丁有德不会相信是自己忘了锁门。昨晚，她和耗子历尽艰辛总算逃了出去，他们本来计划今晚再来元公馆继续开保险柜的。

耗子，昨晚的事被丁有德察觉了。我怕今晚他们会有防备。周菁璇对耗子说。

耗子说，那也得冒险一试，不然就更没有机会了。

这也是周菁璇想对耗子说的话，却被他先说了出来。周菁璇很感动，她看着耗子，欣喜地想，耗子已经是一名战士了。

李陶今天下班下得格外早，周菁璇看见他拎着公文包和一个包裹离开了元公馆。但他天黑之后乔装返回元公馆时，却躲开了所有人。他穿着一身警卫的服装，藏在丁有德办公室的衣柜里，这个衣柜只有一扇门，推开就可以进入另一个房间。

大约两小时后，周菁璇和耗子蹑手蹑脚地进了房间，两人在保险柜前一通鼓捣。李陶透过衣柜的缝隙，将一切看在眼里。他悄悄从衣柜的里门溜了出去，迅速跑到机要室打电话。

李陶万万没有想到，螳螂捕蝉，黄雀在后。他的一举一动都落进了陆纯石的眼里。就在他给丁有德拨电话时，陆纯石用皮带猛地勒住了他的脖子，他越是挣扎，皮带勒得越紧，直到他的腿不再动弹。

陆纯石将李陶的尸体塞进了后备箱，他在门口和警卫敷衍了几句，就开车离开了元公馆。他一路驱车来到江边，将尸体掷进江里。处理完这一切，他倚着车门点燃了一支烟，看着元公馆的方向，他在心里为周菁璇默默祈祷着。

对于陆纯石所做的一切，周菁璇自然毫不知情。保险柜终于打开了，她翻到了那份写着军事计划的档案袋，拿出文件，迅速用微型相机拍了照。当她将军事计划放回原处时，意外看到了一个写有陆纯石三个字的档案袋。

周菁璇当晚就在暗室洗出了照片，把这些照片拼在一起，是一张日军的作战图。但她很快发现，她拿到的只是图的一半。另一半在哪里？

必须找到另一半，任务才算完成。

夜晚的黄浦江波光粼粼，远处船上的灯在江面闪烁，像落入海中的星子。灯火辉煌的黄浦江岸，如同点缀着一排排夜明珠。周菁璇将目光停留在不远处的一艘渔船上，看着那船在翻腾的江水中颠簸，她在想，这些年，她似乎也是一只船，在风浪里颠簸起伏。

想什么呢？陆纯石见周菁璇呆望着江面，问道。

周菁璇把目光移向坐在自己对面的陆纯石。她说，丁有德的保险柜里有你的一份档案，他是不是又对你起了疑心？

陆纯石端起红酒，轻轻抿了一口，没有回答她的话，却问道，你窃取的军事计划，是不是只有一半？

你怎么知道我偷了军事计划？

陆纯石笑了笑。他的笑很含蓄，他并没有把他一直在暗中保护她和耗子的事说出来。

周菁璇顿了顿，说，那张图确实只是一半，不知道另一半在什么地方？

只有一半图纸是没有用的，作战点都在另一半的说明上。陆纯石探身靠近她，说，我们可以合作拿到另一半。

周菁璇摆弄着酒杯，波浪的涌动让轮船轻摇，杯里的酒也跟着晃动。葡萄红的色泽与餐桌上的灯光交相辉映，像深夜绽放的红玫瑰迎风颤动。

周菁璇想了一会儿，才说，你的要求是什么？

陆纯石又笑了一下，说，我也需要军事计划，拿到之后，我们共享。

你是地下党，你信仰的是共产主义。

我的信仰是赶走侵略者，让中国人民过上幸福和平的日子。

这个晚上，陆纯石第一次给周菁璇讲了自己的身世和自己的家，也讲了他深爱着的父母，以及父母的离世，话中自然有他编的部分，眼下他还不能在周菁璇面前暴露真实身份。

我父母死后，我被亲戚送到了很远的地方，后来我去了日本，在日本待了几年，又回到了上海。这期间我吃了很多苦，几次都险些丧命，支撑我走到今天的就是信仰。他望着滚动的江水，眼中闪动着火一样的光。他说，我相信，我们一定会把日本人赶出中国，而且我还相信此刻已经离抗日胜利的那天不远了。说到这儿，他收回目光看向周菁璇，坚定地说，除了信仰，我还有个儿时的小伙伴，当年走丢了，我找了她很多年，我想我会找到她的，我会和她一起等待抗战胜利的那一天。

周菁璇有些动容，问道，是个什么样的小伙伴？

陆纯石迟疑了一下，说，像兄弟一样的小伙伴。

陆纯石这一番话让周菁璇有了一种苍凉的感觉，他的故事唤醒了她封存的记忆，她哽咽着说，我也失去了我的小伙伴，他就是吴小轮。我父母死在日本人手里后，我被小轮一家收养了，可不久他们也突遇不幸。她说着，泪水渐渐溢出眼眶，停了一会儿，又说，小轮一家是被人害死的，为了替父母和小轮一家报仇雪恨，我去学了功夫，那会儿我就发誓，我迟早要重返上海杀日本人，一个一个地杀！而且，我还要弄清真相，找到杀害小轮一家的凶手。我能活下去，就是为了两个字：报仇。

这个晚上，周菁璇说了很多，那些痛苦的回忆袭击着她，令她痛到发抖，痛到几乎窒息。这是她第一次对他人说出痛彻心扉的秘密，说完，她已是满颊泪水。

陆纯石心如刀割，他明白，柔弱的林允禾这些年肯定吃了很多苦，才成了今天的周菁璇。他克制不住地站起来，走到她身边，将她搂入怀中。

他说，我会和你一起，为你死去的父母报仇，为吴小轮一家报仇，也为死去的中国人报仇。

恍惚中，周菁璇好像听到了小轮在对她说，我帮你。

眼泪不停滚落下来，多年的隐忍和冷漠伪装在这一刻崩溃了，她任凭泪水肆意流淌。她想在陆纯石的怀里放声痛哭。但片刻之后，她的心猛然一跳，我在干什么？陆纯石是苏江雪的未婚夫，我这样，如何对得起那个曾经帮我照顾我的姐姐顾晴书。

她挣扎着离开了陆纯石的怀抱，满脸泪痕地看着眼前这个男人。他眼里的真情是藏不住的，他的眼中充满了怜惜和心疼，也充满了爱意。这种目光让周菁璇迷恋，但她还是克制住了自己。苏江雪才是他心爱的女人。想到这儿，周菁璇越发茫然无措，像海浪中失去方向的船，找不到归程的路了。

　　良久，周菁璇擦干了泪水，说，我先给你一半军事计划，另一半我们一起找。

　　为得到军事计划，陆纯石只得继续和小野方子周旋。这天，他来到方子的住所，又给她带来了昂贵珠宝，一条蓝宝石项链。方子并没有把视线停留在项链上，只是扫了一眼，就一直盯着陆纯石的脸。她问，那事你处理得怎么样了？

　　陆纯石说，先让我把这条项链为你戴上。

　　方子说，你先把处理结果告诉我！她的目光异常执拗，口气也显得有些硬。

　　陆纯石缓了一口气，说，我已经和苏江雪做了了结，我认识她在你之前，但我发现你在我心里的重要性已经超过了她，所以我和她结束是迟早的事。他打开一只盒子，几件首饰露了出来，说，这些都是苏江雪还我的。

　　方子看到首饰中有一只摔断的镯子，嘲讽地笑了，说，看来这位舞女的脾气很大呀。你打算什么时候杀了她？

　　陆纯石坐到方子身边，说，我不能杀她，她是上海滩大红大紫的人物，如果我杀了她，然后和你在一起，肯定会有人误认为是你为情杀人，那些小报记者无孔不入。你和日本宪兵司令部的人走得近，我怕会影响我们的交往。

方子叹了口气，这才捏起蓝宝石细看。她转过头对陆纯石说，这条蓝宝石项链的确漂亮，你的眼光真不错。她的语气娇嗔起来，帮我戴上吧。

陆纯石故作虔诚地把项链给方子戴上，带着柔情说，你穿女装比男装好看，等闲下来，我陪你去做几身洋装。

方子没有再执拗地逼陆纯石去杀苏江雪，但她暗地里雇了人去做这件事。

必须杀掉这个女人，以除后患。

但她雇的杀手，几次三番动手，都未能得逞。

叶沉秋在请了十来天病假后终于来元公馆上班了，她穿了件玄狐皮大衣，颈上搭了一条白色围巾，衬得她气色越发好了，根本不像生过病的样子。周菁璇感觉她这件大衣有些眼熟，记起自己有一次去静安寺路一家白俄人开的店里时遇见过李陶，他当时手里就拿着一件与这件一模一样的大衣，说是送给未婚妻的。为什么大衣会在叶沉秋身上？

周菁璇意识到，叶沉秋和李秘书的关系可能不一般，她怀疑两个人是一伙的。因为这件大衣，周菁璇开始提防叶沉秋。

此时的小野方子已经对陆纯石情意渐笃。有一次喝醉酒，她对陆纯石说，军事计划是武藤的愿望，图纸的一半在丁有德手里，另一半在兴亚院。这事只有丁有德、你、我，还有丁有德之前那个失踪的秘书知道。

陆纯石得知此消息后想离开，方子却拉着他不放手，说，在军事计划转移之前，你不许离开我的视线。

陆纯石只好趁方子离开客厅的片刻，给周菁璇打了电话。在电话里，陆纯石问对方上海哪家饭店寿司做得好，哪家咖啡馆适合日本人。他问这些无非是为了讨方子欢心，同时也已经用手指在话筒上敲出了摩斯密码，通知周菁璇，另一半军事计划在兴亚院。等他挂掉电话时，发现方子正站在门口看着他。

周菁璇挂断电话就独自前往兴亚院了，陆纯石索性不走了，他要拖住方子。

周菁璇顺利地在兴亚院找到了军事计划的另一半，用微型相机拍了下来。返回的途中她一直在想，这次行动畅通无阻，顺利得让人心里发慌，难道是个陷阱？等照片洗出来，陆纯石发现，这份计划果然是假的。两人都愕然了，这是有人在故意用计，但他们又为什么不当场抓获周菁璇呢？

用此计的人终于冒了出来，是叶沉秋。

午饭时间，叶沉秋约周菁璇来到一家重庆面馆，一进门，她就掏出手枪指向周菁璇。

叶沉秋一改往日的温柔，面色阴沉而冷漠。她说，李陶一定是你杀的。我一直怀疑你有问题，从那次的香水事件开始，我就感觉你不对劲。昨晚你去兴亚院偷军事计划时，用微型相机拍了照，照片洗出来了吗？她嘲讽地笑了笑，又说，我之所以没有向上面汇报，是不想与你为敌，我只想要钱，二十根金条，这个价格很合适。如果你能给我准备二十根金条，我就把从李陶那儿得知的军事计划的真实藏匿地点告诉你。

周菁璇问，昨晚你在兴亚院？

那当然，我得把内鬼揪出来啊。不过，这主意是小野方子出的，她说，由她散布假消息，由我去兴亚院抓内鬼。为了揪出谁是内鬼，她真是费尽心思。

你和李陶是什么关系？周菁璇问。

他就是我的一个相好。叶沉秋冷笑了一声，说，他在元公馆也算个人物，可他手里没有几个钱，或者说，他有钱没告诉我。我接近他，不过是为了情报。有了情报，我可以赚大钱，我只想得到钱，你明白了吗？

周菁璇不知是否有诈，但看叶沉秋急切的样子，又不像在说假话，于是她说，明天下午，还是这里，等我。

次日下午，周菁璇拎着一箱金条来到了这个不起眼的小面馆。叶沉秋已在这里等候多时了，她眼前的那碗面吃得只剩下一点汤。

叶沉秋清点了金条，说，你果然不简单，一箱金条这么快就弄到了。说罢，她从包里掏出一把钥匙，说，另一半军事计划在林公馆客厅的保险柜里，这是保险柜的钥匙。

我怎么确定你说的是真的？

这钥匙是李陶用泥子复刻出来的，你钱都带来了，我没必要骗你。

叶沉秋离开面馆后，周菁璇悄悄跟了出去。周菁璇没有想到，叶沉秋反跟踪的能力超强，半小时后，她竟然在一辆电车开过来时不见了踪影。

周菁璇立刻把此事告诉了陆纯石。陆纯石分析，叶沉秋有可能就是为了钱。李陶死了，她没了靠山，想拿从李陶那儿获取的机密换钱也能理解。但万一不是这样，后果则非常严重。

不行，我得马上找到她。周菁璇说。

陆纯石拦住周菁璇，说，叶沉秋手里有枪，她还有很强的反跟踪能力，有可能不是一般人物，先不要冒进。

但无论如何，周菁璇都决定去林公馆冒险一试。

周菁璇换上黑衣人的装扮来到林公馆，她摸黑找到了保险柜。

第二十一章

别 离

　　周菁璇在林公馆被捕的前一个小时，陆纯石去了小野方子的住所。他看见一个穿和服的女人倒完茶向内室走去。就在女人转身的刹那间，他看清了她的脸，是叶沉秋。他立刻明白，周菁璇中计了。

　　原来叶沉秋是日本人，她的真名叫秋叶田子。她来中国前就已被小野方子收买，这一切都是方子的计划。叶沉秋和李陶也并非情人关系，她是故意穿上那件皮大衣迷惑周菁璇的。那天，她正在白俄人的皮衣店试衣间换衣服，恰巧听到了周菁璇和李陶的对话，于是她潜入李陶未婚妻的公寓，偷了那件皮大衣。

　　丁有德和方子利用军事计划一事共同制定了一个抓内鬼的方案。第一步，由方子把军事计划在兴亚院的假消息传递给陆纯石，让他把情报送出去，以试探他和周菁璇是不是奸细。第二步，由叶沉秋以索要金条的名义把军事计划在林公馆的消息告诉周菁璇，然后在林公馆抓捕周菁璇。

林公馆根本没有什么军事计划，等着周菁璇的是陷阱。这是丁有德和小野方子为抓内鬼设下的一张大网。

　　小野方子当面揭穿了陆纯石。她站在门口拿枪指着陆纯石说，今天你出不了这个门。如果我没有猜错，周菁璇已经相信了叶沉秋的话，她马上就会去林公馆找那份军事计划。而我们早就在林公馆布下了天罗地网，周菁璇只有死路一条，即使插翅，她也难以逃出林公馆。

　　陆纯石没有说话，想退到沙发前坐下来。

　　你别动！方子呵斥道。

　　陆纯石根本不听方子的呵斥。他靠着沙发坐下后，看着方子，说，你继续说，我倒要听听，我的眼前是否也是死路一条，我是不是也插翅难逃你这幢公寓。

　　方子突然笑了起来，她的笑有些狰狞，她举着枪逼近陆纯石，恶狠狠地说，陆纯石，现在我在考虑是否带你去梅机关，如果你能向我供出地下党的机密，或许我会心慈手软，毕竟我喜欢了你一场……

　　方子的话还没说完，陆纯石突然翻身到了沙发后面。方子愣了一下才扣动扳机，子弹越过沙发打在柜子上。靠沙发掩身的陆纯石迅速掏出枪，也朝方子开了枪。二人对峙时，叶沉秋出现在楼梯上，她朝陆纯石开了枪。

　　陆纯石躲过了这颗致命的子弹。他再次翻身跳过楼梯，以迅雷不及掩耳的速度擒住了叶沉秋，以她威胁方子。岂料方子根本不受威胁，不管不顾地继续开枪，一颗子弹不偏不倚地打在了叶沉秋的胸口处。叶沉秋惊愕地看着方子，尚未说出话，便偏头咽了气。陆纯石用叶沉秋的身体挡住了方子射出的子弹，很快，两人的子弹都打光了。他们展开了肉搏，功夫不相上下，几个回合下来，难分胜负。就在这时，林公馆的方向突然有烟花绽放。

方子看到烟花，歇斯底里地笑了起来，大声说，周菁璇被捕了。

被方子从后面抱住的陆纯石趁她狂笑，用脚踢起叶沉秋的枪，抓在手里，反手朝方子的胸部连开了三枪。

方子的身体顺着陆纯石的后背滑落在地，血从她的口中涌了出来。

陆纯石驱车撞开林公馆的大门时，恰巧看到周菁璇被特务押着走出来。趁特务不备，陆纯石驱车冲向走过来的一群人。特务吓得急忙躲闪，就在车快要撞上周菁璇的刹那间，陆纯石迅速转动方向盘，戛然停车后，他朝两个押着周菁璇的特务开了枪，又迅速推开车门，把周菁璇一把拖上副驾。

陆纯石开车朝林公馆大门冲去，但车胎突然被打爆了。情急之下，他调转车头，将车开到了林公馆后花园的地道口，停下车时，他才看到周菁璇身上中了弹。陆纯石抱着周菁璇下了车，迅速进入地道。后面的特务追了上来，他听到特务在喊抓活的。

林公馆的地道像迷宫一般，当年地道建好后，工匠因在地道里弄丢了一把斧头，进去寻找，足足用了两个小时才走出来。工匠说，林公馆的地道可比苏州的狮子林难走多了。

但对自家的地道，周菁璇了如指掌。她伏在陆纯石背上，用嗳嚅的声音指点着他，尽管如此，陆纯石还是兜兜转转地走了很久。

周菁璇的伤在肩胛骨附近，血已经染红了她的上半身。陆纯石摸到一手血，顿时慌了手脚，他将周菁璇轻轻放了下来，撕碎了自己的衣服为她包扎，心疼得手都在发抖。

周菁璇已经很虚弱了，她又一次问，你怎么知道林公馆的地道？

没等陆纯石回答她，只听一声巨响，地道的第一道门被炸开了。陆纯石立刻背起周菁璇，快速逃离。周菁璇将头搭在陆纯石肩上，她听到了他的喘息声，昏昏沉沉中，她想起了吴小轮。当年，吴小轮在地道里杀了那个猥亵她的日本浪人后，她被吓蒙了，吴小轮也是这样背着她快步奔走的。

允禾，你怎么样？你别睡，我会把你送到安全的地方，你千万不要闭上眼睛。背着周菁璇的陆纯石一边走一边说。他大声喘息着，脚步沉重地响着，断断续续地。

迷糊中，周菁璇好像听到吴小轮在叫她。那声音，好像是从山的那一边飘过来的。

陆纯石继续说，你要挺住，你听到没有！你不能睡，睁开眼睛听我说话。允禾，允禾……但是，周菁璇渐渐听不到了，她昏迷了。

周菁璇是在一个农户家里醒过来的。睁开眼时，她看到一灯如豆，昏暗的房间里透着一种久违的熟悉感。当年吴小轮家，就是点着这样一盏煤油灯的，她和小轮在灯下读书、写字，小轮的妈妈坐在一边给她纳鞋底。

她扭头看到了陆纯石的脸，由模糊渐渐变得清晰。陆纯石也看着她，满眼都是珍惜的光。看到她醒过来，他喜极而泣。她第一次看到他的眼泪。

这里是我母亲堂姐的家，我们现在是安全的。陆纯石说。

周菁璇看着陆纯石，又一次问，你怎么会知道林公馆的地道？又是怎么背着我出来的？

陆纯石并不答话。他端起桌上一碗热腾腾的山药粥，说，喝点粥吧。

周菁璇怔怔地看着他，任由他用勺子将粥送到她的嘴里。顷刻，她落泪了。

陆纯石始终没有回答她。等她喝下半碗粥，他放下碗，拿出一张泛黄的合影。

周菁璇望着合影，眼前再次模糊了。她的手指从照片上吴小轮的脸上划过，等她抬头再看陆纯石时，只见他在朝她笑。他笑得那么灿烂，那么纯真。

周菁璇带着诧异的表情喃喃叫着，小轮哥哥？

允禾。陆纯石用双臂紧紧抱着周菁璇，说，我就是允禾的小轮哥哥，我终于找回我的允禾了。

周菁璇泪如雨下，紧搂着陆纯石不想撒手，喜悦的泪水滴落在他的身上，濡湿了他的衣服。

陆纯石捧起周菁璇的脸，说，原谅我，因为纪律，我不能和你相认。

你是什么时候知道我是林允禾的？

查吴小轮空冢的时候。

两个人互相诉说着当年失联和失联前后的情景，一直说到天亮。一个老友的到来，才中断了他们久别重逢的倾诉。这个老友是山田宗。

山田宗背着药箱风尘仆仆地推开了门。他站在门口，叫了声菁璇。

周菁璇看到山田宗愣住了，山田宗？

那天，是山田宗帮我们逃到了这儿。陆纯石说。

原来，那天陆纯石背着周菁璇逃出林家地道后，恰好遇到山田宗，才没有被宪兵和特务包围。山田宗认出了受伤的周菁璇，主动开车送他们出城。宪兵的摩托一路紧追，山田宗凭着他精湛的车技，几个回合便甩开了宪兵。来到这里之后，他亲自为周菁璇取出子弹，又折回城区，这次，他是来送盘尼西林的，他担心她伤得太重，伤口发炎。

周菁璇泪眼蒙眬地看着山田宗，问道，你现在在做什么？

山田宗说，我就要回日本了。

为什么要回去？周菁璇有些失落地问。

我被通知要去前线当军医，但我不想参与这场战争，所以我选择了回国。

我们以后还会再见面吗？周菁璇紧紧追问。

我去的地方是长岛。山田宗流露出伤感的情绪，说，我当然希望以后还能见到你。你是我心中最美丽的女人。

山田宗是在一个起雾的早晨悄悄离开的。那会儿周菁璇正在沉睡，他没有叫醒她，只是站在床边静静地看了她一会儿，便转身走了。

陆纯石还要继续寻找另外半份军事计划，临行前，他对周菁璇说，下次来看你，我会带来一个老朋友。

周菁璇立刻问，是苏江雪吗？不，是顾晴书。

陆纯石朝她点点头，说，有些话，现在还不能和你说。

周菁璇似懂非懂地点点头。

陆纯石看着周菁璇时，眼里全是宠溺，他说，好好养伤，等着我回来。

陆纯石重返元公馆时，丁有德正在查杀死小野方子和叶沉秋的凶手。陆纯石之所以毫无顾忌地返回元公馆，一是因为救周菁璇时，他是黑衣装扮，丝毫没有暴露身份。二是他开的不是自己的那辆车，而掌握证据的方子和叶沉秋都已经死了。但因为他一天未露面，丁有德又怀疑到他身上了。丁有德带着狐疑的目光追问他时，苏江雪打来电话，问陆纯石要钱买衣服。

陆纯石拿着话机，用发牢骚的语气说，那天我陪你去杭州，给你买了好几匹丝绸，还不够你穿的吗？

苏江雪说，丝绸是用来做旗袍的，我看到了一件皮草，太适合我了。

陆纯石无奈地说，好吧，我在元公馆等你，你过来吧。

苏江雪说，我就在你们楼下，你出来一下不行吗？

陆纯石蹙着眉头，不耐烦地说，丁处长正和我聊事呢，我出不去。

苏江雪很快就来到了丁有德的办公室。她一副兴高采烈的样子，却朝丁有德抱怨说，纯石他就从没把我放在眼里，前日在西湖划船，他想的只是他的工作，对我，却永远一副心不在焉的样子，我骂他说，你索性不要和我在一起了，你嫁给元公馆好了呀。

在西湖划船，这是哪天的事？丁有德问。

就前天啊，划完船，我硬是让他陪我看了场电影，又在西湖的茶园里吃了丰盛的午餐，然后，我又拉他去逛了丝绸店，最后我们去听的评弹。女人是用来宠的，您说呢，丁处长？苏江雪说得眉飞色舞，她瞟了陆纯石一眼，又朝丁有德说，对付男人的办法，就是不能依着他。

丁有德却不太相信苏江雪的话，他又问，苏小姐，有人能证明你和陆纯石那天晚上在一起吗？有没有人看到你们？

哟，丁处长，你这样问，让人多不好意思。苏江雪露出羞答答的表情，脸色也绯红起来。

有什么不好意思的？直言不讳。

那好吧，我先来问问你，当初，你和胡队长彻夜厮守，有人看到过你们吗？苏江雪说罢，用手帕拂了一下丁有德的脸，吃吃地笑了起来。

丁有德无言以对，他怀疑陆纯石，但是又没有证据，只好先作罢。陆纯石在回元公馆前，就已经打电话与苏江雪对好了说辞，让她证明他不在元公馆的这一天，他俩去了一趟杭州。

苏江雪从一个日本舞客那里意外得到了消息，那另外半份军事计划在日本海军俱乐部的保险柜里。这个消息应该是准确的，她专门跟踪过这个舞客，他最后消失的地点是日本宪兵司令部的大楼，报纸上曾经登过他的照片，他是日本陆军的上将。

在苏江雪的软磨硬泡下，陆军上将答应给她弄两张进入海军俱乐部的证件。苏江雪和陆纯石双双来到海军俱乐部舞厅。与舞客跳完一曲后，苏江雪趁着去卫生间的机会，对保险柜室外的日本宪兵又是打招呼，又是递烟的。她自己先点燃一支，挑逗了宪兵几句就离开了。她给的烟，宪兵抽到一半，就双双倒地了。

躲在角落里的陆纯石走了出来，潜入室内去开保险柜。苏江雪对邀请她跳舞的舞客谎称身体不适，便离开了海军俱乐部。她要把藏在附近的车开到梧桐树下，等待接应陆纯石。

陆纯石顺利地打开了保险柜，拿到了另外半份军事计划。当他出门的时候，警报突然响了。有宪兵发现保险柜室的守卫被迷晕了，立刻拉响了警报器。陆纯石一时出不去，只好启用了预备方案。

陆纯石顺着绳索从窗户滑了下去，刚落地就被宪兵发现了。他在枪林弹雨中穿梭，至门口时被一颗子弹擦中。这时，苏江雪开着车冲过来了，陆纯石迅速上了车。宪兵队出动了十几辆挎斗摩托追击二人。眼看他们就要把摩托甩掉了，不知从哪儿又斜冲而来几辆宪兵的军车，继续对他们穷追不舍。

苏江雪看着后视镜，毫不犹豫地说，你下车。

不，我不能留下你一个人。陆纯石说。

苏江雪看向陆纯石，说，我以上海地下党联络人的名义命令你下车，这是组织的命令。

陆纯石只能下车了。他深深地看着苏江雪，说，你要活着。

陆纯石逃脱了。他看着宪兵队的车一辆辆快速地从眼前开过去，疯狂地追着苏江雪驾驶的别克。

次日中午，陆纯石在报上看到了头条新闻：夜巴黎当红舞女苏江雪开车坠崖，人车俱毁。文字旁边附有一张照片。被烧毁的别克车的车牌号他认识，是苏江雪的。

陆纯石拿着报纸一动不动地站着，心痛得麻木了，他感觉体内的血液僵滞了一般。他希望奇迹从天而降，希望苏江雪翩翩的身影朝他走过来。但没有，一切都是空洞和苍白的。

陆纯石要把军事计划送出去。他扮成农夫，赶着牛车，往郊区走。军事计划安好地揣在怀里，它是苏江雪用生命换来的，他抚着那份计划，却抚不平揪心的疼痛。

牛车在路上颠簸，陆纯石的枪伤隐隐作痛。他一路躲躲藏藏，但冤家路窄，在这条人烟稀少的小路上，他居然和丁有德巧遇了，两人都已经擦肩而过了，丁有德还是把他认了出来。他转身盯着陆纯石，猫着腰跟在牛车后面。

陆纯石看到身后有个老者尾随，一时没有认出是丁有德。丁有德像过街老鼠似的跟了陆纯石很久，然后突然抽出枪逼向他。

把军事计划交给我。丁有德说，我知道你是共党，但我不想要你的命，我要出国，我需要钱，这半份军事计划，足以跟日本人换十根金条。

说罢，丁有德突然朝着陆纯石的腿开了一枪。他大摇大摆地走过来，又用枪顶着陆纯石的头，夺了他的挎包。他朝陆纯石笑了笑，说，这就叫先下手为强，想不到吧，最后你还是败在了我丁有德手里。

再送你一颗子弹，让你留个念想吧。丁有德奸笑着说，这回，我要打断你的胳膊，让你成为残废，我要看看，美女周菁璇还会不会喜欢你。

丁有德举起枪，正要扣动扳机，突然有枪声响了。一个黑衣人从天而降，朝着丁有德连开了几枪。眼看着丁有德的口鼻里窜出了血，身体也痉挛起来。他的眼睛瞪得像两只玻璃球。他用尽全力扭头向后看去。

黑衣人摘下了面罩，周菁璇的脸露了出来。丁有德盯了周菁璇数秒钟才歪头断气，而他的眼睛始终睁着。

回到农户家中，周菁璇急着为陆纯石处理伤口，看着他额头冒出的冷汗，她心疼极了。

陆纯石安慰她说，军事计划已经到手了，这点伤算不了什么。停了一会儿，他突然很严肃地问了她一个问题，林允禾，你的信仰是什么？

冷不防被陆纯石这么一问，周菁璇一时没有答上来。实际上，她从来没有想过信仰的问题，多年来，在她脑海里盘旋的只是报仇。

你愿意加入我们吗？陆纯石问。

你们？周菁璇愣了一下，问道，是指你和苏江雪吗？对了，苏江雪怎么没来？其实，我早就知道她是地下党，好几次都是我放她走的。她突然看到陆纯石的脸色暗了下来，表情变得很悲痛，这让她有一种不祥的预感。

苏江雪她……

她牺牲了。还有，她不是我的未婚妻。

第二十二章

归途

1945年8月15日，日本投降了。

周菁璇是在靶场的喇叭里听到这消息的，当时她正在教警卫射击。听到消息后，她当即连鸣数枪表示欢呼，又奔向大树，抚着树干热泪滚滚。她搂紧大树，好像搂紧了父母。她说，爸，妈，你们可以安息了。

日本投降的消息很快传遍了山城重庆，大街小巷到处洋溢着喜庆气氛，披红挂绿，张灯结彩，比过年还热闹。

喜讯传来的同时，归期亦至。

几日后，周菁璇出现在了戴笠办公室。戴笠对她相当客气，他首先表达了对林承义的追思，然后才切入正题。

陆纯石是共党，这事你知道吗？戴笠用亲和的语气问她，你和他共事好几年，难道没有一丝怀疑？

周菁璇回答说，学生当初一心只想着与日本人战斗，完全没有察觉到陆纯石是共党。

戴笠笑了笑，说，这不像一个军统特工，敏锐性是特工的最重要的特质。

周菁璇与戴笠几番周旋下来，并未露出一丝破绽。她一时弄不清戴笠话中的某些暗示是什么意思，比如他屡次提到叛徒，又屡次说相信她的忠诚。她只能不动声色地回答，至于回答得是否让戴笠满意，她并不知道。但她已经没有机会了解戴笠对她的态度了，因为这是她第一次见戴笠，也是最后一次。

抗战胜利后的第二年春天，即1946年3月，戴笠的飞机失事了。1946年6月，解放战争爆发，军统局改组保密局。

保密局疯狂搜捕地下党员，上海的地下联络站接二连三遭到破坏。

陆纯石与一个算卦先生在茶楼见面。算卦先生戴着墨镜，手里拿着一把折扇，他是陆纯石的新上线。

新上线告诉了他当前的残酷形势，有几个被捕的地下党经不住严刑拷打，咬出了一大批同志，也有很多宁死不屈的同志，不断被秘密处决。

上线摘下墨镜，神色凝重地看着陆纯石，说，要尽快恢复联络站的工作。近日，延安派了几位新的联络员过来，他们都是日伪时期在上海战斗过的特工，有着丰富的地下工作经验。估计这个礼拜会有一位代号为青竹的联络员登报与你联系。说罢，上线戴上墨镜离开了。

陆纯石按照上线指示，每天都会买一份八卦小报，他不看电影明星的花边新闻，只在报纸中缝上查找寻人启事，终于，在礼拜六的广告栏里发现了青竹的接头信息，接头地点居然是夜巴黎。

陆纯石穿着一身长袍马褂，手拿报纸，来到夜巴黎舞厅。抗战胜利后，夜巴黎重新恢复营业，现在的老板据说是国民党的高层。

当陆纯石见到舞池边缘座椅上的青竹时，不由愣住了，青竹是苏江雪。

两人目光相交，都有百感交集和喜出望外的触动，却又都在压抑着激动的情绪。

陆纯石走到苏江雪身边，做了一个邀舞的手势，苏江雪笑着搭上他的手，说，别来无恙。

真没想到，你还活着，今天是我最高兴的日子。陆纯石俯在苏江雪耳边小声说着。

我也没想到，接头的人会是你，我们又可以一起战斗了。苏江雪笑吟吟地看着陆纯石，用手指在他的腰间敲出摩斯电码：我们一定会胜利。

当年，苏江雪开车冲下悬崖，跳车后被树挂住了，后来被人救起。痊愈后，她联系了地下党，因为胳膊受伤严重，组织安排她撤离上海去延安做了文书。

苏江雪挪动着舞步，悄声说，我结婚了，这次回来是我自己争取的。

陆纯石颇为担忧地说，上海的形势非常严峻，你丈夫也来了吗？

苏江雪脸上的笑凝住了，说，他去年牺牲了。

陆纯石心里哽了一下，沉默了片刻，才说，节哀。

苏江雪问，林允禾回来了吗？我们截获的电报说，近期重庆会派人来上海，加重对地下党的打压。

重庆派来上海的特工就是林允禾，估计她此刻在来上海的路上。

苏江雪说，不要告诉她我还活着，这是纪律。

我明白。陆纯石点点头，又说，如果她知道你还活着，不知该多高兴。

一曲舞毕，苏江雪把写有住址的纸条塞到陆纯石手心里，又顺势拿走了他手里的一块钱小费。离开时，她突然回头说，我还有个儿子，他叫可可。

第二天，陆纯石提着点心来到石库门附近的一户民宅，苏江雪家的用人张嫂正抱着一个四五岁的孩子在玩拨浪鼓。来天井晒衣服的苏江雪看到陆纯石，惊喜地和他打招呼。张嫂见来客人了，忙不迭地把孩子交给苏江雪，转身去厨房洗水果泡茶。

苏江雪抱着可可，说，怎么这时候来了？

她这样问也不奇怪，昨天两人刚接完头，除非重大任务，否则频繁见面并不安全。

陆纯石说，我来看看孩子，也有事和你说。他从点心盒的一侧拿出了一辆木头小汽车递到可可手里，陪他玩了一会儿，等张嫂出来抱着孩子去了外面，他才说，日本人撤离时留下了一批武器，我们得想办法找到它并运到前线，这批武器绝不能落到国民党手里。

好，我马上组织人寻找。

她可靠吗？陆纯石看着门口的方向问。

苏江雪说，当年我做舞女的时候，救过她老伴，后来她老伴过世了，她没地方去，我就收留了她，顺带帮着带带孩子。

陆纯石点点头，他的怀疑并未打消。

在回上海的轮船上，周菁璇满心欢喜，想到很快就能见到陆纯石了，心里泛起一丝微甜。当年离开上海去重庆，两人难舍难分。那天夜里，德叔摇着小船送她到黄浦江，转乘去重庆的客轮。陆纯石一直把她送到登船的地方。客轮未到之前，她向陆纯石讲起了小时候和苏江雪在一起的过往，她说苏江雪离开大苍山时，她还哭了一场，感觉自己成了一只孤单的家雀。

陆纯石沉沉地点了点头，说，她父亲是地下党，当时被军统杀了，她才不得不离开大苍山。

周菁璇有些惊愕，过了良久，她才问，吴爸爸和吴妈妈是被谁害死的？

复兴社，军统的前身，戴笠当时是复兴社的一名处长。

周菁璇把更加惊愕的目光凝在了陆纯石的脸上。军统，戴笠，原来是他们杀害了小轮最亲的人。

一股寒气从周菁璇的体内升腾起来，萦绕她的周身，她感觉自己有些发抖。她回想起军统做出的那些令人失望和寒心的事，不由怒从中来。随着客轮的一声鸣笛响起，她心中也涌现一个坚定的信念，她要为疼爱她的吴爸爸吴妈妈报仇雪恨。

客轮靠岸了。旅客们开始登船。

陆纯石提起周菁璇身边的皮箱，递到她手里，以目光和她告别，周菁璇看到了他眼里的不舍。

周菁璇看着陆纯石的眼睛，说，保重。然后提着皮箱转身离去，就在将要登船的瞬间，她又突然转回身，奔回来抱住陆纯石，她久久地紧紧地抱着他，不想松开那双手。

陆纯石抬手为周菁璇捋了捋被风吹乱的头发，低声说，我们一起等待重逢的那一天。

他看着周菁璇登上客轮，看着她在甲板上朝他挥手，又看着客轮离岸驶去，越来越远，直到变成一个黑点。

周菁璇是在一个下雨天去保密局上海站报到的，她见到了久违的陈恭平。

陈恭平已经发福了，额头两边的头发也如潮水般退去。用保密局上海站副站长刘仁的话说，可惜只退潮，不涨潮。

刘仁是个看上去很和气，又非常圆润的老实人，年龄比陈恭平大十岁，级别却比陈恭平矮半截。他站在大门口迎接周菁璇，又是为她撑伞，又是朝她递手绢。他说，可算把你盼来了，陈站长受了南京一肚子气，正在会议室摔东西呢。

周菁璇迟疑地问，陈恭平现在脾气这么大吗？

刘仁快步跟在周菁璇身边，叫苦不迭地说，还不是让共党给闹腾的嘛。

周菁璇来到会议室的时候，陈恭平刚挂断电话，他抬眼看到她，也不寒暄，直截了当地从书柜里取下一本《资本论》，翻开书，拿出里面的一张照片，推到她面前。

陆纯石，你认识的。陈恭平说，他是个老共党，当年你在元公馆和他走得很近，现在他就在上海，并多次阻挠、破坏我们的行动。毛局长几次打电话骂我不中用，让我全力以赴抓住他，可是几个月过去了，连他的影子都没抓到。

周菁璇看了一眼照片，背景是元公馆。这照片不知何时被人偷拍的。她沉默了几分钟，说，需要我做什么？

陈恭平笑了笑，说，我希望你施展美人计，抓住这个老共党。

周菁璇讥讽地笑了，说，我还以为你变了，没想到你还是老样子，好像美人计总是你的无奈之举。

抓共党的同时，还有个任务。陈恭平并不在意周菁璇的嘲讽，继续说，当年日本人撤退之前，留下了一批武器，就藏在上海，我记得你在递交军事计划时提到过此事，上面命令我们抓紧时间找到这批武器的下落。

晚上，周菁璇来到了当年租下的亭子间，又遇到了房东郭姨在挨家挨户地收水电费。她正朝着菜市场的会计说，你屋里两支电灯，要交双倍的钱的；又转身朝百货公司的女店员说，你洗澡洗得太勤了，水费可是要多交的。收完钱，她哼着评弹小曲往回走，猛地看到站在面前的周菁璇，愣在那里。

哟？周小姐？这几年你跑到哪儿去了？郭姨的声音大得似乎整个弄堂都能听得到，她打量着周菁璇，赞道，啊哟，多久不见，周小姐出落得更漂亮了，刚刚看到你，我还以为弄堂里来了个大明星呢。

郭姨，我还想租您的亭子间。

听说周菁璇要续租，郭姨老眼一亮，讨好地说，那个阁楼一直空着呢，是郭姨特意为你留的。

周菁璇诧异地问，你为什么一直没租出去？

郭姨说，讲实话哦，那阁楼是有人非要我为你留着的。见周菁璇不解地看着她，又说，就是那个跳舞的白茉莉，她说你要是不回来，租金她来付。

白茉莉？周菁璇想起，自己最后一次见白茉莉，是太平洋战争爆发后的一个月，那是1942年1月一个下雨的深夜，白茉莉浑身被雨淋得湿透了，她火急火燎地敲开了福熙路公寓的门。

我弟弟失联了。白茉莉冻得浑身直发抖，嘴唇也是紫的，她一脸恐慌地说，我每个月都会给他汇钱，以前钱一汇出去，三天后他一定会打电话告诉我钱到了，可这次都两个礼拜了，一点音讯也没有。我不放心，就联系了他香港大学的同学，同学说学校被日军投了炸弹，已经停课了，我弟弟那天去了浅水湾，就没有人再见过他。

说完，白茉莉已经泣不成声。周菁璇极力安慰她。白茉莉突然抬起头看向周菁璇，两眼尽是绝望地说，菁璇，你帮帮我吧！现在只有你能帮我！

你需要我做什么，你说？

送我去香港行吗？我要亲自去找他。白茉莉眼里闪着乞求的光。

周菁璇思考了片刻，说，目前香港战火连天，你到香港之后又要去哪儿找？不如这样，我先找人打听一下，我找的人在香港都是有根基的。

白茉莉抓住周菁璇的手，说，你路子广，我弟弟的命就全靠你了。

大约三天后，周菁璇求助的李太太托人打听到了白茉莉弟弟的一点消息。李太太喘着粗气说，要搁别人，我是不会费这个力的，听一个掮客说，这个男学生八成是被军统带走了。

周菁璇对李太太说了很多感激的话，心里却犯起嘀咕，白茉莉只是一个舞女，军统的人为什么要绑她的弟弟？

不久，周菁璇又收到了线人发来的照片，照片里是一具躺着的男尸，能看出来，和白茉莉照片上的人很像是同一个人。

周菁璇生怕白茉莉会受刺激，便对她说了谎，已经确定了，你弟弟是跟着军统走了。

去哪里了？重庆？还是南京？

这是周菁璇最后一次见白茉莉，之后，她不告而别了。周菁璇猜测，她去了重庆或是南京。而且周菁璇怀疑，白茉莉嘴里经常念叨的弟弟，有可能是她的儿子。

白茉莉在抗战胜利前就走了。郭姨的声音将周菁璇的思绪拉了回来，听说她攀上了一个国民党的大官，享福去了，看，这是我从报纸上剪下来的照片。

周菁璇接过郭姨手中的照片，照片上的白茉莉穿着洋装，笑得十分灿烂。

周菁璇走进亭子间，推开那扇许久未开的窗，林公馆白色的建筑豁然入目。她在窗前坐下来，在心中默默对父母说，爸，妈，我回来了。我想告诉你们，我加入了中国共产党，我在和小轮哥哥一起作战。

次日，周菁璇去报馆登了一则寻人启事。几日后，陆纯石抱着一束花，上了黄浦江的一条渔船。

陆纯石一眼就看到了坐在船头的周菁璇，她在凝神看水中的游鱼。听到声音，周菁璇扭头看到了陆纯石。她看着他，缓缓地站了起来，迎着阳光凝望他，眼里满含喜悦。船突然摇晃了一下，她险些栽倒，陆纯石奔过来扶住了她。

终于重逢了，重逢总会给人极致的快乐。二人久久没有说话，就那样默默地看着对方。

陆纯石代表组织感谢周菁璇在重庆时为地下党收集了很多重要情报。周菁璇也喋喋不休地讲述着她在重庆的地下工作。

有一回给你发电报，我险些被发现，我抱着发报机滚下了山坡，脸和手都擦破了。那天很冷，我靠着山崖过了一夜，脑子里想的全是回上海的情景。黄浦江的水，江上的船，还有我回重庆时，送我上船的那个人。眼里闪着泪光的周菁璇抬头看了陆纯石一眼，又说，在重庆时，不管多苦多危险我都不怕，只要能回上海。哪怕只剩一口气，我也要回来。

陆纯石静静地听着周菁璇倾诉，内心已是波涛汹涌。但他没有把同样的心情表现出来。他只说，我相信你会回来的，我们还要一起战斗。

周菁璇突然沉默下来，许久才说，如果苏江雪活着该多好啊。

陆纯石迟疑了一下，还是把想说出来的话咽回去了。

周菁璇说，这次我带来了一个情报，上海藏有日本人的一批武器，陈恭平说保密局一直在寻找。

陆纯石说，这消息我也收到了，咱们要抢先找到这批武器，把它们运出上海，组织很需要这批武器。

陈恭平正在满上海地抓你，你一定要小心。周菁璇说，如果我先知道了武器的藏匿地址，我会立刻把消息传给你。

耗子还住在原来的弄堂，这让周菁璇有些吃惊，更令她吃惊的是，耗子已经完全长成大人了，她险些没有认出他。他现在是上海滩最有活力的黄包车夫，两人相见格外亲切。

你有什么任务，就交给我吧。耗子又是这句话。这简短的话，总让周菁璇大为感动。看着已蓄了胡子的耗子，再回想起当年耗子的调皮样，周菁璇百感交集。

不管你是哪一边的，我永远都是你的人。耗子又说。

周菁璇朝他点点头，说，会有任务给你的。

这天，耗子拉着黄包车载着陆纯石前行，走到一所学校时，他突然扭头对陆纯石说，看见这个学校了吗，里面有个防空洞，当年，有人看到日本人在深夜朝防空洞里搬东西，好像都是武器。

陆纯石暗暗吃惊，问道，你是什么人？

耗子朝他笑了笑，说，阿拉桑海宁（我是上海人）。说完这话，他噘唇吹起了口哨，是那首《友谊地久天长》。陆纯石立刻明白了，这是周菁璇的情报。

陆纯石把苏江雪约到了学校附近的平江书店。他通过窗户看着学校说，日本人的武器就在这所学校的防空洞里。

消息可靠吗？苏江雪也往窗户外看过去。

陆纯石点点头，说，是周菁璇传来的情报。这所学校白天人来人往，学生又多，人多眼杂，没法儿转移武器，我们只能深夜行动。但搬运动静会很大，又怕引起附近居民的注意。

苏江雪说，这学校里有个音乐老师是我们的人，她说过几天会有一场上海学校的联合演出，国民党的官员会前来观看，还会有大批的军用车往来，我们可以趁此机会把武器运出去。

演出当天，苏江雪扮成老师，带着一个由地下党假扮的大学生演出团体，成功地混进了学校。她对门卫说，后面紧跟的几辆军用皮卡，装载的是演出时要用的设备。

地下党人悄悄潜入防空洞，将装满武器的箱子运到了军用卡车上。演出谢幕搬运箱子时，有人不小心推倒了一只箱子，里面露出了半截枪柄。

苏江雪连忙解释说，这是话剧表演的道具。她顺便拿出箱子里花花绿绿的戏服，这才蒙混过关。

演出结束后，地下党装武器的几辆军用卡车跟着各个学校的车，陆陆续续地离开了。车行驶至闹市时，一辆公共汽车出现，挡住了卡车的去路。公共汽车的尾端站着周菁璇，她朝驾驶卡车的司机陆纯石挥手，两人相视而笑。

武器刚从学校运走，陈恭平就亲自带着数名特务开着两辆军用卡车来到了学校，却发现防空洞内已经空空如也。陈恭平暴跳如雷，险些毙了学校的门卫。他命令特务抓了学校的可疑分子，严刑拷打后，也没得到任何消息。

国民党很快就发现共产党在前线使用了日本人的武器。陈恭平接到上面问责的电话时，汗都涌出来了。

保密局上海站有内奸。周菁璇果断地说。

你认为内奸会是谁？陈恭平紧紧盯着周菁璇问。

等着吧，我会帮你把内奸找出来。周菁璇迎着陈恭平的目光，又补充道，我还会帮你抓到陆纯石。

第二十三章

抉 择

为了不让保密局怀疑，周菁璇在抓捕陆纯石时显得非常积极，而且足够心狠手辣。不管哪儿有消息，她都一马当先冲在前面。她让耗子装作寻找陆纯石的线人，向她汇报陆纯石在夜巴黎出现了，保密局全体出动，冲进夜巴黎后却发现抓错了人。周菁璇佯装气急败坏的样子，掏出枪要当场毙了耗子，被陈恭平阻止了。她一次又一次地演戏给保密局看，终于让陈恭平对她深信不疑，说自己没有看错人。

保密局的特务又得到了陆纯石的消息，周菁璇立刻带特务前往。危急关头，周菁璇抽出藏在靴子里的两把枪，双手朝特务开了枪，然后，她急奔到耗子的黄包车前，把枪藏起来，并换上黑衣。与特务打斗时，她踢起地上的枪，再次朝特务射击。

特务死伤数人。周菁璇跑至一条弄堂内，朝自己开了一枪，昏倒在地后，被保密局的刘仁救起。

陈恭平捏着子弹，听着特务汇报黑衣人的勇猛。陈恭平感到毛骨悚然，他说，日伪时期黑衣人就很活跃，杀了无数日军高官，如今这黑衣人又出现了。她到底是个什么人，难道她是共党？

肯定是共党。周菁璇对陈恭平说，当年她救过你我，我们要不要下通缉令？

嗯。陈恭平沉思了一会儿，说：十日之内，必须抓到这个黑衣人。

保密局抓捕了一个地下党，名叫范平山。未等刑讯，范平山已经吓得腿软了，他供出了一条重要信息：我的上级，代号穿山甲，是抗战时期的一个老地下党。每个礼拜三晚上，只要看到美琪大戏院的广告牌上挂了红布条，我就去戏院对面的街上摆烟摊。穿山甲会把纸条悄悄放在我的烟摊上，上面是一连串密码，当天的电影海报是密码本。

提着皮鞭的陈恭平打断他，问，你没有看到过穿山甲的脸吗？

范平山惊悚地盯着刑讯室的刑具，磕巴地说，没，我从没见过他的脸，我甚至不知道他是老是少，他每次都会乔装，给我传纸条的经常是个老人，胡子挺长，头发也是白的。

陈恭平说，看来，你得亲自带我们去见见这个穿山甲。

范平山立刻露出媚相，朝陈恭平讨好地笑着说，好的。但，站长您得答应我一个条件，我要金条，还要你们送我出国。我供出来的可是重要情报，我应该得到酬劳。

陈恭平冷冷一笑，说，留着你的命，就是你最大的酬劳。他环视着周围的刑具，又说，你老实交代，不然，我会让你把这些都享受一遍。

周三夜晚,美琪大戏院的广告牌上果然挂上了红布条。保密局的特务已在戏院的各个角落设了埋伏,有的扮作看戏的观众,有的扮成送茶的小二或是扫地的老翁。

挂红布条的是位年轻的放映员,完成任务后他便回到了放映室,开始播放新上映的电影《太太万岁》。

特务确定放映员是穿山甲的同伙,为了避免打草惊蛇,陈恭平没有立即下令对他实施抓捕,只命特务严密地监视他。

穿山甲看到红布条的暗号时,范平山已经在戏院对面摆起了烟摊,朝着过路的行人高声吆喝。暗处,特务们对每一个买烟的人都进行了拍照和跟踪。突然,有个戴着高檐帽子、蓄满胡须的男子来到烟摊。他转身朝四周查看了一下,抖搂烟灰时,将一支烟放入了钱箱。那支烟里卷着一张写有密码的纸条。

此人是陆纯石。

范平山抬头看着陆纯石,悄悄把一支烟搁到了耳朵上,这是他和特务约定的暗号。

这天晚上,副站长刘仁在饭店组织聚会,周菁璇被他请去应酬。席上,下属们朝刘仁轮番敬酒,拍马溜须之声不绝于耳。他们说刘仁的能力绝不在陈恭平之下,却屈尊降贵,给陈恭平当了副手。在座的人都有了醉意,语言也愈发夸张起来。

刘仁醉态地摆摆手,说,陈站长在抗日时就立下过汗马功劳,岂是你我之辈能比的,我若不是在重庆时与毛局长喝过几回茶,哪能来到这纸醉金迷的上海滩,也不可能有今天的地位。说这话时，他的眼睛瞟向周菁璇，说，菁璇，怎么一直没有听见你吱声啊？一晚上都托着个下巴，皱着个眉头，是有什么心事吗？有心事告诉我，我来为你解忧。

没什么心事。周菁璇笑了笑，不卑不亢地说，我在听你们说话。

有个特务朝刘仁问道，今晚陈站长怎么没来，每个月的聚会，这席上是少不了他的。

刘仁将胳膊放到脑后，呆想了一会儿，说，他抓了个姓范的共党，那共党全招了，说今晚他要和一个叫穿山甲的老地下党接头。

周菁璇猛地一惊，穿山甲，这是陆纯石的代号。一股寒意席卷了她全身。

刘仁又喝下一杯酒，醉醺醺地说，陈站长这会儿正陪着姓范的在美琪大戏院和穿山甲接头呢，这种建功立业的机会，他能放过吗？……相比立功，这种饭局算什么？

周菁璇已经乱了分寸，餐桌上的七嘴八舌变成了马蜂的嗡嗡声。她努力定了定神，决定立刻将这个消息送出去，只是不知怎么脱身。就在她恍惚之际，她意外地瞥见了一个熟悉的身影，是苏江雪。

她还活着？周菁璇暗暗吃惊。我不会看错人了吧？她扭着头细看，没错，就是她。

周菁璇压着突如其来的狂喜，朝周围说，对不起，我去趟卫生间。说罢，她迅速走出包厢。当她四处张望时，苏江雪已经不见了人影。她刚要去寻找，却被人拉住了，回头一看，是刘仁。

刘仁喝得脖颈红得像鸡冠，醉醺醺的他用色眯眯的眼神看着周菁璇。

你别想跑。告诉我，你有什么心事？或许你是觉得我这饭局不如陈站长的布局有趣？你也想去立功吗？他抬腕看了一下表，说，接头的时间快到了，这会儿去也晚了。走，跟我回包厢，饭后，我有礼物送给你。

我要去卫生间，难不成刘站长这也不允许？要不，你随我一道去？

说这话时，周菁璇看到苏江雪从洗手间走了出来，她盯着苏江雪又朝刘仁问，你去不去？

刘仁说，我看着表，五分钟，你一定得回来。你要不回来，我会派人把你揪回来。去吧，一会儿见。

等刘仁返回包厢，周菁璇急步追上了苏江雪。

顾晴书。她叫了一声。

苏江雪陡然止步，转回身，看到了周菁璇。

周菁璇根本顾不上和她叙旧，立刻把穿山甲已经暴露的事告诉了她。

美琪大戏院，赶快去，不然就来不及了。

苏江雪驾着车风驰电掣般地朝美琪大戏院赶去，但已经晚了。她看到陆纯石正在和保密局的人激烈地枪战，他已经被一群特务包围了。

黑夜里，子弹闪出一簇簇火光。

苏江雪攀上墙头，朝特务开了枪。她把特务的注意力吸引过来了。

　　穿山甲，快跑！苏江雪朝陆纯石大喊了一声，继续朝特务开枪。她见陆纯石并没有撤退的意思，越过高墙，又飞身跳了下来。她来到陆纯石身边，和他一起与特务打斗，但终究寡不敌众，两人眼看就要抵抗不住了。就在准备撤退的时候，一颗子弹打在苏江雪腿上。

　　苏江雪忍着痛，朝特务扔出一颗手雷。她朝陆纯石说，你快走。

　　要走一起走，我不能丢下你一个人。

　　我走不了了，你要是不走，我们俩一个都逃不掉。苏江雪疼得蹙起了眉头。

　　快走，这是命令。苏江雪用了命令的口气。

　　手雷的烟雾消失后，特务又围拢过来，有特务大喊，别开枪，抓活的。

　　苏江雪又掷出一颗手雷，在她的掩护下，陆纯石成功地撤了出去。

　　陆纯石奔跑在上海的街道上，听着身后密集的枪声。他被绝望和痛苦淹没了。他的脑海里一直回荡着苏江雪的话，还有她从高墙飞跃下来的身影。深夜的风肆无忌惮地卷起他的大衣，仿佛在宣示这是一场奔赴死亡的告别。

　　苏江雪的子弹终于打尽了，特务们团团围住了她，她的嘴角挂着一丝微笑。她扭头朝陆纯石撤退的方向看去，眼里有一丝不舍的光。

保密局折腾了一夜，周菁璇也失眠了一夜。

一大早，周菁璇刚进保密局的门，就听人说，昨晚陈站长抓了一个女共党，她是当年夜巴黎的红舞女，这个女共党长得太漂亮了。

周菁璇浑身僵住了，她几乎是踉跄着步子，扶着墙，来到刑讯室的。

被捕的女共党果然是苏江雪。

周菁璇缓步走向被锁在电椅的苏江雪，这几米远的路，她像穿过白雪皑皑的山川，风沙弥漫的沙漠，仿佛走过了几百年的岁月……

垂着头的苏江雪听到脚步声，缓缓抬起头，撞上了周菁璇的目光。

周菁璇停下脚步，紧紧闭上眼睛，不让泪水滚落下来。睁开眼时，她看到苏江雪两鬓的头发沾着褐色的血痂，脸上和身上，也到处血迹斑斑。

周菁璇紧紧攥着拳头，她感觉指甲已经掐进了手心里，她极力克制着情绪，弯下身子，打量着苏江雪。她的余光看到了一个陌生人的面孔，她猜测此人就是组织的叛徒范平山。

范平山正用色眯眯的目光盯着她。从周菁璇走进刑讯室的那一刻起，他眼睛都看直了，目光一刻也没从周菁璇的脸上移开。见周菁璇扭头看向他，他一溜碎步走上前，自我介绍说，我叫范平山，我是刚刚投诚过来的。他直勾勾地看着周菁璇，又讨好地说，都说夜巴黎的舞女好看，周小姐比那些舞女可美多了，不光相貌美，气质更佳，周小姐有韵味，风韵十足。

周菁璇冷冷地说，叫我处长。

范平山碰了一鼻子灰，畏缩地朝后退了一步，点头哈腰地叫了一声，周处长。

苏江雪一直被严刑拷打，因为陈恭平让她交代穿山甲的情况，她却一脸冷漠，只字不说。陈恭平好几次气得暴跳如雷。

陈恭平离开时对打手说，把日本人留下的那套电刑给她用上，要想尽一切办法撬开她的嘴。

周菁璇无法目睹苏江雪遭受这样的酷刑，她拦住正在摆弄电刑的打手，说，我可以让她开口。

隔着一张玻璃窗，周菁璇凝视了苏江雪一会儿，扭头看向陈恭平。

站长，这个苏江雪，是我的救命恩人。

陈恭平一愣，眼中闪过一丝狐疑，问，你和她有过往？

周菁璇真真假假地讲了十几年前的故事，越说声音越低，最后禁不住哽咽起来。陈恭平相信了她的话，频频点头，又连连叹气。

她是个执拗的人，请让我来说服她。周菁璇请求道。

陈恭平答应了她。这让苏江雪少受了很多苦。

有天清早，周菁璇再次来见苏江雪。她拎着一个匣子，匣子里有梳子、胭脂水粉、刨花水、桂花油。她把这些东西一样一样拿了出来，然后，开始为苏江雪梳头。她细细碎碎地说着当年的事情，小时候我住在你家，每天早上都是你给我梳头，这是把赛璐珞梳子，以前的梳头姨娘们最爱用了，颜色好看，也喜庆。

苏江雪眼底泛起了水汽，她终于开口了，说了自打进刑讯室以来的第一句话。她用沙哑的声音说，梳完头，再搽上三马路戴春林的桂花头油。

在玻璃窗外监视着的陈恭平认真地听着二人聊天，点燃了一支雪茄。

周菁璇无声落泪，只是一长一短地梳着头发，不时地停顿一下，每当这个时候，苏江雪都抬起头看看她。

不一会儿，一个爱司头梳成了。周菁璇问，我一共梳了多少下，你数了吗？

苏江雪根据周菁璇梳头的轻重，长短，知道了这是摩斯电码。

周菁璇在用自己的方式告诉苏江雪，她会救她出去。

连续三天，周菁璇都来为苏江雪梳头，也轻声劝着她。但陈恭平没有得到想要的结果。第三天，陈恭平已经耐不住性子了，他没有心情再看女人腻腻歪歪梳头的场面，自顾自地抽烟去了。

这次，周菁璇在匣子里放了一张刀片，这是昨天苏江雪要求她带来的。周菁璇以为她想寻死，起初没答应，但苏江雪说她有用处。周菁璇看到苏江雪的眼里满是乞求，就把刀片悄悄带进了刑讯室，趁着梳头的空隙，她将刀片藏进了苏江雪的衣领里。

苏江雪突然大声说，请你以后不要再来了，你这套对我丝毫不管用，想让我供出穿山甲，这个梦你们谁也别做。

周菁璇看上去像是被她激怒了，说，苏江雪，我是真心想救你，我想让你活着，想让你有个好的未来，你这样顽抗到底，只有死路一条!

话音刚落,苏江雪把一口带血的唾液啐到了周菁璇的脸上。

监控室的陈恭平已经耐不住性子了,发狠地命令特务说,放撒手铜吧。

大约一刻钟后,保密局的狱警拖着一个男孩进来了。苏江雪见到孩子后彻底崩溃了,她喊着,你们别伤害我的儿子,可可,别怕,妈妈在这儿……

可可看到满身是血的妈妈,吓得大哭起来,大声喊着妈妈。

周菁璇愣住了,原来苏江雪有个儿子。懊悔袭上心头,为什么自己事先不知道,为什么没有保护好这个幼小的孩子。

妈妈,我冷……

陈恭平指着可可,朝苏江雪威胁说,你儿子正在发烧,如果你再不说,我们就给你儿子浇点冰水降降温。

苏江雪浑身颤抖,声嘶力竭地大叫道,你们这群败类!畜生!

眼见着一个特务提起一桶水走了过来,就要泼向可可,周菁璇冲过去,踢翻了特务。

桶里的水洒了一地。

周菁璇!你要干什么?陈恭平厉声朝周菁璇质问道。

他还是个孩子!他还什么也不懂,如果早年你被日本人抓了,日本人这样对你的孩子,你说我该怎么做?周菁璇咄咄逼人地看着陈恭平。

可可……苏江雪心痛地叫着儿子的名字。她如寒风中的柳枝,颤抖着,坠落着,她深情地看了看可可,然后又看向周菁璇，她的眼里是求助，是期待。突然她低下头，用嘴抽出了衣领里的刀片，迅速吞下……

苏江雪牺牲了。

陈恭平愣了一瞬，上前抓住苏江雪的头发，反复摸她的颈部，又试探她的鼻息。阴郁从他的脸上涌现。他抽出枪，用枪指向可可。周菁璇眼疾手快地挡在了可可身前。

周菁璇愤怒地说，你不能杀他，孩子没有错，站长，请你把孩子交给我，算我还苏江雪一条命。

陈恭平坚决不允，说，我现在怀疑你在同情共党，甚至有通共嫌疑。

我可以立下军令状。周菁璇彻底急了，说，只要把孩子交给我，一个月内我一定抓到陆纯石。

陈恭平迟疑地放下了手里的枪，问，如果抓不到呢？

周菁璇说，我和这孩子任由你处置。

陈恭平问，你怎么抓？

按你说的，用美人计。

陈恭平说，孩子先押在我这儿，等你抓到陆纯石，我立刻把孩子交给你。

周菁璇异常固执地说，想让我抓捕陆纯石，必须把孩子交给我。

陈恭平一言不发地盯着她。周菁璇说，陈恭平站长，从第一次见面到今天，我们认识多少年了，你应该了解我的处事方式。这是周菁璇第一次叫陈恭平站长。

陈恭平的表情终于软下来了，说，好吧，我答应你，但我必须派人看着孩子，以防意外。

　　周菁璇立刻带着孩子去了医院，并把孩子托付给张嫂。

　　张嫂擦着泪发誓说，只要我活着，我就不会让可可出事。

第
二
十
四
章

黎 明

夜晚，周菁璇出现在了夜巴黎舞池里，她在苏江雪原来的位置上翩翩起舞。这就是她对陈恭平说的施展美人计，诱捕陆纯石。她必须做出样子给陈恭平看，她知道，这一个月里，她的任务十分艰巨。

舞会结束后，她换上便装，坐上了耗子的黄包车，去了黄浦江岸的一家酒馆。酒馆的名义老板是德叔，实际上，老板是陆纯石，这是地下党的联络点。

每当周菁璇要上一杯威士忌坐到吧台来，就会走出来一个易装的男子找她搭讪，和她交流情报。这晚，朝她走来的是一个蓄满胡子的男人，周菁璇盯了他好久，才认出是陆纯石。

她与陆纯石寒暄后低声问道，有什么新情况吗？

陆纯石将声音压得极低，说，解放军就要渡江了。他从西装口袋里取出一个信封，递给周菁璇，说，信封里是解放军在前线作战的照片，其中有一张你肯定需要，回去再看。他说罢转回身，朝室内扫了一圈，又说，目前有个紧急任务，拿到国民党潜伏在大陆的人员名单。

周菁璇说，国民党的人都在为去台湾拼命敛财，夜巴黎天天都有谈生意的人。潜伏名单我会想办法打听。另外，可可必须尽快转移，目前有两个保密局的特务在盯着他，解决特务比较容易，但如何把孩子送出上海，这是个麻烦事。

陆纯石说，嗯，我们一定尽快救孩子，出城会有办法的。上级还有个指示，除掉范平山。

周菁璇说，把这任务交给我吧。

第二天，周菁璇刚来保密局上班，就在走廊上遇到了正在抽烟的范平山。

哟，周处长，昨天我在夜巴黎待了一整晚，就为一个美人呢。我真没想到周处长的舞跳得那么好，那些红舞女和周处长相比，都黯然失色了。

昨晚你在夜巴黎？我怎么没有看到你？周菁璇脸上带了笑容。

平时，范平山看到周菁璇，眼睛就会放光，但周菁璇从来不理睬他。今天她的一句回话，让范平山着实受宠若惊。他一路跟在周菁璇身边，恭维的话说个不停，直到周菁璇打断了他。

我正有事想找你呢。周菁璇看着范平山说。

您有事找我？您说您说，为周处长办事，就是上刀山下火海，平山也在所不辞。

周菁璇毫不掩饰地说，你帮我去黑市买点黄金。

这个……范平山支吾起来，说，周处长，我不是不想帮您，你是不知道啊，共党时时刻刻都想要我的命，只要我出门，就有被杀的危险，我不敢单独行动啊。

保密局的人都在为自己找后路，你不想为自己打算吗？事成后，我给你两根金条。

范平山看了周菁璇良久，头摇得跟拨浪鼓似的，他说，我真的不敢，一走出保密局的大门，我就冷得发抖。

这样吧，我再给你加一根金条。周菁璇说，我再给你化化装，没人会认出你。

范平山沉思了良久，鼓了鼓劲儿，点头答应了。

明天中午，我去你家帮你化装，给你戴上一副眼镜，再粘上一条胡子，保证连你都认不出自己。周菁璇还说，记住，这事儿不能告诉任何人。

我当然知道，保密局的人也不是都那么可靠。范平山频频点头，再说，捞钱的好事谁会到处说呢。

次日，范平山在周菁璇的摆弄下，变成了一个白发苍苍的老头，临出门前，他狡黠地朝周菁璇笑了两声，说，周处长，我有个心愿……

你说。

我想亲你一下，就一下。

周菁璇忍住恶心，说，事成后我会满足你的。

范平山的心愿自然没有实现，他刚踏入黑市，就被黑衣人杀了。周菁璇拿回钱后迅速消失。范平山在黑市被杀的消息当天下午传到了保密局。

又听到黑衣人这三个字了，陈恭平觉得毛骨悚然，他立刻为自己多加了两个保镖。不过，这种时期，他也顾不上抓黑衣人了，他的脑子里装满了怎样把财产转移到台湾的事。而这天晚上，他又遇到了一桩麻烦事，一个穿旗袍的女人找上了他的家门。

陈恭平打开门的瞬间，以为自己在做梦，他面前站着的是白茉莉。

你不是在重庆吗？怎么又跑回上海了？陈恭平带着愕然的目光问。

我要你带我去台湾。白茉莉款款地走进屋，歪在沙发上。

陈恭平关好房门，转身看着她，说，你觉得这可能吗？你去问问，哪个高官会带着一个舞女去台湾？

白茉莉噌地一下站起身，走到陈恭平面前，将胳膊枕在他的肩上，嘲讽道，怪不得你们会输呢，国民党的官都这么无情无义，不输才怪。但我要告诉你，今天我来了，就不会走了，除非你答应带我去台湾。她凑近陈恭平的脸，又说，不就是一张船票的事儿嘛，这些年，我为保密局做了那么多事，就算上不了你家族谱，那也算保密局的人了。你让我留在大陆，然后被抓，蹲牢房，你忍心吗？话说回来，若是你一定要拒绝我，我就把你私吞公款的事抖搂出来。

被揭了疮疤的陈恭平恼羞成怒，他抓住白茉莉，抬手给了她一个耳光。白茉莉被打得眼冒金星，她抚住脸，盯着陈恭平，突然用力推了他一把。陈恭平被推了一个趔趄，摔倒在地板上。

白茉莉愤愤地说，你还敢打我？说着，她突然掏出一把枪，指着陈恭平说，你要再敢这么对我，信不信我会朝你开枪？

别别，我答应你就是了。陈恭平使劲摆着手，变了腔调。他用力从地上爬起来，朝白茉莉走了两步。

白茉莉举着枪朝后退着，说，别动！你千万别给我耍花招，你太太在广州呢，你家的财产都在她手里，我要有个三长两短，你那些财产可就保不住了，你听明白我的话了吗？

陈恭平在抗战胜利后，娶了一房太太，但他的心思绝不只在太太身上，而是到处拈花惹草，过了些花天酒地的日子，这些事白茉莉心知肚明。

陈恭平被白茉莉彻底拿捏住了。他咬牙切齿，但也只能向她服软。他说，好，我答应你，你的要求我全都答应，你先把枪收起来，我一定好好待你。

白茉莉收起枪，重新坐回沙发上，说，给我沏杯咖啡，再弄点吃的。

不一会儿，咖啡和点心就摆上了桌。

陈恭平也坐了下来，问，你回上海后，见过周菁璇没有？你觉得周菁璇是共党吗？

你又有什么鬼主意，我告诉你，你休想给周菁璇泼脏水。白茉莉说。

当年元公馆有个陆纯石，你还记得吗？姓陆的是共党。目前，周菁璇正在抓他，我是怕周菁璇有问题。

这话猛地提醒了白茉莉，在来的路上，她还真撞见了周菁璇。她正想和她打招呼，却见她上了一辆黑车，开车的男人就是陆纯石。听陈恭平这么一说，她立刻明白了周菁璇的身份。而她没有把这事告诉陈恭平。她在离开上海前，特意去租下了亭子间，她有一次偷听过周菁璇在亭子间叫爸妈，她忖度着这个小小的亭子间，对周菁璇来说应该意义非凡。周菁璇是她的恩人，做人不能恩将仇报，这是她做人的底线。

为此，陈恭平从柜子里拿出一根金条，塞到了白茉莉手里，说，你得帮我做点事，这是咱们去台湾前的最后一个任务。

当周菁璇得知她要被留在大陆继续潜伏时，她内心是窃喜的，而表面上却佯装反抗。

陈恭平无奈地说，毛局长亲自选定的人里，你排在前十位。

周菁璇说，谁都可以留下，而我不可以。她细数了不该让她留下的数条理由，而陈恭平全然不听她的分辩，最后用冷冰冰的语气说，这是命令。

刘仁在隔壁办公室，将两人的对话听进了耳朵，他随后安慰周菁璇说，留下就留下吧，国军迟早会反攻大陆，那时候，你就成了功臣。刘仁的话发自肺腑，他又说，其实，我倒蛮想留下的，我恋着上海，要不是老婆孩子提前去了台湾，我肯定申请留下。看着吧，那些留下的人，将来全是国军的功臣。

周菁璇从刘仁的话里听出，他有可能知道留在大陆的潜伏人员名单。

当晚，周菁璇带着礼物来到刘仁家，说，请刘站长再替我向陈站长说说好话，我实在不想留下。她朝着刘仁又发了一通牢骚。刘仁连连劝慰说，毛人凤定下的事，陈恭平根本没有能力改变，再说了，留下的人又不止你一个，按理说，你最不该留下，你为抗战付出得太多了，就算看在你父亲的面子上，也不应该要求你留下来。

周菁璇顺势问道，咱们保密局都有谁留下了？

刘仁立刻有些警觉，他迟疑了一会儿，说，我哪能知道这些，那是绝密文件，除了站长，其他人都没资格看到那份潜伏名单。

酒馆已经打烊，周菁璇向陆纯石汇报了此事。

陆纯石说，看来还得盯紧陈恭平，只是我们人手不够。

我有办法。周菁璇立刻想到了耗子。当夜她就找到了耗子，让他盯梢陈恭平。耗子爽快答应，他说，我有很多可靠的兄弟，我指挥他们去做，万一暴露了，别人也不会知道指使人是你。

耗子，我要求你不能暴露自己，你要好好活着，不准出事。周菁璇带着感情说。

耗子咧着嘴笑了，说，别忘了，我是小神偷，我有的是办法脱身。

周菁璇给了耗子很多钱，说，你把这钱分给盯梢的兄弟。

耗子很快带来了消息，他说了陈恭平近日去过的几个地方。

夜巴黎、凯司令、四马路的书寓、龙华寺、外白渡桥……

周菁璇和陆纯石仔细研究了这几个地方，似乎都不太像名单的藏匿地点。

这天晚上，打扮得花枝招展的周菁璇又在夜巴黎跳舞，距离她和陈恭平约定的时间还有一个星期。她看到了喝得醉醺醺的刘仁，邀请他进舞池跳了一曲。刘仁骂骂咧咧地说陈恭平抢功，他气呼呼地说，哼，陈恭平明天要把潜伏名单送到南京国防部，他非要亲自去送，这都要溜了，还不忘捏在手里的权柄。

醉酒后的刘仁口无遮拦，却不知这些话对周菁璇来说有多么重要，她连夜去找了耗子，让他和他的兄弟们明日一定要紧紧盯着陈恭平。

乔装后的耗子和几个兄弟将黄包车停在了保密局门外，可巧陈恭平为了避开他人的视线，刻意没开车，而是匆匆出门叫了黄包车。

耗子和几个兄弟都上前请他上车。陈恭平用毒辣的眼光审视着每一个人。只听耗子操着一口河南方言，上前鞠躬说，长官，我是河南来的，刚来上海混口饭吃，我愿为长官效劳，我能跑，车费还少。

陈恭平指着耗子问其他人，几个人都证实耗子的确刚从河南来到上海。陈恭平放下心来，上了耗子的黄包车。

耗子把陈恭平拉到了一幢热闹的公寓后，立刻钻进电话亭给周菁璇打电话。周菁璇不一会儿就开车来了，耗子带她来到了那幢公寓附近。

周菁璇在隐蔽处用望远镜观察着公寓周围的动静，发现小贩居多：擦皮鞋的，卖小吃的，算卦的，代人写信的……几乎个个都很可疑。周菁璇猜测，陈恭平很有可能把潜伏名单藏在了这幢公寓里。

望远镜里突然出现了一个熟悉的身影，周菁璇不由愣住了，她凝神细看，确认那人是白茉莉。她永远忘不掉白茉莉走路的身段，总是那么摇曳生姿，摇摆几步，就能摇动男人的心。

周菁璇在弄堂的夜宵摊上找到白茉莉时，她正用小瓷勺朝馄饨汤里加醋。

白茉莉看到周菁璇并不惊讶，她朝伙计又要了一碗馄饨。

你怎么会在这儿？周菁璇问。

我在替人看家。白茉莉回答。

那家的主人是陈恭平吧？

白茉莉吃完最后一个馄饨，才说，我弟弟是被军统杀死的。她擦了擦嘴，又说，我知道你是共党，那天，我看见你和陆纯石在一起，但你放心，这事我没有告诉陈恭平。

周菁璇没说话，从包里拿出一张照片，放到了白茉莉面前。

是一张解放军战士的照片。

白茉莉瞥了一眼，顿时愣住了，她盯着照片，嘴里喃喃念着，小梁子？

小梁子是白茉莉弟弟的小名。

他没死？白茉莉倏然抬头看向周菁璇。

周菁璇点点头，说，当初死的那人和小梁子很像。她见白茉莉还在愣着，说，我是共产党，你弟弟也是，他去前线当了解放军。

白茉莉捧着照片看了很久，泪水突然滚落。她无声地哭了一会儿，又笑了起来。

他还活着……今天我要告诉你真话，小梁子是我的儿子。

白茉莉的表情突然沉郁下来，说，陈恭平答应带我去台湾，这几年，我为保密局做了一些事，我怕是没脸再待下去了，小初，我可能见不到了。

周菁璇说，你帮我做件事，立功赎罪，我会为你向上级说清楚。

白茉莉问，你是不是在找一份名单？

周菁璇说，是的，那份名单对我们很重要，你愿意帮我吗？

名单藏在宝康里，就在我以前租的房子里，你的亭子间隔壁。

哦？周菁璇无论如何也没想到，陈恭平会把潜伏人员的名单藏在宝康里这种鱼龙混杂的地方。

陈恭平为什么要让你帮他保管？周菁璇心里难免怀疑有诈，毕竟白茉莉背叛过她。

这是陈恭平提出的带我去台湾的条件。白茉莉端起碗，把剩下的汤喝了个干净。

周菁璇到达宝康里弄堂附近的时候，看到郭姨家周围布满了保密局的便衣。她观察良久后，去找陆纯石汇报了这一情况。

陆纯石早已在酒吧等候多时，他说，现在有两个计划，第一个是把名单偷出来，由咱们的同志装扮成黑衣人，在公寓附近鸣枪，把特务引过去，我进去偷名单。

那我呢？周菁璇问。

陆纯石说，你去救张嫂和可可，盯着可可的有两个特务，你解决掉其中一个，把另一个人打伤，让他去给陈恭平报信。

周菁璇不解地问，报信？

现在街上到处是保密局的人，每个出口都设置了关卡，马上把可可送出上海不太可能，咱们先把孩子转移到虹口区的一家民宅里，等风头过去后再送他出城。我们要在转移可可的路上制造一场爆炸，造成车毁人亡的假象，这样陈恭平就不会怀疑可可还活着了。

好主意，什么时候行动？周菁璇问。

陆纯石说，两场行动今晚同时进行。

周菁璇点了点头。她望着陆纯石说，你一定要小心。

傍晚时分，白茉莉来到了宝康里。便衣特务虽然认识她，但阻止她进入。白茉莉说尽好话却丝毫没用。

对不起，白小姐，这是陈站长的命令。特务说。

白茉莉立刻当街痛骂起来，说陈恭平狼心狗肺，话语不堪入耳。特务举枪吓唬她，她却骂得更凶了，险些就要把陈恭平走私鸦片、贪污受贿的事说出来。就在这时，百米处突然响起了枪声，这是数名黑衣人放出的空枪。特务们大惊失色，大部分特务都朝着响枪的地方跑去，很快，黑衣人就和特务交了火。

郭姨家外面只留下几个特务。枪响的时候，陆纯石从后门翻墙跳上了二楼，他拿到潜伏名单跳窗出来时，不小心打碎了一盏煤油灯。煤油洒了一地，灯中的火苗迅速燃成一片。特务们看到房子着火了，这才发现情况不对，都转头拼命往回跑，把陆纯石围在了公寓里。

当特务们冲进房内时，只看到楼梯一片火舌，他们只能眼看着火势蔓延，却上不了楼。这把火是耗子点的。耗子用拖把沾了煤油，等拖把燃着后将其扔向楼梯，楼梯立刻便燃烧起来了，他提着煤油桶，哗啦啦地继续朝楼梯上倒油，致使火势越来越猛。这把火切断了特务们追踪陆纯石的路。陆纯石趁着大火从房顶逃离了。

外面的特务紧追着陆纯石的身影。这时，又突然冲出来一群黑衣人，和特务们展开了一场激烈的枪战。

与此同时，扮成黑衣人的周菁璇击毙了一个监视可可的特务，另一个被她打伤后，不顾一切地逃命报信去了。周菁璇和两个地下党救出了可可，她开着车载着可可和张嫂冲出了霞飞路，过关卡时，她被警卫拦截了，但她猛踩油门闯过了关卡，警卫在后面鸣笛追击。

车开到一个拐弯处，周菁璇让可可和张嫂下了车，由地下党护送他们去虹口，等人走远了，警卫的车逼近了，她点燃了车，一声巨响后，车子所在之处成了一片火海。

宝康里弄堂的地下党陆续在撤退，保密局的车却一辆接一辆地开了过来。从车上下来的特务越来越多，最后一辆车是斯蒂庞克，上面坐着陈恭平。

陈恭平亲自坐镇，抓捕窃走潜伏名单的人，倘若名单落入地下党之手，他就没有机会去台湾享清福了，这是下午南京国防部在电话里对他说的。

掩护地下党撤退的陆纯石子弹已经打光了，他射出最后一颗子弹，又拿出手雷，掷向斯蒂庞克的方向。

一声巨响后，尖锐的警笛声响了起来，只见又一辆斯蒂庞克冲了过来。

抗战胜利后，国民党要员都以拥有一辆斯蒂庞克专车为荣。这车在上海站只有两辆，陈恭平和刘仁各一辆。

陈恭平看清了，冲过来的是刘仁的车。

他使劲按响喇叭，又探出头朝斯蒂庞克声嘶力竭地大喊，刘站长，我的车毁了，你快冲过去，抓住陆纯石，他已经没有子弹了。

冲过来的斯蒂庞克靠近了陈恭平的车。但陈恭平意外看到，驾车的人是穿着黑衣的周菁璇。

他愣住了，呆呆地看着周菁璇，你？……是黑衣人？

穿着黑衣的周菁璇驾着车在陈恭平和特务的车边兜着圈，一边朝特务射击。

陈恭平吓得扑倒在车座上不敢抬头。周菁璇加速冲向陆纯石逃离的方向。

听着枪声停了，陈恭平才如梦初醒。他探出车窗，朝着周菁璇驾车而去的方向大喊，截住周菁璇！她是黑衣人！

周菁璇驾驶的斯蒂庞克是从刘仁手里夺来的。完成救可可的任务后，她在虹口遇上了刘仁。当时，她正要去宝康里与陆纯石汇合。刘仁的车突然出现在她身边。刘仁拿枪指着她说，原来黑衣人是你？

周菁璇立刻欲掏枪。刘仁喝道，别动！他看着周菁璇，突然淫邪地笑了起来，又说，周小姐，你实在太美了，美人不该死，我这人懂得怜香惜玉，只要你跟了我，我绝不会说出你是黑衣人的秘密。说着，他打开车门下了车，突然用手铐铐住了周菁璇的一只手。但未等他铐住周菁璇的另一只手，枪已经被周菁璇夺了。

把钥匙拿出来。周菁璇用枪顶着刘仁的头说。

刘仁颤巍巍地拿出钥匙，将手铐打开了。

周菁璇说，我念在你手上没有沾染鲜血，今天放你一马。但这车我要借用一下。说罢，她猛地将刘仁推倒在地，驾车而去。

保密局的车紧紧追着周菁璇驾驶的斯蒂庞克。周菁璇一边探头射击，一边追着陆纯石。她终于看到了陆纯石的身影，大叫了他一声。等陆纯石上了车，保密局的车已经离他们只剩一百多米的距离了。

去林公馆。陆纯石说。

周菁璇驾着车，风驰电掣地朝林公馆开去。停下车后，陆纯石拉起周菁璇的手，两人直奔地道。地道里格外宁静，两人穿过迷宫一样的路径走出地道时，夜色已深。

他们听到了风声，看到了悬在空中的明月，也似乎听到了解放军的轰隆炮声。